MIDNIGHTERS

L'auteur

Scott Westerfeld est né au Texas. Compositeur de musique électronique pour la scène, concepteur multimédia et critique littéraire, il vit entre New York et Sydney.

Il est l'auteur de cinq romans de S.F. pour adultes, dont *L'I.A. et son double*, déjà paru en France, et le space opera en deux parties paru aux éditions Pocket : *Les Légions immortelles* et *Le Secret de l'Empire*.

Scott Westerfeld écrit également pour les jeunes adultes : les séries *Midnighters, Uglies, Code Cool*, ainsi que *V-Virus* et *A-Apocalypse*.

Du même auteur :

La série *Uglies*

1. *Uglies*
2. *Pretties*
3. *Specials*
4. *Extras*
5. *Secrets*

La trilogie *Midnighters*

1. *L'heure secrète*
2. *L'étreinte des ténèbres*
3. *Le long jour bleu*

Retrouvez l'auteur sur son site :
www.scottwesterfeld.com

SCOTT WESTERFELD

MIDNIGHTERS

L'ÉTREINTE DES TÉNÈBRES

Traduit de l'anglais (États-Unis)
par Guillaume Fournier

POCKET JEUNESSE

À mon père

Titre original :
Midnighters
2. Touching Darkness

Publié pour la première fois en 2004 par Eos,
département de HarperCollins Publishers, New York

Loi n° 49 956 du 16 juillet 1949 sur les publications
destinées à la jeunesse : mai 2009

ISBN : 978-2-266-16458-0

REMERCIEMENTS

À Kathleen pour l'air conditionné, à Niki pour le dictionnaire de Scrabble, à Ron, Iain et Eloise pour différents décatrigrammes, et à Justine pour avoir aidé Rex à découvrir son animal intérieur.

1 | 23 h 51

LES LOIS DE LA GRAVITÉ

Au moins, elle avait tout rangé.

Ses vêtements avaient enfin trouvé leur place dans les tiroirs. Ses livres s'alignaient par ordre alphabétique sur les étagères neuves, et elle avait rassemblé en queue-de-cheval les câbles de son ordinateur avec du ruban adhésif. Ses cartons de déménagement étaient dans le garage, en attente du camion de recyclage. Il n'en restait qu'un seul, sur lequel était écrit « BAZAR » au marqueur, dans un coin de sa chambre ; la douzaine de posters de boys bands, les deux sweat-shirts roses et le dinosaure en peluche qu'il contenait lui avaient paru trop bébés pour sa nouvelle vie.

Jessica Day se demanda si elle avait vraiment changé à ce point depuis qu'elle avait emballé ce carton à Chicago. Peut-être cette sensation d'avoir grandi d'un coup tenait-elle à son arrestation par la police. (D'accord, officiellement elle n'avait pas été arrêtée mais « reconduite et remise à la charge de ses parents ». Peu importe.) Ou bien au fait d'avoir un petit ami. (Quoique ce ne soit pas officiel non plus, à bien y réfléchir.) Ou encore à ce monde secret qu'elle avait découvert ici, à Bixby, et qui s'était donné tant de mal pour essayer de la tuer.

Mais tout est en ordre maintenant, se répéta-t-elle en balayant sa chambre du regard.

Treize punaises s'alignaient sous chacune des fenêtres et treize trombones sur le linteau de sa porte. Elle portait au cou une étoile à treize branches, et dans une boîte à chaussures sous son lit elle avait glissé Anfractuosité, Explosibilité et Démonstration (soit une chaîne de vélo, un feu à main et une grosse lampe torche). Ces noms comportaient chacun treize lettres, et les trois objets étaient tous en acier inoxydable.

En consultant son réveil sur sa table de chevet, Jessica ressentit le frisson qui la parcourait toujours à cette heure de la nuit : un mélange d'excitation et d'impatience, la langue sèche, comme si elle se préparait à passer un examen de conduite à cent soixante kilomètres à l'heure.

Elle respira un grand coup pour se calmer et s'assit avec précaution sur son lit impeccable, afin de ne rien déranger. Le seul fait de prendre un livre sur l'étagère aurait pu briser l'équilibre de cette nuit. Le bel arrangement de sa chambre lui semblait trop précaire ; les choses ne pouvaient que se dégrader à partir de là.

Jessica Day avait souvent cette impression ces derniers jours.

Assise en tailleur, elle sentit quelque chose dans la poche avant de son jean. Elle le sortit : la pièce de vingt-cinq cents qu'elle avait retrouvée dans le placard en faisant le ménage. Les anciens propriétaires avaient dû l'oublier. Jessica la lança en l'air.

Au troisième essai, alors que la pièce parvenait au sommet de sa courbe, un frémissement parcourut la chambre...

Quel que soit le soin avec lequel Jessica surveillait son réveil, l'instant précis où le temps basculait la surprenait toujours, comme les secousses du métro de Chicago quand il se mettait en branle. Le monde perdit ses couleurs, la lumière devint froide, terne et bleue, et le gémissement sourd du vent de l'Oklahoma cessa. La pièce de monnaie resta figée dans l'air en scintillant, pareille à une minuscule soucoupe volante. Jessica la fixa un moment, attentive à ne pas s'approcher trop près pour ne pas rompre le charme.

— Face, déclara-t-elle enfin.

Puis elle se pencha sous son lit pour sortir Explosibilité et Démonstration de leur boîte. Elle les fourra dans la grande poche ventrale de son sweat-shirt et se faufila au-dehors par la fenêtre.

Jessica attendit sur la pelouse devant la maison. Elle ne se donna pas la peine de se cacher, bien qu'elle soit interdite de sortie pendant deux semaines (conséquence de cette stupide histoire d'arrestation). Les habitations voisines dégageaient une lueur bleutée. On ne voyait personne aux fenêtres, pas un mouvement dans la rue ; même les feuilles d'automne avaient stoppé leur chute et semblaient suspendues sous les arbres noirs. Désormais le monde appartenait à Jessica.

Mais pas à elle seule.

Dans le ciel nuageux une silhouette grandit. Passant de toit en toit, bondissant avec grâce et en silence, elle venait dans sa direction. Elle touchait les mêmes maisons tous les soirs, telle une boule de flipper empruntant un parcours familier entre les bumpers. Tout comme Dess affirmait visualiser les chiffres dans sa tête, Jonathan se disait capable de percevoir les angles de son vol. La trajectoire la plus élégante lui apparaissait sous la forme d'une ligne brillante.

Jessica palpa, rassurée, sa lampe torche à travers le coton de son sweat-shirt. Chacun avait ses petits talents.

Alors que Jonathan venait se poser lentement devant elle, Jessica sentit sa nervosité se transformer en une sensation plus agréable. Elle observa la manière dont il se réceptionnait, genoux fléchis et bras tendus, absorbant l'impact de son poids réduit sur la pelouse, et remisa ses dernières appréhensions dans une case étiquetée « BAZAR » au fond de son cerveau. La peur lui avait bien servi lors de ses deux premières semaines dans l'heure secrète – sa survie en dépendait, à ce moment-là. Mais elle n'en avait plus besoin.

— Salut, dit-elle.

Jonathan balaya l'horizon à la recherche de créatures ailées. Puis il se tourna vers elle et lui sourit.

— Salut, Jess.

Elle demeura sur place et le regarda s'approcher sur

la pelouse. Il décollait de trente centimètres à chaque pas, comme un astronaute sur la Lune.

— Quoi ?

— Rien. J'aime te regarder marcher.

Il leva les yeux au ciel.

— Ce n'est pas si simple que ça en a l'air, tu sais. Je préfère voler.

— Moi aussi.

Elle se pencha en avant, sans lui tendre les bras, en fermant les yeux. Quand leurs lèvres se touchèrent, Jessica sentit la gravité lâcher prise et une légèreté familière l'envahir.

Elle se détacha avec un soupir, et ses chaussures se renfoncèrent dans l'herbe.

Il battit des cils.

— Tu es d'une drôle d'humeur.

Jessica haussa les épaules.

— Je me sens… heureuse. (Elle embrassa d'un regard les maisons qui scintillaient doucement, le ciel vide.) Tout ça ne me paraît plus si dangereux, finalement.

— J'ai compris. Tu n'as plus besoin de moi pour te protéger.

Elle fit face à Jonathan. Il montrait un large sourire.

— Peut-être bien. (Elle tapota Démonstration.) Mais il faut quand même qu'on révise pour cette interro de physique.

Il lui tendit la main. Jessica la prit, et la légèreté l'envahit de nouveau.

Voler en compagnie de Jonathan lui était devenu naturel. Ils choisissaient leur trajectoire sans avoir besoin de se parler, d'un simple geste en direction d'une route déserte. Avant chaque saut, Jessica resserrait sa prise sur la main de Jonathan. Elle adorait contempler le monde de son point de vue à lui, en survolant la mosaïque des rues, des pelouses rases de l'automne, des voitures immobiles et des maisons obscures.

Ils ne prirent pas la direction du centre-ville cette nuit-là ; elle l'entraîna sans dire un mot dans un grand circuit à la lisière de Bixby. Jessica avait envie de voir jusqu'où ils pourraient s'approcher du désert incognito. Depuis qu'elle avait découvert son talent (pas aussi extraordinaire que celui de Jonathan, mais autrement plus redoutable), aucune créature vivante de l'heure secrète n'osait plus s'en prendre à elle.

Le désert se voyait de loin, comme une bande sombre à l'horizon, mais Jonathan et elle étaient seuls dans le ciel, à l'exception d'une chouette portée par des vents figés.

Les darklings et leurs petits copains ont toujours aussi peur de moi, se dit Jessica.

— Tu veux faire une pause ? proposa Jonathan.

— D'accord. Bientôt.

Voler n'était pas de tout repos. Il fallait bondir, encore et encore, en assimilant l'étrange gravité de minuit dont jouissait Jonathan. En physique, ils avaient abordé les trois lois du mouvement d'Isaac Newton. Jessica en connaissait quatre.

Un: bondir en même temps que Jonathan. Sans quoi, on se retrouvait à tournoyer sur soi-même.

Deux: pousser vers l'avant, pas vers le haut. Le but était de se rendre quelque part, et non de s'élever tout droit dans les airs.

Trois: chercher un point d'atterrissage à découvert. Viser les toits, les parkings, les rues. Se méfier des nains de jardin.

Quatre: ne *jamais* lâcher la main de Jonathan. (Elle l'avait appris à ses dépens deux semaines plus tôt. Ses derniers bleus aux genoux et aux coudes commençaient tout juste à s'estomper.)

— Là-haut, ça ira?

Jonathan indiquait l'enseigne d'une station-service qui dominait la nationale. La vue était dégagée dans toutes les directions, aucun risque de se faire surprendre.

— Parfait.

Ils atterrirent sur le toit de la station, puis poussèrent selon un angle aigu qui les conduisit au bord de l'enseigne éteinte. Leurs pieds se posèrent en douceur sur le métal rouillé. Quand Jonathan lui lâcha la main, Jessica sentit son poids normal s'abattre sur ses épaules. Elle retint sa respiration et se campa solidement sur ses jambes. Avec le retour de la gravité, le vertige la reprenait.

Quelque chose d'étrange attira son regard. Une colonne de fumée s'élevait dans les herbes folles du terrain vague derrière la station-service.

— Heu, c'est quoi, ça?

Jonathan gloussa.

— Un authentique tourbillon de poussière de l'Oklahoma.

Jessica plissa les paupières dans l'obscurité. Des fragments scintillants étaient disséminés le long du tortillon d'air bleuté.

— On dirait une tornade fantôme.

— Les tourbillons de poussière *sont* des tornades, en fait. De minuscules tornades. À mon arrivée ici, je sortais souvent dans le désert pour me tenir dedans.

— Hmm. (Jessica repéra des gobelets en carton et une feuille de papier journal suspendus dans le vortex.) On dirait plutôt un tourbillon de détritus.

— Parce qu'on est encore près de la ville. Dans le désert, c'est autre chose. De la belle poussière toute propre.

— Drôlement appétissant.

Jessica leva la tête. La lune sombre se distinguait à peine à travers les lambeaux de nuages. Elle soupira. L'heure secrète était déjà à moitié écoulée.

Ils restèrent assis au bord de l'enseigne, les jambes pendant dans le vide. Son bras autour de celui de Jonathan, elle redevenait légère et la distance qui les séparait du sol ne semblait plus aussi effrayante.

Quelle vue magnifique, se dit-elle. L'autoroute de Tulsa s'étirait devant eux, sillonnée de semi-remorques. Elle repéra une autre chouette loin au-dessus d'eux, portée par les mêmes courants qui brassaient le tourbillon de poussière.

Jessica se pressa contre Jonathan, réalisant soudain qu'ils ne s'étaient embrassés qu'une seule fois, à son arrivée devant chez elle.

— Il faudrait peut-être qu'on parle de cette interro de physique, dit-il.

— Ah, oui. C'est vrai. (Elle le dévisagea.) Tu aimes ça, la physique, hein ?

— Bien sûr. Pourquoi pas ?

Il sortit de sa poche une barre chocolatée et se la passa sous le nez. Voler lui donnait faim. Le seul fait de respirer lui donnait faim.

Jessica soupira.

— Peut-être à cause de toutes ces formules à retenir par cœur, de tous ces devoirs à la noix ?

— D'accord. Mais la physique répond à toutes les questions fondamentales.

— Par exemple ?

— Par exemple, que se passe-t-il si tu conduis une voiture à la vitesse de la lumière et que tu allumes les feux de route ?

Jessica secoua la tête.

— Comment ai-je pu vivre aussi longtemps sans savoir ça ? (Elle fronça les sourcils.) Je dois passer mon permis dans trois mois. Tu crois que ce sera dans l'examen du code ?

Jonathan rit.

— Tu vois ce que je veux dire. La physique est remplie de trucs dingues de ce genre-là, mais ses applications sont bien réelles.

— Avec toi, oui. (Jessica porta sa main à ses lèvres.) Ici, à minuit.

Elle repensa à la pièce de vingt-cinq cents suspendue en l'air au milieu de sa chambre et sourit.

— Tiens, j'ai une question de physique pour toi. Quand tu jettes une pièce en l'air, est-ce qu'elle s'immobilise un instant au sommet de sa courbe ?

— C'est facile : non.

Son ton définitif avait quelque chose d'agaçant.

— Pourquoi ?

— Parce que nous sommes sur la Terre, qui tourne sur elle-même et autour du Soleil, et que celui-ci se déplace dans l'espace à la vitesse de six cents mètres par...

— D'accord, d'accord. (Elle soupira.) Bon, et s'il n'y avait pas la rotation de la Terre et tout le reste ; est-ce que la pièce s'immobiliserait un moment tout en haut ?

— Non, répondit-il aussitôt en fixant le tourbillon de poussière comme s'il lisait la réponse dedans. Elle continuerait à tournoyer autour de son axe et probablement à décrire une courbe.

— Pas *cette* pièce-là, rétorqua fermement Jessica. Disons qu'elle monte tout droit, sans tournoyer sur elle-même. Il y a bien un endroit tout en haut où elle s'arrête, non ?

— Non.

— Et pourquoi non ?

— Eh bien, expliqua Jonathan avec une assurance exaspérante, il y a en effet un point au sommet où son vecteur de déplacement est nul. Quand la gravité annule son mouvement vers le haut.

— Donc, elle ne *bouge plus.*

Il secoua la tête.

— Non. Elle monte, puis elle descend. Le temps qui s'écoule entre les deux est nul, si bien qu'elle reste toujours en mouvement.

Jessica geignit.

— La physique ! Parfois, je me dis que les darklings ont tout compris. Ces idées neuves ont de quoi vous faire péter un plomb. De toute façon, tu te trompes. Il y a un moment où la pièce s'arrête.

— Non, je ne crois pas.

Elle le prit par la main et le fit se relever.

— Viens avec moi jusqu'à ma chambre. Je te le prouverai.

Il fronça les sourcils.

— Qu'est-ce que tu... ?

Elle l'attira plus près et l'embrassa.

— Viens.

Ils filèrent droit vers la ville, d'abord au-dessus d'un parc d'exposition de voitures d'occasion puis le long d'une portion déserte de Division Street. Jessica tirait en silence Jonathan derrière elle. Elle se moquait bien d'échouer à son épreuve de physique le lundi suivant. Elle avait passé trop de temps à courir avec Jonathan, soit pour échapper à la mort, soit pour fausser compagnie aux bestioles ailées qui venaient la surveiller. Même quand ils soufflaient, c'était toujours en équilibre – au sommet d'un immeuble, ou d'un silo de blé, ou sur les poutrelles froides et précaires d'un pylône électrique. Pour une fois, elle avait envie de se retrouver avec lui dans un endroit normal.

Même s'il s'agissait de sa propre chambre. Même s'il allait devoir rentrer chez lui dans vingt-cinq minutes.

Sa rue, familière, s'ouvrit devant eux, large, bordée de chênes qui avaient laissé échapper leurs dernières feuilles. Ils se réceptionnèrent sur la maison du coin (les tuiles goudronnées offraient la meilleure adhérence). Un dernier saut les emporterait jusqu'à la pelouse.

Elle l'attira vers lui.

— Jessica…

Sa voix était froide.

— Entre juste quelques…

— Jessica !

Jessica leva les yeux sans rien remarquer d'anormal Son sang se figea. Elle tâtonna instinctivement à la recherche de Démonstration et la porta à ses lèvres, prête à chuchoter son nom.

Ils descendaient vers le gazon. Il la serra fort, et les repoussa dans les airs. Elle ignorait où ils allaient ; Jonathan avait repris leur vol en main et la traînait derrière lui comme un vulgaire paquet. Jessica inspecta le ciel à la recherche de darklings, de grouilleurs, de n'importe quelle créature. Mais elle ne vit que les nuages ainsi que la lune au-dessus d'eux.

Après un bond assez bref, ils atterrirent avec rudesse sur le toit de la maison d'en face. Jessica se cassa un ongle en se rattrapant aux tuiles en ardoise. C'était le premier endroit où Jonathan l'avait emmenée, se souvint-elle, et cette fois encore, elle se retrouvait traînée comme un ballon au bout d'une ficelle.

Ils s'immobilisèrent en haut du toit.

— Là, en bas ! dit-il en pointant le doigt vers les buissons touffus qui bordaient la pelouse devant la maison.

— Un darkling ?

Un simple grouilleur ne l'aurait pas inquiété à ce point.

— Je ne sais pas. J'ai eu l'impression que c'était… un homme.

Un midnighter ? s'étonna-t-elle. Pourquoi l'un d'entre eux les espionnerait-il ?

Ils rampèrent jusqu'au bord du toit pour jeter un coup d'œil.

La silhouette accroupie dans les buissons était bel et bien humaine, vêtue d'un long manteau contre le froid automnal. Elle tenait un objet sombre contre son visage. Jessica compta jusqu'à dix ; la silhouette demeura immobile.

— Ce n'est qu'un rigide, dit-elle à haute voix, avant de se rendre compte qu'elle avait employé le mot de Mélissa. Un homme ordinaire.

— D'accord, mais que… qu'est-ce qu'il fiche ici ?

Ils se levèrent ensemble et se laissèrent tomber du toit.

Une fois au sol, ils purent constater la pâleur spectrale de la peau de l'inconnu, la raideur irréelle de sa position. Il était jeune, plutôt mignon, mais les diurnes avaient toujours un air guindé dans le temps bleu, un peu comme Jessica sur les photos. Sa montre-bracelet était arrêtée sur minuit pile.

Il tenait à la main un appareil photo, dont l'objectif s'enfonçait à travers les buissons comme un long museau noir.

— Oh, mon Dieu, murmura Jessica.

L'appareil était braqué droit sur sa maison. Sur sa fenêtre.

— Jonathan... ?

— Oui, j'ai vu.

— C'est sûrement une espèce de pervers !

La voix de Jonathan se radoucit.

— Qui se serait posté là à minuit pile ? Devant *ta* maison ?

— Il ne peut pas être au courant de quoi que ce soit. C'est un rigide.

— Sans doute.

Il s'approcha de l'homme avec précaution, fit claquer ses doigts devant son visage. Pas de réaction.

— Que va-t-on faire, Jonathan ?

Il se mordit la lèvre.

— Je suppose qu'il ne nous reste plus qu'à demander l'avis de Rex. Demain. (Il se retourna vers elle.) En attendant, tu vas rentrer chez toi.

— Quoi ? (Elle leva les yeux vers sa fenêtre. Elle l'avait

laissée ouverte, avec un mince rideau pour toute protection.) Je ne veux pas retourner là-bas. Pas avec ce type qui me… surveille.

— Il le faut, Jess. Minuit va bientôt prendre fin. Mieux vaut ne pas te faire attraper là-dehors. Tu serais punie de sortie à vie.

— Je sais, mais…

Elle dévisagea l'homme. Il y avait pire que se faire consigner dans sa chambre.

— Je vais rester là, promit Jonathan. Je vais me cacher, attendre la fin de minuit et m'assurer qu'il ne tente rien.

Jessica était figée sur place, comme accablée par le retour de la gravité.

— T'inquiète, Jess. Je l'aurai à l'œil.

Il ne servait à rien de discuter. La lune de minuit était en train de se coucher, et Jessica ne voulait pas courir le risque de regagner sa chambre durant le temps normal. Quand l'homme se défigerait, elle serait probablement plus en sécurité à l'intérieur. Elle toucha le bras de Jonathan.

— D'accord. Mais sois prudent.

— Tout ira bien, ne t'en fais pas. Je t'appelle demain matin.

Il l'embrassa, un baiser long et intense cette fois-ci, en la faisant décoller du sol une dernière fois. Puis Jessica franchit la rue et se faufila par sa fenêtre.

Sa chambre rangée avec un soin obsessionnel lui parut froide, inhospitalière dans l'éclairage bleuté. Jessica effleura le montant de sa fenêtre, toucha ses treize punaises. D'ici quelques minutes elles ne serviraient plus à rien. La magie des nombres ne la protégerait pas de l'inconnu derrière les buissons. Même Démonstration ne serait plus qu'une lampe torche.

Elle referma la fenêtre, mit le loquet, puis fit le tour de la chambre pour verrouiller les autres fenêtres.

Un coup d'œil à sa montre lui confirma qu'elle n'avait pas le temps de vérifier toutes les ouvertures de la maison, pas sans réveiller Beth ou les parents. Pourtant, il fallait bien faire *quelque chose.* Elle fouilla dans son tiroir, parmi les ciseaux et le ruban adhésif, et choisit une cale en caoutchouc qu'elle glissa sous sa porte. Au moins, celui qui tenterait d'entrer dans sa chambre se ferait repérer en créant un raffut de tous les diables.

Malgré cela, Jessica n'était pas certaine de parvenir à trouver le sommeil.

Assise par terre le dos contre la porte, elle patienta, en tenant Démonstration à deux mains. La torche ne jouerait peut-être pas les lance-flammes dans le temps normal, mais elle était tout de même en acier lourd, et c'était mieux que rien.

Jessica ferma les yeux en attendant la fin du temps bleu.

Elle sentit de nouveau la secousse – plus douce, comme toujours quand le temps normal reprenait son cours. Le plancher frémit sous elle ; la Terre se remettait à tourner.

Un bruit discret parvint à ses oreilles et elle ouvrit les

yeux d'un coup, les phalanges crispées sur sa torche. La chambre avait retrouvé ses couleurs, ses ombres nettes, ses mille et un détails. Jessica plissa les paupières sous l'éclairage trop cru ; ses yeux s'attardèrent sur les fenêtres.

Puis, elle comprit la source du bruit et laissa échapper un soupir de soulagement. La pièce de vingt-cinq cents avait fini par retomber. Elle se découpait sur le bois sombre.

Jessica s'approcha et se pencha dessus.

— Pile, marmonna-t-elle.

2

00 h 01

FLATLAND

Le temps normal s'abattit sur les épaules de Jonathan comme une chape de plomb.

Il se trouvait couché sur le toit, juste au-dessus de l'homme à l'appareil photo. Il avait les bras et les jambes écartés pour mieux répartir son poids mais, quand la gravité reprit ses droits, il glissa vers le bord le temps d'une seconde vertigineuse. Un léger bruit de frottement s'échappa de sous lui, et il jura en silence.

Puis Jonathan entendit ronronner l'appareil photo, en une succession de chuintements. L'homme avait initié une séquence de prises de vue en continu *juste avant* minuit. C'était mauvais signe. Bah, le bourdonnement de l'appareil avait au moins masqué le bruit de sa glissade.

Jonathan releva la tête avec effort. Il avait du mal à respirer, plaqué comme il l'était contre l'ardoise glaciale par une gravité devenue écrasante. En dessous, l'homme baissa son appareil et consulta sa montre coûteuse qui scintillait au clair de lune. Il entreprit de démonter son objectif.

Jonathan fut parcouru d'un frisson. Le toit lui semblait bien froid maintenant que minuit s'était enfui et que le vent de l'Oklahoma le transperçait. Comme il pensait rentrer chez lui avant la fin de l'heure bleue, il n'avait pas emporté de blouson.

Zut, se dit-il en songeant à la longue marche qui l'attendait. Sans faire de bruit, il ramena les bras contre son corps et souffla sur ses doigts.

En bas, l'homme avait rangé son appareil dans son étui. Resserrant les pans de son manteau, il se faufila dans le jardin derrière la maison et se hissa avec aisance par-dessus la palissade. Le bruit de ses pas s'éloigna dans la ruelle.

Jonathan rampa jusqu'à la gouttière et regarda en bas, regrettant de s'être caché sur le toit. L'idée lui avait semblé judicieuse sur le moment – quand il pouvait encore voler.

Mais ici, dans Flatland – le monde plat en deux dimensions –, cette cachette lui paraissait bien haute.

Il descendit en se retenant du bout des doigts à la gouttière, qui grinça. Puis il se laissa tomber comme un sac de pommes de terre.

— *Aïe !*

Jonathan ressentit une vive douleur dans la cheville droite. Il serra les dents, priant pour que son cri soit couvert par le gémissement du vent dans les arbres. La douleur était intense ; elle lui arracha des larmes. Il prit une longue inspiration pour la refouler. L'homme était déjà loin.

Jonathan franchit la pelouse en boitillant et jeta un coup d'œil derrière la palissade. Il aperçut une silhouette au bout de la ruelle, qui s'éloignait à la hâte dans la nuit froide. Il escalada la palissade à son tour, en bandant ses muscles. Il lui fallait toujours un temps pour s'adapter à la gravité, aussi bien mentalement que physiquement. Minuit ne durait qu'une heure par jour, mais c'était la seule période où Jonathan se sentait vivant. Les vingt-quatre heures restantes, il était piégé dans Flatland, collé au sol comme une mouche prise dans du miel.

Une nouvelle onde de douleur irradia dans sa cheville quand il mit le pied sur la terre battue de l'autre côté de la palissade. Il se mordit la lèvre pour ne pas crier, accroupi dans l'ombre, le temps que l'homme tourne le coin de la ruelle.

Puis il le suivit en traînant la patte.

Quelques instants plus tard, une voiture s'ébranlait au bout de l'allée. Jonathan se réfugia dans une rue latérale, échappant de justesse à la lueur des phares. Dans son esprit, il imagina le saut nonchalant qui l'aurait emporté hors de vue sur le toit, alors qu'ici, dans Flatland, il devait courir se cacher derrière un pick-up.

La voiture remonta la ruelle non goudronnée, dans un grondement de cailloux et de gravier. Ses phares étaient aveuglants. Les yeux de Jonathan ne s'étaient pas davantage résignés à la fin de l'heure bleue que le reste de sa personne. Il perçut un goût de sang dans sa bouche, où un point douloureux palpitait au rythme de son pouls. Super. Il s'était ouvert la lèvre.

Après le passage de la voiture, Jonathan émergea de sa cachette et s'accroupit dans la lueur rouge des feux arrière pour déchiffrer la plaque d'immatriculation. Puis il replongea dans l'ombre en se répétant le numéro, encore et encore, comme les tours de Dess.

Le bruit de moteur s'éloigna et Jonathan s'autorisa un soupir de soulagement. Au moins, l'homme était parti. Pour l'instant, il s'était contenté d'espionner.

Mais pourquoi ? Pour autant qu'il le sache, les midnighters étaient les seuls à connaître l'existence de l'heure secrète. Le silence avait toujours été un mot d'ordre tacite entre eux.

Pourtant, cet homme savait quelque chose. Il ne pouvait s'agir d'une simple coïncidence. Représentait-il une menace ?

Jonathan descendit la ruelle en s'appuyant sur son pied valide. Il aurait tout le loisir de réfléchir à la question sur le chemin du retour, à s'efforcer de ne pas geler sur place tout en guettant Clancy Saint-Claire. Le shérif avait une dent contre Jonathan depuis qu'il les avait embarqués tous les deux, Jessica et lui, pour avoir enfreint le couvre-feu. De plus on était samedi soir, le pire jour de la semaine pour tomber entre ses griffes. Jonathan n'avait aucune envie de repasser deux nuits en prison, à rebondir sur les murs de sa cellule pendant l'heure secrète en attendant le lundi matin.

Il boitilla jusqu'au bout de la ruelle et jeta un regard prudent de part et d'autre, puis fit quelques pas dans la rue. Aucune voiture en vue, rien.

Il se retourna vers la maison de Jessica de l'autre côté de la rue. Sa chambre était encore allumée. Elle était probablement morte de peur, à fixer ses fenêtres en se demandant qui rôdait de l'autre côté.

Jonathan grelotta. Peut-être pourrait-il s'épargner cette longue marche dans le froid. C'était le week-end, son père ne s'apercevrait de rien et le plancher de Jessica serait toujours plus accueillant qu'un fossé. Il n'aurait qu'à s'en aller tôt le matin, avant que quiconque soit réveillé dans la maison.

Jessica elle-même lui avait proposé de venir, se souvint-il. Elle avait quelque chose à lui montrer. À moins qu'elle veuille simplement se retrouver avec lui dans un endroit tranquille et discret. Ils s'étaient à peine embrassés, cette nuit.

— Quel imbécile, lâcha-t-il à voix basse, regrettant de ne pas y avoir réfléchi avant de renvoyer Jessica chez elle.

Elle lui aurait probablement dit oui.

Au bout d'une longue minute glaciale, Jonathan soupira et refoula sa frustration. On n'était plus dans l'heure secrète, mais dans Flatland. S'il tapait au carreau, ils risquaient de se faire prendre et Jessica aurait des ennuis. Ses parents flipperaient de le trouver là. Jonathan était à peu près certain que les flics avaient dû mentionner son nom en raccompagnant Jessica. Il doutait d'être le bienvenu à n'importe quelle heure de la journée, à plus forte raison au beau milieu de la nuit.

Il tourna les talons et commença à s'éloigner en boitant. Quand il pouvait voler, le trajet jusqu'à la maison de

Jessica lui demandait moins de cinq minutes, mais dans le temps normal (et avec une cheville foulée, à tous les coups) il allait en avoir pour au moins deux heures.

Il resserra le col de sa chemise légère, scruta la route en quête de voitures de police et partit en direction de chez lui.

3 | 01 h 19

GÉOSYNCHRONES

Elle refit de nouveau ce rêve, empli de silhouettes scintillantes en fil de fer, de sphères tracées en lignes de feu, pareilles au double huit des coutures sur une balle de base-ball ou à une peau d'orange pelée en longue spirale. Ces lignes s'enroulaient les unes autour des autres, serpents aux couleurs éclatantes qui s'entrecroisaient sur un ballon de plage, effectuant de nouveaux tours chaque soir. Elles modifiaient sans arrêt leurs combinaisons, à la recherche d'un motif précis parmi tant d'autres…

Dess s'éveilla en sueur dans sa chambre glaciale.

Elle se frotta les yeux et consulta son horloge. *Mince.* Il était minuit passé ; elle avait dormi durant toute l'heure secrète, encore une fois.

Dess secoua la tête. Cela ne lui arrivait jamais auparavant. Dans les rares occasions où elle se couchait avant minuit, le passage dans le temps bleu ne manquait pas de la réveiller, avec ses frissons et son silence soudain. Quel intérêt de disposer d'une heure de plus si on la passait à dormir ?

Pourtant, elle l'avait ratée une fois de plus.

Les formes incandescentes de son rêve continuaient à flamboyer dans sa tête. Sa dernière théorie lui embrouillait les idées, cherchait des réponses qui n'existaient pas encore dans les bribes de données qu'elle avait réunies. Le rêve revenait tous les soirs à présent. Son cerveau s'emballait tout seul dans le noir, telle une machine à calculer devenue folle. Elle commençait malgré tout à comprendre certaines de ses images.

Les sphères représentaient la Terre, cet adorable terrain de jeu où l'humanité se voyait confinée – à l'exception de Jonathan pendant l'heure secrète, le sale veinard. Les lignes brillantes étaient les coordonnées géographiques – longitude, latitude et autres géométries invisibles qui donnaient toute son importance à Bixby. (Voilà bien deux mots qui n'allaient pas du tout ensemble : *Bixby* et *importance*. Quel qu'il soit, celui qui avait décidé de faire de cette ville le centre du temps bleu aurait dû regarder la chaîne Voyages plus souvent.)

Dess fronça les sourcils. Le rêve de cette nuit avait suscité une nouvelle représentation mentale : celle d'un cercle de diamants lumineux, disposés de façon régulière autour de l'une des Sphères-ballons de plage et décrivant une rotation lente. Il y en avait vingt-quatre – un chiffre hautement darkling. Que pouvait bien signifier cette image ?

Elle se demandait parfois si cette théorie ne l'entraînait pas sur une fausse piste. Peut-être attachait-elle trop d'importance à la position de Bixby.

Dess secoua la tête. Les cartes de forage de son père étaient très précises, et les maths ne mentaient jamais. L'intersection de trente-six degrés nord et de quatre-vingt-seize degrés ouest se situait à quelques kilomètres hors de la ville, en plein milieu de la fosse aux serpents. Ces deux nombres étaient des multiples de douze. Cela signifiait forcément quelque chose, la fosse aux serpents, source de l'ancien savoir de Rex et véritable aimant à darklings, était posée dans le désert comme une araignée géante au centre de sa toile.

Une chose était devenue claire aux yeux de Dess : la géométrie du temps bleu était autrement plus complexe que n'importe quelle toile d'araignée. Il existait des asymétries dans la manière dont se formait l'heure secrète, des subtilités dans le déploiement de ses lignes à travers le désert et jusqu'à Bixby. Mélissa se plaignait parfois des variations de ses pouvoirs télépathiques, lesquels s'affaiblissaient ou se renforçaient d'un endroit à un autre comme la réception d'un autoradio dans les montagnes. Et maintenant que Dess avait pris la peine de cartographier tous les sites d'ancien savoir notés par Rex, une sorte de schéma en avait émergé, là aussi.

Sans oublier, bien sûr, les disparitions comme celle du shérif Michaels deux ans plus tôt. Les darklings ne s'en prenaient jamais aux rigides, mais il fallait bien qu'ils mangent. D'après Rex, il existait certains lieux où la frontière entre le temps figé et le temps normal se brouillait. C'était la vraie raison du fameux couvre-feu de Bixby. Une personne ordinaire – ou une vache égarée, ou un lapin malchanceux – qui se retrouvait figée à proximité d'un tel endroit risquait d'être aspirée de l'autre côté pour un voyage imprévu au bas de la chaîne alimentaire.

Tout cela ne signifiait qu'une seule chose : minuit avait une forme, avec des ondulations et des pics. Peut-être y trouvait-on certains points où la magie des nombres de Dess serait plus forte ou plus faible, d'autres où le pouvoir de porte-flambeau de Jessica ferait un vrai malheur, et d'autres encore dont les darklings refusaient de s'approcher. Peut-être y trouvait-on des endroits où se cacher.

Théorie brillante, mais qui se heurtait à certains détails. Les calculs étaient vraiment ardus. C'était de la trigo sous stéroïdes, et à force de les retourner dans sa tête toute la journée, Dess en faisait des cauchemars.

Elle resta allongée là, à contempler les notes griffonnées sur son tableau, regrettant de ne pas avoir une super machine à calculer pour l'aider. Dess fronça les sourcils à nouveau ; elle n'avait jamais utilisé de sa vie la moindre calculatrice. Et l'ordinateur du lycée, sur lequel M. Sanchez la laissait pianoter de temps en temps, ne ferait pas l'affaire non plus. Ce dont elle aurait eu besoin, c'était d'un superordinateur de la NASA, le genre à prédire l'évolution du réchauffement climatique ou la trajectoire d'un astéroïde tueur de monde.

À l'autre bout de la pièce, Ada Lovelace se tenait sur sa petite plate-forme, plus stoïque que jamais.

— Oui, moi aussi je voudrais bien que tu puisses m'aider, lança-t-elle à la figurine. (Hélas, la vraie Ada était morte – depuis cent cinquante-trois ans, en fait –, disparue bien avant que le monde ne réalise à quel point elle avait été brillante.) Je sais ce que tu ressens, ma belle.

Dess roula hors de son lit.

La principale difficulté consistait à mesurer tout cela. Le temps bleu n'avait pas de panneaux indicateurs, ni de tables de trigonométrie, et Google ne fournissait aucun détail à son sujet. Lorsqu'elle interrogeait Mélissa sur ses problèmes de réception, Dess devait soigneusement dissimuler ses pensées pour ne pas trahir son véritable intérêt. Sans savoir pourquoi, elle tenait à ne pas dévoiler sa nouvelle théorie pour l'instant... Bon, d'accord, elle en connaissait la raison. Rex et Mélissa avaient bien leurs petits secrets, après tout ; quant à Jessica et Jonathan, ils étaient égarés si haut sur la montagne de l'Amour exclusif qu'elle envisageait de leur envoyer une équipe de sauvetage. Cette chose lui appartenait, à *elle seule.*

Mais garder son secret lui laissait peu de latitude pour travailler ; les propos de midnighters et les cartes de forage de son père demeuraient son seul recours. Encore devait-elle emprunter ces dernières à la faveur de la nuit.

— D'ailleurs, puisqu'on en parle...

Il était une heure vingt-cinq du matin désormais, soit seize mille cinq cents secondes avant le réveil du vieux ronchon s'il travaillait ce week-end. L'heure idéale pour compulser ses précieuses cartes.

Dess balança ses pieds nus sur le sol, sentant le vent s'infiltrer entre les lattes disjointes. Elle testa le plancher sous son poids – certaines nuits, il grinçait plus que d'autres. La porte de sa chambre s'ouvrit en silence grâce à son traitement hebdomadaire à l'huile de moteur (c'était parfois bien utile d'avoir un père qui aurait voulu un garçon).

Le vent soufflait fort cette nuit-là, sourd, insistant, ponctué par le claquement d'un volet mal fermé dans le parc de caravanes, de l'autre côté du champ voisin. Heureusement, il y avait assez de grincements dans la maison pour couvrir le bruit qu'elle pourrait faire.

Au milieu du salon trônait un grand meuble à classeurs bas, maculé de cercles de rouille de la circonférence exacte d'une bouteille de bière Pabst Blue Ribbon. Parmi les cannettes vides et les capsules remplies de cendres de cigarette se trouvait une rangée de télécommandes auxquelles elle ne touchait que rarement. Car si Dess remplissait les déclarations d'impôts de ses parents et s'occupait de leurs factures depuis qu'elle était toute petite, elle n'avait jamais accès aux notices d'appareils comme le magnétoscope ou le lecteur de DVD.

Au cours de la semaine, elle avait étudié avec méthode les trois premiers tiroirs de cartes. Elle ouvrit donc le quatrième. L'odeur âcre du pétrole brut s'en dégagea, cette odeur qu'elle associait à son père et qui lui rappela les demi-lunes noirâtres qu'il avait toujours sous les ongles.

Les bords des cartes s'enroulèrent vers le haut, comme si elles souriaient en la voyant.

— Salut, mes jolies, murmura-t-elle dans la pénombre. Tiens, d'où tu sors, toi ?

Un objet inconnu, de la taille d'un paquet de cigarettes, reposait sur les cartes. Il avait l'air tout neuf, sans les traces de pétrole et les éraflures propres au matériel de son père. Elle crut un moment qu'il s'agissait d'une nouvelle zapette, le genre de gadget qui commande une antenne télé de taille industrielle.

Mais en le ramassant, elle remarqua le logo en forme de boussole au-dessus d'un petit écran éteint et parcourut du regard la multitude de boutons juste en dessous.

— Waouh !

Son rêve lui revint aussitôt en mémoire : les vingt-quatre diamants scintillant en orbite autour d'une Terre en fil de fer, disposés à intervalles réguliers autour de l'équateur, et reliés à la surface par des lignes de triangulation.

Elle caressa l'objet et comprit soudain ce que représentaient les diamants – des satellites géosynchrones, suspendus chacun au-dessus d'un point précis de la planète, diffusant leur signal GPS à longueur de journée.

Dess pressa l'interrupteur et le petit écran s'alluma.

N 12° 16,41320
O 96° 51,21380

— Oh, oui !

Les coordonnées s'affichèrent dans son esprit, traçant deux axes brillants, *x* et *y*, sur une carte apprise par cœur du deuxième tiroir en partant du haut. Elles lui étaient familières, mais beaucoup plus précises que ce qu'elle avait pu déterminer d'après la graduation des bords de la carte : l'appareil indiquait la position de sa maison. De son salon, en fait, au mètre près.

Au diable le super ordinateur – voilà la machine dont elle avait besoin. Une petite merveille qui saurait toujours de façon précise où elle était, qui lui fournirait tous les chiffres nécessaires pour craquer le code du temps bleu.

Dess contempla l'appareil d'un œil gourmand en se mordillant l'ongle du pouce. La seule difficulté restait de trouver comment l'emprunter. Il ne fonctionnerait pas dans l'heure secrète – même si le vaudou lance-flammes de Jessica parvenait à l'allumer, un récepteur GPS ne lui serait d'aucune utilité sans le signal des vingt-quatre satellites répartis dans l'espace. Elle allait devoir l'utiliser dans le temps normal.

Ce qui risquait d'être compliqué, à moins que…

Dess inspira. Son père n'avait certainement pas acheté ce truc. Il n'aurait pas hésité entre de nombreuses bières et ce joujou. Il était contremaître, désormais ; son entreprise avait dû le lui confier. Selon toute vraisemblance, il ne devait guère s'en servir ! Il détestait la technologie – hormis celle qui lui permettait de revoir les meilleurs moments de ses matchs au ralenti.

Elle baissa de nouveau les yeux sur les chiffres lumineux.

— Joli… murmura-t-elle.

Et qu'elle soit damnée si *géosynchrones* n'était pas un décatrigramme, treize lettres exactement !

Au pire, elle n'aurait qu'à dissimuler soigneusement le GPS et supporter quelques heures les grognements du vieux ronchon pendant qu'il retournerait toute la maison. Comme il le faisait chaque fois qu'il égarait ses clés de voiture.

Inutile de rester assise là plus longtemps, trancha Dess. Elle savait déjà ce qu'elle allait faire. Ses rêves l'avaient confortée dans sa décision.

Elle s'arrêta tout de même un instant sur cette pensée. Comment diable avait-elle pu rêver d'un GPS alors que son esprit ignorait que son père en possédait un ? Voilà qui méritait réflexion.

Toutefois, en attendant…

Elle referma la main sur l'appareil et murmura :

— Il est à moi.

4 09 h 45
LA FORCE DE CORIOLIS

— 'jour, Beth.

— Qu'a-t-il de si bon ?

Jessica se tourna vers sa petite sœur, qui tenait à la main une tranche de pain au son.

— Je n'ai pas dit *bonjour*, Beth. Juste *'jour.* Donc, je n'ai pas à t'expliquer en quoi il est bon.

Beth fixa Jessica en plissant les yeux. Son petit cerveau turbinait à plein régime pendant qu'elle sirotait son jus d'orange.

— Je n'ai pas dit que tu avais dit qu'il était bon. Je te posais simplement une question.

— C'est nul. Papa, dis à Beth qu'elle est nulle.

— Les filles… grommela leur père sans lever les yeux de son journal.

— Il ne peut pas t'aider, Jess. Il n'entend pas vraiment ce que nous disons, expliqua Beth. Il ne fait que réagir au son de notre voix. Un peu comme un chien.

— Hé ! Ça, j'ai entendu, dit Don Day en foudroyant Beth du regard.

La jeune fille se recroquevilla derrière son jus d'orange.

Mme Day passa en coup de vent, habillée pour aller au bureau comme souvent le dimanche matin, ces derniers temps. C'était son nouvel emploi chez Aerospace Oklahoma qui les avait fait déménager à Bixby.

— Salut, m'man. Tu veux que je te prépare quelque chose ?

Jessica enfonça deux tranches dans le grille-pain.

— Bonjour tout le monde. Non merci, Jess. Nous prendrons notre petit déjeuner pendant la réunion.

— Quand est-ce que ton nouveau travail deviendra un travail normal, maman ? Et que tu pourras passer le week-end à la maison ? s'enquit Beth.

Jessica se retourna et vit que son père guettait la réponse lui aussi.

Sa mère les dévisagea tous les trois puis soupira.

— Je n'en sais rien. Mais pour aujourd'hui, c'est ma faute. Je me suis portée volontaire pour ce comité concernant la nouvelle piste.

— Il ne faut jamais se porter volontaire, dit M. Day en se replongeant dans son journal.

La mère de Jessica le dévisagea avec cette froideur nouvelle qui s'était installée chez elle au cours des dernières semaines, sans doute en rapport avec le fait qu'il n'avait pas encore retrouvé du travail. Jessica, qui veillait tard pour attendre l'heure secrète, les avait entendus se disputer à ce sujet. Sa mère aurait voulu que son mari prenne un emploi temporaire en dehors de l'informatique, sa spécialité, afin qu'il ramène un peu d'argent – et aussi qu'il prenne un peu l'air.

Donald Day ne s'aperçut de rien, cependant. Comme toujours.

— J'ai vu un tourbillon de poussière la nuit dernière, dit Jessica pour tenter de détendre l'atmosphère.

— La nuit dernière ? releva Beth d'une voix suave.

Jessica baissa les yeux sur sa tartine.

— Avant-hier soir, je veux dire. En revenant du lycée. Il était énorme, au moins trente mètres de haut.

— Nous sommes dans une région de tornades, après tout, dit son père en levant la tête de son journal. C'est à cause de la force de Coriolis. J'ai vu un reportage sur la chaîne météo…

Beth geignit.

— Oh non, pas encore la chaîne météo.

Jessica enfourna sa tartine. Son père développait de curieuses manies depuis qu'il était au chômage.

— Qu'y a-t-il de mal à regarder la chaîne météo ? demanda-t-il.

— Deux mots, papa : *chaîne* et *météo.*

Il l'ignora.

— Bref, la force de Coriolis est engendrée par la rotation de la Terre, qui a tendance à laisser l'air sur place. Ce qui fait que le vent souffle plus fort dans les zones plates comme en Oklahoma. On n'y peut rien.

Jessica battit des cils.

— C'est logique, en fait.

Peut-être était-ce la raison pour laquelle le vent ne soufflait plus à l'heure secrète : la Terre cessait de tourner en dessous de Bixby.

Beth la dévisagea, agacée de la voir témoigner un certain intérêt aux propos de leur père. Elle soupçonna aussitôt sa grande sœur de jouer les fayotes.

— Ben tiens, Jess. Comme s'il n'y avait jamais de vent à Chicago[1].

Le téléphone sonna. Avant que Jessica ait pu esquisser un geste, Beth avait fait pivoter sa chaise et tendu le bras pour décrocher.

— C'est pour moi ? demanda leur mère.

Elle consulta sa montre-bracelet, passa son sac sur son épaule et se détourna de son café à peine entamé.

— Non, pour Jessica. (Beth lui tendit le téléphone, l'air mielleux.) Un certain Hank ?

Jessica ébaucha un petit sourire. « Hank » était le nom de code de Jonathan. Jessica ne pensait pas que Beth l'ait déjà compris, mais sa petite sœur se comportait toujours comme si elle savait quelque chose – par principe.

— Je vais le prendre dans l'entrée. Bonne journée, maman.

Jessica ne prononça pas un mot avant d'avoir entendu le déclic indiquant que Beth avait raccroché.

— Allô ?

---

1. Aux États-Unis, Chicago est surnommée *Windy City*, « la ville venteuse ». (*N.d.T.*)

La voix de Jonathan était rauque, comme s'il avait attrapé froid, mais c'était bon de l'entendre. Il lui raconta ce qui s'était passé la nuit précédente, comment l'homme avait plié bagage aussitôt après la fin de l'heure secrète. Puis, le scoop : qu'il prenait des photos à l'instant précis de minuit.

— Alors, il est au courant, dit-elle à voix basse. Forcément.

Il y eut un blanc à l'autre bout du fil.

— Je suppose.

— Bon, j'en parlerai à Rex tout à l'heure.

Jessica soupira. Elle pouvait faire croire à son père qu'elle se rendait chez Rex pour étudier, mais cela compterait à coup sûr comme sa seule et unique sortie de la semaine. Enfin, cela valait toujours mieux que de passer la journée à la maison avec Beth, laquelle ne s'était toujours pas fait d'amis et lui enviait les siens.

— Je vais t'accompagner, dit Jonathan.

— Vraiment ? s'exclama-t-elle.

Mais sa joie fut de courte durée. Que Jonathan se montre disposé à supporter la compagnie de Rex Greene montrait à quel point la situation était grave.

Jessica Day avait des ennemis humains à présent.

— Crois-moi, lui assura Jonathan, il vaut mieux que tu n'ailles pas chez lui toute seule.

— C'est rassurant.

— Tu sais où il habite ?

Elle l'ignorait. Maintenant qu'elle y pensait, Jessica ne

s'était jamais rendue chez aucun des autres midnighters, pas même chez Jonathan. Entre les dangers mortels de l'heure secrète et son confinement à la maison, elle n'avait pas encore eu l'occasion de sortir. Sa vie normale se trouvait mise entre parenthèses – figée.

Jonathan lui indiqua l'adresse et ils convinrent de se retrouver sur place dans l'heure suivante.

En raccrochant, Jessica jeta un coup d'œil par la porte vitrée. La journée promettait d'être belle, et froide. Elle frémit en songeant que l'inconnu se trouvait peut-être là, dehors, en ce moment même. Au moins, les darklings la laissaient tranquille vingt-quatre heures sur vingt-cinq. Désormais, elle n'était même plus en sécurité à la lumière du jour.

Elle n'avait connu qu'une semaine d'insouciance à Bixby avant que sa vie ne soit bouleversée du tout au tout. Et voilà que le danger devenait permanent.

La voix de sa sœur lui parvint de la cuisine :

— C'est bon, papa. Il n'y a pas de force de Coriolis. L'Oklahoma, c'est nul, point barre.

5 10 h 51

FOIRE AUX CRÈMES GLACÉES

Jessica arrêta son vélo et contempla la maison de Rex Greene, entourée de part et d'autre de villas plus récentes, et sa pelouse, réduite à quelques plaques d'herbe jaunie.

L'endroit paraissait désert, à l'abandon depuis des années. Pourtant le père de Rex avait répondu au téléphone une heure plus tôt. Il avait dit que oui, Rex était là, puis avait raccroché sans se donner la peine d'appeler son fils. Jessica avait cru comprendre, d'après certaines allusions des autres midnighters, que quelque chose clochait chez le vieil homme mais personne n'avait voulu lui dire quoi.

Elle consulta sa montre – qui avançait d'une heure, car elle continuait à tourner pendant l'heure secrète –, en priant pour que Jonathan ne traîne pas. Elle ne tenait pas à affronter seule le père de Rex.

— Jessica !

Elle sursauta et fit volte-face avant d'avoir reconnu la voix.

— Mince, Jonathan. Tu m'as fait peur.

Il sortit de derrière le vieux chêne qui projetait une ombre menaçante sur la pelouse.

— Désolé. (Il semblait très enroué.) Je me… cachais, au cas où ton père t'aurait accompagnée en voiture. Je n'avais pas envie qu'il me reconnaisse.

Jessica leva les yeux au ciel.

— Il ne sait même pas à quoi tu ressembles. De toute façon, il est beaucoup moins parano depuis que maman et lui ont décidé d'alléger ma punition.

Même si, comme prévu, son père avait donné pour cette visite sa permission : « Vous êtes libéré de prison », valable une seule fois par semaine, Jessica espérait faire annuler cette décision par sa mère si elle ne rentrait pas trop épuisée de son travail.

La jeune fille poussa son vélo jusqu'à la terrasse et entreprit de l'attacher à la rambarde en fer.

— Pas besoin de ça ici, tu sais, lui fit observer Jonathan.

Jessica glissa la chaîne entre les rayons et boucla le cadenas.

— Je préfère. Vieille habitude de Chicago… Et puis, j'aime bien avoir Anfractuosité à portée de main.

— Anfractuosité ? Tu as baptisé ta chaîne de vélo ?

— Bah, c'est un nom de treize lettres.

Jonathan sourit.

— Je parie que c'est Dess qui l'a trouvé.

— Qui d'autre ?

Jessica tira sur le cadenas pour vérifier qu'il était bien verrouillé. Quand elle se retourna vers Jonathan, il s'approcha pour la prendre dans ses bras. Elle se serra contre lui et se sentit au chaud et en sécurité. Dans l'heure secrète, Jonathan paraissait si frêle, presque fragile tant il ne pesait rien, comme s'il n'était pas vraiment là. Minuit avait beau leur permettre de voler, cela lui enlevait aussi une part de Jonathan.

— Ça va ? s'inquiéta Jonathan.

— Mais oui. Je manque de sommeil, c'est tout. Et toi ? On dirait que tu es malade.

Il haussa les épaules.

— Je n'avais pas emporté de blouson hier soir. J'ai eu un peu froid en retournant chez moi.

— Oh, mon Dieu ! J'avais complètement oublié… (Elle n'avait pas songé que Jonathan devrait rentrer à pied – elle ne se le représentait jamais en train de marcher.) Il gelait hier soir.

Il sourit et dit d'une voix rauque :

— Ne m'en parle pas.

Jessica fixa le bout de ses chaussures. Elle avait eu peur mais au moins, elle se trouvait bien au chaud dans sa maison. Alors que lui parcourait des kilomètres. Plongeant son regard dans ses yeux bruns, elle lui dit doucement :

— Tu sais, tu aurais pu venir me…

La porte moustiquaire s'ouvrit brutalement dans un grincement de charnières rouillées.

Ils se retournèrent tous les deux. De la maison délabrée sortit un vieillard mal rasé, aux traits burinés. Les mains tremblantes, il écarta les doigts en fixant la terrasse, comme pour attraper quelque chose d'invisible.

— Elles se sont sauvées !

— Désolée, s'excusa Jessica. Heu… qui ça ?

— Mes petites chéries…

Il cligna les paupières dans sa direction. Un film laiteux voilait ses yeux. La confusion prit le pas sur son expression paniquée, tandis qu'un filet de bave brillait sur son menton. Des touffes de poils blancs se dressaient çà et là, comme si le rasoir ne pouvait les atteindre au fond des rides profondes.

— Tout va bien, papa. Je les retrouverai.

Les traits pâles et les lunettes de Rex se précisèrent derrière la moustiquaire. Les gonds rouillés gémirent de nouveau quand il tendit la main pour prendre son père par l'épaule.

— Retourne t'asseoir à l'intérieur pendant que je les cherche.

Rex reconduisit son père dans la maison. Le vieillard continua à marmonner. La moustiquaire se referma derrière eux, et finit par s'immobiliser après une série de claquements.

Jessica prit Jonathan par la main.

— Merci d'être venu, au fait.

— Je n'aurais pas voulu rater ça, croassa-t-il.

Des bruits de pas se firent entendre, et Jonathan lui lâcha la main.

— C'est vous qui avez appelé, tout à l'heure ?

Rex ouvrit la porte et sortit au soleil en plissant les paupières. Il leur indiqua trois fauteuils de jardin sur le côté. Il portait son uniforme de tous les jours : un pantalon noir, avec une chemise si noire que son visage blafard avait paru flotter derrière la moustiquaire. Ses grosses bottes résonnaient sur la terrasse, entourées de chaînes cliquetantes. Il avait appris leur nom à Jessica quelques jours auparavant – rien que des décatrigrammes, comme Consciencieux ou Impassibilité.

— Oui, c'était moi.

Les marches en bois fléchirent légèrement quand Jessica grimpa sur la terrasse. Jonathan attendit qu'elle soit en haut pour la suivre – sans doute pour ne pas exposer les vieilles planches à leur poids combiné. Il paraissait boiter. Que lui était-il donc arrivé sur le chemin du retour la nuit dernière ?

— Il faut excuser mon secrétaire, dit Rex d'un ton sec. Il est un peu distrait ces derniers temps.

— Heu, pas de problème. Il m'a quand même dit que tu étais là. Alors, on est venus.

Rex ôta ses lunettes, pour fixer Jessica avec tant d'intensité qu'elle dut détourner le regard. Elle savait que sans ses lunettes, le monde normal lui apparaissait flou. Mais le visage des midnighters, il le distinguait toujours à la perfection, à minuit comme en plein jour.

— Je te croyais privée de sortie, dit-il.

— Oui, mais j'ai le droit à une visite par semaine chez un ami.

Rex s'assit, avec un coup d'œil en direction de Jonathan.

— Je suis flatté.

Jessica s'installa avec précaution sur l'un des fauteuils, s'attendant à moitié qu'il s'écroule sous elle. Elle sentait le froid de l'assise en aluminium à travers sa jupe en laine, et la rouille rendait ses bras plus râpeux que du papier de verre.

— Il s'est passé quelque chose, dit simplement Rex.

Il savait qu'ils n'étaient pas là dans le seul but de bavarder.

Jessica jeta un coup d'œil vers la fenêtre voisine. Elle était ouverte, et des courants d'air glacés creusaient et gonflaient la moustiquaire à la manière d'une chambre à air.

— Ne t'en fais pas pour lui, dit Rex avec un petit sourire. Je n'ai pas de secrets pour mon père.

— Nous avons vu un truc la *nuit* dernière, commença Jonathan.

Il accentua subtilement le mot « nuit », comme ils le faisaient toujours pour parler de l'heure secrète.

Rex acquiesça d'un air perspicace.

— Animal, végétal, ou darkling ?

— Un homme, répondit Jessica. Figé devant chez moi, de l'autre côté de la rue, un appareil photo braqué sur ma fenêtre.

Rex fronça les sourcils. Ses bottes raclèrent les planches tandis qu'il se recroquevillait dans son fauteuil. Il eut soudain la même attitude qu'au lycée : nerveuse, indécise. Sa belle assurance ne transparaissait qu'à l'heure secrète, ou bien dans les discussions concernant les midnighters. Cette mention d'un homme ordinaire lui coupait tous ses moyens.

— Une sorte de voyeur ?

— Rien d'aussi banal, répondit Jonathan.

Jessica lui jeta un regard en coin. Les voyeurs étaient *banals*, maintenant ?

— Je l'ai observé après la fin de l'heure, poursuivit Jonathan. Le type a pris des photos à minuit pile. Il avait un de ces appareils qui... (Il brandit un objet invisible entre ses mains et fit claquer sa langue plusieurs fois de suite.) Tu sais, qui prend des photos en rafales. Je crois qu'il essayait de voir si... quelque chose aurait changé à minuit.

— Vous avez détruit la pellicule, j'imagine ?

— Heu...

Jessica et Jonathan échangèrent un regard.

— Non ? (Rex sourit, remit ses lunettes et se détendit dans son fauteuil. Il évoluait de nouveau en eaux familières.) Bah, ça ne me paraît pas bien méchant. Ses photos révéleront peut-être un léger changement à minuit. Je veux dire, tu as probablement déplacé tes rideaux en sortant. (Il haussa les épaules.) Pas mal de gens se sont essayés à ce qu'ils appelaient la « photographie spirite » au début des années 1900. Surtout ici, à Bixby. Ça ne donne jamais rien de probant.

— Comment peux-tu faire comme si tout ça n'était pas grave ? s'écria Jessica. C'est pourtant clair ! Ce type sait quelque chose à propos de minuit !

Rex hocha la tête en se balançant doucement sur son fauteuil.

— Ce ne serait pas le premier.

— Comment ça ?

Il se leva, saisit la porte moustiquaire et l'ouvrit en la faisant grincer.

— Suivez-moi, je vais vous montrer un truc.

Même avec toutes les fenêtres ouvertes, une odeur tenace flottait dans la maison. Plusieurs, en fait. Il y avait d'abord l'odeur d'une personne âgée, comme dans la maison de repos en dehors de Chicago où la grand-mère de Jessica s'enfonçait tranquillement dans la sénilité. Ainsi que celle, reconnaissable entre toutes, des mégots dans des cendriers remplis d'eau.

— Question de sécurité, expliqua Rex en voyant Jessica froncer les sourcils devant les restes de cigarettes qui flottaient. Papa oublie toujours d'écraser ses mégots. Comme ça, je limite les risques.

Un relent de pisse de chat venait se mêler à l'ensemble. Un gros matou les regarda passer, étalé sur un canapé défoncé. Il réussit l'exploit de prendre un air à la fois blasé et agacé.

Le père de Rex, installé dans un fauteuil en rotin, contemplait un aquarium vide aux parois couvertes de rayures vertes.

— Où sont-elles passées ? gémit-il alors que Jessica avançait sur la pointe des pieds.

— On les retrouvera, lui lança Rex. Elles sont forcément quelque part.

— Qu'a-t-il perdu ? chuchota Jessica en suivant Rex dans un couloir obscur. Ses poissons ?

Rex secoua la tête sans se retourner.

— Non, ses araignées.

Elle jeta un regard à Jonathan, qui haussa les épaules.

La chambre de Rex, au bout du couloir, était différente du reste de la maison. Son odeur de renfermé s'apparentait à celle des vieux livres et des salles de musée. Des piles de cahiers et de feuilles volantes s'amoncelaient en équilibre précaire, et les quatre murs étaient couverts de bibliothèques. Une étagère bloquait la seule fenêtre de la pièce – à l'évidence, Rex avait plus peur de la lumière que du noir.

— *Home, sweet home*, dit-il.

À mesure que les yeux de Jessica s'accoutumaient à la pénombre, elle repéra quelques titres. Ceux auxquels elle se serait attendue, pour l'essentiel, mais d'autres aussi. Elle repéra plusieurs histoires de l'Oklahoma, des mémoires de colons ainsi que des récits de déportations datant de la Piste des Larmes[1], quand les Américains d'origine s'étaient retrouvés parqués en Oklahoma plus de cent ans auparavant. D'autres ouvrages remontaient plus loin en arrière, aux habitants préhistoriques du Nouveau Monde, aux objets et aux animaux de l'âge de pierre. Jonathan et elle enjambèrent plusieurs piles de journaux – des documents manuscrits portant le sceau de la ville de Bixby ainsi que quelques vieilles feuilles du *Bixby Register.*

Pour autant que Jessica puisse en juger, Rex avait dû photocopier la moitié de la bibliothèque municipale et amasser le résultat dans sa chambre. Même son lit disparaissait sous les papiers. Quelques-uns portaient les symboles en pattes de mouches de l'ancien savoir des midnighters. Elle reconnut notamment la rune en forme de torche correspondant à son propre talent – le porte-flambeau. Quelques jours plus tôt, à l'heure du déjeuner, Rex avait tenté de lui enseigner les symboles de chacun des autres talents : le polymathe, l'acrobate, le voyant, le télépathe. Mais elle ne comprenait pas grand-chose aux gribouillis serrés qui noircissaient les feuillets.

---

1. Migration forcée des tribus amérindiennes de leurs terres du sud-est des États-Unis vers l'Oklahoma, décidée par le gouvernement entre 1830 et 1842. *(N.d.T.)*

Un sac à dos était suspendu au dossier de l'unique chaise. Rex s'assit et s'éclaircit la voix.

— Dess t'a un peu parlé de Bixby, je crois ?

Jessica jeta un regard circulaire sur les piles de documents et les étagères.

— Elle a dû oublier des trucs. À quoi penses-tu exactement ?

— Les signes de minuit. Les escaliers à treize marches, les symboles…

— Ah, ça. Oui.

Dess avait évoqué les bizarreries de Bixby lors de leur première rencontre, avant même que Jessica ne réalise que l'heure secrète n'avait rien d'un rêve. Depuis, elle avait retrouvé ces signes partout : l'étoile à treize branches dans le sceau de la ville, dans l'emblème du lycée, sur les vieilles plaques que les gens accrochaient chez eux. Même les mots *Bixby, Oklahoma* comportaient treize lettres au total.

— T'es-tu jamais demandé qui avait mis tous ces signes en place ?

Jessica fronça les sourcils.

— J'imagine qu'il y a toujours eu des midnighters, non ? Tu disais qu'ils affrontaient déjà les darklings voilà dix mille ans. Depuis la création du temps bleu.

— Exact. Mais le combat n'a pas toujours été secret comme aujourd'hui. À l'époque, les midnighters n'étaient pas les seuls à savoir ce qui se passait.

Jessica acquiesça lentement. À en croire Dess, la ville entière avait été bâtie selon des spécifications anti-darklings. Il paraissait logique qu'une poignée de midnighters ne puisse pas mener à bien un projet pareil sans se faire aider. À moins qu'il existe une sorte de talent d'architecte dont on ne lui avait pas encore parlé.

Rex poursuivit :

— Chaque petite ville a ses secrets, ses histoires bien cachées. Autrefois Bixby était une commune beaucoup plus petite, avec des secrets comme nulle part ailleurs.

— Ça reste un endroit bizarre, même pour ceux qui ne voient pas l'heure secrète, intervint Jonathan. Je l'ai senti dès mon arrivée ici.

— Il suffit de goûter l'eau du robinet, renchérit Jessica.

Rex hocha la tête, puis posa la main sur une pile de photocopies.

— Quand on sait quoi chercher dans ces vieux papiers, on lit facilement entre les lignes. Ce n'est pas uniquement la superstition locale qui a fait de cette ville ce qu'elle est aujourd'hui. Ses codes de construction ont été conçus pour repousser les darklings, les journaux parlent d'animaux étranges qui n'ont pu être aperçus qu'à minuit, et on trouve un nombre étonnant de clubs et autres cercles privés voués à la « préservation de Bixby ». Celui-ci est l'un de mes préférés.

Il préleva une feuille jaunie sur le sommet de la pile et la tendit à Jessica. Elle lut :

LIGUE FÉMININE ANTI-TÉNÉBRESCENCE
Foire aux crèmes glacées et vente de tartes
5 cents l'entrée
Réunion de la ligue en fin de journée
(réservée aux membres)

Jessica haussa les sourcils.

— Que signifie « ténébrescence » ?

— Extinction de la lumière.

— D'accord. Mais, une foire aux crèmes glacées… ?

Rex sourit.

— Une manière comme une autre de combattre le mal. D'autres organisaient des ventes de pains et de pâtisseries. Presque tout le monde devait être au courant.

— Il y a toujours quelqu'un qui ne sait pas, rétorqua Jonathan.

Rex le regarda directement pour la première fois depuis leur arrivée, par-dessus ses lunettes, pour mieux jauger son expression. Puis il haussa les épaules.

— Oui, tu n'as pas tort. Pour la plupart des gens ce n'était peut-être qu'une occasion de sortir, comme aller à l'église. Mais ça montre quand même qu'à l'époque les midnighters étaient soutenus par la communauté. (Il reprit le prospectus à Jessica en marmonnant.) Plus que nous ne le serons jamais.

— Qu'est-ce qui a changé ? demanda Jessica. Je veux dire, comment les gens ont-ils pu oublier ?

— Bonne question. (Il eut un geste vague en direction de ses étagères, de ses piles de papiers.) Je travaille dessus. Pour l'instant, j'ai l'impression que tout a changé il y a une cinquantaine d'années. Lors du boom pétrolier, pas mal d'étrangers sont venus travailler aux puits. Des gens qui ne pouvaient pas comprendre.

— Et les anciens de Bixby ont gardé le secret concernant le petit souci local des darklings, conclut Jonathan.

— Eh oui. Qu'aurais-tu fait à leur place ? (Rex ramassa une brassée de documents sur son lit.) La population est passée de quelques centaines d'habitants à douze mille en dix ans. Une sacrée explosion. Attendez, j'ai les chiffres exacts quelque part.

Jessica et Jonathan patientèrent en silence pendant qu'il parcourait ses papiers. Elle s'efforça d'imaginer une ville où une petite centaine de personnes savaient la vérité au sujet de minuit tandis que des milliers d'autres restaient dans l'ignorance. Bien sûr, même si quelqu'un vendait la mèche, il y avait peu de chances qu'on le croie – à l'exception des rares personnes nées à minuit pile, capables de constater la réalité de leurs propres yeux.

Et partager ce secret avec une centaine de personnes plutôt que cinq devait être beaucoup plus confortable…

Le matou poussa la porte de la chambre et vint se frotter aux chevilles de Jessica, avant de se faufiler entre deux piles de documents pour disparaître sous le lit. En pensant aux araignées, Jessica sentit un fourmillement le long de ses jambes nues.

Rex finit par hausser les épaules et reposa ses papiers au sommet d'une pile.

— Je ne les retrouve pas, mais c'est ce qui s'est passé. Dans les grandes lignes.

Frémissant toujours sous la caresse de ses araignées imaginaires, Jessica demanda :

— Et dans le détail ?

Il ôta ses lunettes et se tourna vers elle.

— Les midnighters ont disparu.

— Disparu ?

Il acquiesça.

— On ne trouve plus trace de l'ancien savoir après 1956. Plus aucun signe ni document d'aucune sorte. Quand Mélissa et moi étions petits, il n'existait pas d'autres midnighters plus âgés, personne pour nous expliquer ce qui nous arrivait. Elle a dû se débrouiller toute seule pour me trouver, alors qu'elle n'avait que huit ans. Avant cette nuit-là, je me croyais unique au monde.

Il soupira et baissa la main au ras du sol. Le chat sortit de sous le lit pour la flairer, puis se laissa gratter derrière les oreilles.

— Les choses étaient différentes autrefois. On trouvait toujours au moins un télépathe, quelqu'un pour détecter les nouveaux midnighters. Quand ils arrivaient en âge de comprendre le temps bleu, ils avaient des cérémonies d'initiation, des professeurs. Ils faisaient partie intégrante d'un groupe. (Il remit ses lunettes.) Mais tout ça semble avoir complètement disparu il y a une cinquantaine d'années.

— Il a dû se produire quelque chose, suggéra Jonathan.

Rex hocha la tête.

— Quelque chose de grave, oui.

— Alors ce type, hier soir… dit Jessica. C'est peut-être un héritier de cette période, je ne sais pas. Peut-être qu'il avait quitté la ville pendant un temps et qu'il est revenu ?

— Il avait l'air si vieux que ça ? demanda Rex.

— Je ne crois pas.

Elle se tourna vers Jonathan, qui secoua la tête.

— Il était jeune. (Il se balança sur ses pieds d'un air gêné.) Il a sauté une palissade de plus de deux mètres avec beaucoup plus de facilité que moi. Et riche, aussi. Tu aurais dû voir sa montre.

— Alors, comment est-il au courant ? dit Rex d'une voix douce. Mélissa n'a jamais détecté aucun midnighter en dehors de nous cinq, ni perçu le moindre cerveau diurne qui sache la vérité. Bien sûr, elle a un peu cessé d'en chercher ces derniers temps. Mais quand nous étions petits…

Il se tut, et Jessica se retrouva à contempler les quatre murs de livres qui les entouraient. La pièce constituait son propre petit monde, une tranche de passé imaginaire. Elle eut soudain la sensation de mieux comprendre Rex. Pas étonnant qu'il semble toujours mal à son aise, malheureux dans le monde d'aujourd'hui. Il aurait voulu naître un siècle plus tôt, à l'époque où existaient encore des règles, des réunions, des cérémonies d'initiation et même des foires aux crèmes glacées. Le temps où c'était probablement un voyant qui dirigeait tout ce cirque.

— J'ai relevé la plaque d'immatriculation du type, lâcha Jonathan.

Rex eut un sourire rusé.

— Bravo ! Tu n'as plus qu'à le communiquer au shérif Saint-Claire.

Jonathan se renfrogna. Il fusilla du regard le matou venu se frotter la tête contre ses chevilles.

— C'est toujours mieux que rien.

Jessica soupira.

— Bon, que fait-on ?

— Mélissa doit passer cette nuit, une fois que mon père sera couché. Je lui raconterai ce que vous avez vu. Elle pourrait mener une petite recherche télépathique, voir s'il y a du nouveau à Bixby. Nous irons faire un tour en voiture dans ton quartier. Peut-être qu'elle pourra entendre des pensées isolées. Si ton voyeur est encore dans le coin alors que la plupart des gens sont endormis, il ne devrait pas être difficile à repérer.

— Et en attendant ? s'inquiéta Jessica.

— Soyez prudents.

— C'est tout ? dit Jonathan. Qu'on soit prudents ?

Rex approuva de la tête.

— Très prudents. C'est le conseil qu'on peut tirer de l'Histoire. Quand les anciens midnighters ont disparu, ça s'est passé très vite, au point que personne n'en a conservé la trace. Quelqu'un les a tous éliminés d'un seul coup.

— Les darklings, tu veux dire ?

Jessica soupesa le poids réconfortant de Démonstration dans sa poche.

Rex fit la moue.

— Peut-être. À moins que tout se soit déroulé au grand jour…

6 CONTACT

23 h 02

— Tu es sûre d'être prête pour ça ?

Mélissa, assise à l'autre bout de la banquette dans sa vieille Ford, le fixa, l'air pincé.

— C'est vrai que ça représente un grand bond en avant dans notre relation.

Rex se sentit rougir. Depuis huit ans, il avait eu le temps de s'habituer à l'idée que Mélissa sentait ses émotions et lisait en lui comme dans un livre ouvert, mais cela ne lui rendait pas les choses plus faciles quand elle se servait de son pouvoir pour l'embarrasser.

— Je veux dire, continua-t-elle, je le ferai seulement si toi, tu te sens prêt.

— Je croyais que tu…

Il serra les dents. C'était son idée à elle, depuis le début, et voilà qu'elle se moquait de lui pour la peine. C'était tout Mélissa : elle prenait minuit et l'ancien savoir au sérieux – bien plus qu'aucun d'eux – mais parfois, elle se sentait obligée de se comporter comme si tout cela n'était qu'une vaste blague. Un gaspillage du peu d'énergie qui lui restait après avoir assuré sa survie en ce bas monde.

Même quand il lui avait donné les informations que Jessica lui avait transmises ce matin, Mélissa n'avait pas semblé inquiète. Comme si une menace purement humaine n'avait aucune prise sur elle, l'imperturbable reine des garces.

Elle hocha la tête en tirant sur les doigts d'un de ses gants.

— Oui, c'était mon idée. Mais peut-être que nous allons un peu trop vite. Je ne voudrais surtout pas gâcher une si belle amitié.

Rex ne put retenir un petit rire crispé. En levant les yeux des mains de Mélissa, il vit que son air s'était radouci. Sa propre colère retomba, emportant avec elle l'anxiété accumulée tout au long de la journée.

Il se racla la gorge.

— J'aurais toujours le même respect pour toi au matin.

Elle eut à son tour un petit rire. Puis son visage redevint sérieux, et son regard s'égara de l'autre côté du pare-brise.

— On verra ça.

Elle aussi était nerveuse. Bien sûr, si l'ancien savoir ne mentait pas, Rex allait bientôt comprendre à quel point. Le contact des gens ordinaires dégoûtait Mélissa, car il renforçait leur intrusion habituelle dans son esprit – elle supportait à grand-peine les visites chez le médecin. Mais avec les autres midnighters, le courant passait dans les deux sens et devenait beaucoup plus intense. Il avala sa salive. Son appréhension lui revenait en partie, lui rappelait qu'il attendait cela depuis longtemps. C'était une mise à l'épreuve de l'ancien savoir, l'occasion d'en apprendre davantage sur la manière dont les talents pouvaient se combiner. Peut-être même l'occasion de briser la coquille de Mélissa et de la connecter enfin au reste du groupe.

Et peut-être, s'autorisa-t-il à espérer, qu'il pourrait tisser ses propres liens avec Mélissa, ainsi qu'il l'avait toujours voulu sans jamais pouvoir le faire. Il refoula cette pensée.

— Allez, finissons-en, dit-elle.

— D'accord. Pas de flics dans le coin ?

— Mais non, j'ai encore vérifié il y a trois minutes.

Néanmoins, elle soupira et ferma les yeux. Ils se trouvaient assez loin du centre-ville, là où le pouvoir de Mélissa fonctionnait le mieux. Ils avaient laissé le brouhaha mental de Bixby à plusieurs kilomètres derrière eux et, à cette heure, le gros de la population avait déjà succombé au sommeil. Les entités qui, depuis le désert, emplissaient son esprit de saveurs étranges et de craintes ancestrales – les créatures de minuit – n'étaient pas encore réveillées.

Au bout d'un moment, elle secoua la tête.

— Pas de flics.

— OK. Allons-y.

Il respira un grand coup.

Mélissa ôta lentement son gant droit. Sa main pâle semblait luire dans le noir ; on ne trouvait plus de lampadaires aussi loin, et la lune n'était qu'une tache brillante barbouillée sur un plafond de nuages.

Rex posa sa main droite sur le siège de la voiture, paume vers le haut. Elle tremblait, mais il ne prit pas la peine de se contrôler. Avec Mélissa, faire semblant ne servait à rien.

— Tu te souviens de la première fois, Rex ?

— Oh que oui, cow-girl.

Cela remontait à bien longtemps, mais il se rappelait encore avec une clarté merveilleuse leurs premières expériences dans l'heure secrète. Ils avaient longuement marché à travers les rues désertes de Bixby. Mélissa lui faisait la démonstration de son talent. Elle désignait une maison et lui disait : « Une vieille femme est morte ici, lentement ; je peux encore le sentir. » Ou bien : « Leur enfant s'est noyé dans la piscine ; ils en font des cauchemars toutes les nuits. » Une fois, elle s'était arrêtée une bonne minute devant une maison d'aspect banal. Rex avait imaginé toutes sortes de choses horribles. Finalement, Mélissa avait simplement déclaré : « Ils sont heureux, là-dedans. Enfin, j'en ai l'impression. »

Une fois, alors qu'il avait huit ans, Rex lui avait pris la main – en toute innocence, sans se douter de rien. Ç'avait été la seule et dernière fois.

— Je suis désolé de t'avoir infligé ça, cow-girl.

— Je m'en suis remise. Ce n'est pas ta faute si je suis comme ça.

— Ni la tienne non plus.

Mélissa lui sourit et approcha lentement sa main. Elle tremblait autant que lui. En cet instant précis, Rex sut qu'elle en avait envie elle aussi. Pas besoin de savoir lire dans les pensées.

N'osant pas esquisser un geste, il se contenta de fermer les yeux.

Leurs doigts se frôlèrent. Ce fut plus brutal, plus intense que dans le souvenir de Rex. Il ressentit d'abord une faim féroce, une nécessité animale de dévorer ses pensées, et il faillit retirer sa main mais parvint à se maîtriser. Puis, la conscience de Mélissa s'engouffra dans la sienne avec une énergie sauvage, irrésistible, noyant les moindres coins et recoins, brassant des souvenirs enfouis depuis longtemps. La voiture se mit à tournoyer autour de Rex, ses mains se crispèrent à la recherche de quelque chose de tangible à quoi se raccrocher mais il ne parvint qu'à enfoncer les ongles dans la chair de Mélissa, ce qui renforça le contact.

Cette première vague fut suivie des propres émotions de Mélissa, pareilles à un remous amer. Rex perçut sa phobie permanente du contact humain, ainsi que les craintes suscitées par cette intimité totale qui existait désormais entre eux. Rex sentit sa gorge se nouer, son estomac se contracter. Il vit qu'elle redoutait ce moment depuis longtemps et comprit soudain à quel point elle l'appréhendait plus que lui.

Pourtant, elle lui faisait confiance, assez pour lui avoir tendu la main…

Des fragments de connaissance sombre lui parvinrent à travers elle : le goût des pensées d'un darkling quand il était très vieux, aussi âcre qu'un clou rouillé sous une langue sèche ; le tumulte du lycée de Bixby juste avant la dernière sonnerie, qui l'amenait presque au point de rupture ; la terreur qu'en la touchant l'une de ces consciences tapageuses qui la tourmentaient à chaque instant de la journée pénètre dans la sienne ; et enfin, le déferlement tant attendu de l'heure bleue, avec son silence imposant, comme si les gens avaient tous été exterminés, leurs pensées mesquines réduites à néant.

Et puis, soudain, ce fut terminé.

Il baissa les yeux sur sa main, vide et trempée de sueur. Mélissa s'était dégagée. Rex fixa stupidement sa paume où apparaissaient quatre demi-lunes rouges – les marques de ses propres ongles, qu'il s'était faites après qu'elle eut retiré sa main.

Au moins le vacarme avait-il cessé. Il se retrouvait de nouveau seul dans sa tête.

Il se détourna d'elle et regarda par la vitre. Son humeur était sombre, aussi lugubre que le désert anthracite s'étalant devant lui. Étrange : Rex croyait qu'il éprouvait un sentiment de plénitude à l'issue de cette expérience. Il s'agissait d'une connaissance nouvelle, comme la sagesse qu'on trouvait dans les livres ou l'ancien savoir, le genre de choses qui lui donnaient de l'assurance. D'aussi loin qu'il s'en souvienne, il avait toujours attendu ce moment. Néanmoins, comprendre Mélissa, comprendre ce que ça faisait d'être comme elle, l'avait vidé.

— La prochaine fois, peut-être, dit-elle.

Il la dévisagea en battant des cils.

— Quoi ?

— Ce sera peut-être mieux la prochaine fois.

Elle détourna les yeux et redémarra le moteur. La voiture gronda sous eux.

Rex aurait voulu la rassurer, trouver quelque chose à lui dire. Peut-être qu'elle finirait par s'habituer. Ou bien qu'au lieu d'échanger des émotions brutes et des craintes aveugles ils apprendraient à partager des idées. Peut-être qu'un jour ils pourraient se toucher plus longuement – peut-être que tout était possible. Mais à chacune de ces pensées qui lui traversaient l'esprit, Mélissa secouait la tête, sans quitter la route des yeux. Il ne s'agissait pas uniquement de sa sensibilité habituelle, réalisa-t-il. Mélissa s'était trouvée en lui, au cœur de ce tourbillon de sensations. Elle avait senti dans quel désarroi elle l'avait plongé.

Il n'aurait rien pu dire qu'elle ne sache déjà.

Il regarda passer les signes de minuit. Cela valait mieux que de réfléchir à ce qui venait de se dérouler entre lui et sa plus vieille amie.

L'invasion de minuit avait connu un coup d'arrêt, c'était clair. Quand Jessica Day avait débarqué en ville, il retrouvait les signes partout, des bribes d'Empreinte parfaitement nettes dans le flou de sa vision, là où les darklings et leurs séides avaient troublé le monde diurne. Ils se rapprochaient un peu plus chaque nuit, en dépit du métal propre et des étoiles à treize branches qui protégeaient Bixby, enhardis par la haine qu'ils lui vouaient.

Mais à présent les marques s'estompaient. Depuis qu'elle avait découvert son talent, les darklings n'osaient plus s'attaquer directement à Jessica. La ville se brouillait de nouveau, perdait en netteté. Les darklings se retiraient.

Mélissa emprunta une bifurcation. Rex fronça les sourcils. Il aurait bien voulu savoir où ils allaient mais ne tenait pas à briser le silence qui s'était installé entre eux. À l'origine, ils devaient rouler au hasard dans le quartier de Jessica en cherchant à repérer les pensées de son voyeur. Ce n'était pourtant pas la direction de la ville ? On apercevait encore le désert, horizon noir qui se prolongeait jusqu'au Creux des Bruissements et la fosse aux serpents.

— Quoi, tu n'as pas eu mon message ? s'agaça Mélissa.

— Quel message ?

— Concernant l'endroit où nous allons.

Rex se mordit la lèvre. Il se demanda si cela valait la peine de lui répondre, vu qu'elle semblait lire chacune de ses pensées désormais.

— Tu m'avais laissé un message ? Tu sais bien que mon père…

— Pas au téléphone, idiot. Dans ton esprit. (Elle lui jeta un regard noir.) Tu n'as reçu que les conneries ?

— Je ne dirais pas que c'étaient des conneries.

La majesté des saveurs de minuit, sa solitude profonde, sa haine viscérale de l'humanité – rien de tout cela n'était de la connerie. Plutôt…

— Ne commence pas à me déprimer, Rex. J'ai essayé de t'envoyer un message, c'est tout. Je croyais que c'était ce que tu voulais. Alors, arrête de te désoler pour moi et réfléchis une seconde.

Rex respira profondément, se retourna face à la vitre et entreprit d'examiner les débris mentaux qu'elle lui avait laissés. Il devait ignorer ce qu'il avait appris, la tristesse épouvantable qui s'en dégageait. Il devait oublier pour un instant qu'il n'avait jamais réussi à comprendre ce que sa meilleure amie…

— Rex… grommela-t-elle.

— Oups, désolé. Je me concentre sur ton message.

Il comprit soudain. Cette idée se profilait sur un fond lugubre, comme une pensée mal digérée dans un coin de son esprit, pareille à un rêve qu'on se rappelle à demi au petit matin. Il ferma les yeux mais, curieusement, cela fit disparaître l'image, de sorte qu'il les rouvrit et se focalisa sur les champs de pétrole. Peu à peu, son attention se laissa absorber par le rythme régulier des derricks qui montaient et redescendaient sous les soleils orange des lampes au mercure. Et puis, l'idée s'éclaircit d'un seul coup – comme lorsqu'on regarde juste à côté d'une étoile pour s'apercevoir que la vision est plus nette à la périphérie qu'au centre.

— « Il faut nous emparer de Jessica Day », murmura-t-il.

— Bingo ! applaudit Mélissa.

— Tu as entendu ça… dans le temps normal ?

— On ne peut rien te cacher.

Rex battit des cils. Il entendait encore la voix, distante mais nette, exactement comme Mélissa cette nuit-là en les ramenant du Creux des Bruissements.

— C'était une voix humaine. Tu sais depuis une semaine que des *humains* veulent mettre la main sur Jessica.

— Et encore bingo !

Il regarda stupidement par la vitre, incapable de croire ce qu'il avait entendu dans son esprit ou de comprendre l'hystérie qu'il percevait dans sa voix. Pourquoi lui avoir caché cela ?

Il écarquilla soudain les yeux. La vieille Ford de Mélissa passait devant une maison qu'il reconnut, une bâtisse à un étage de style colonial, qui correspondait en tout point à une image qu'elle lui avait laissée. L'endroit exact de Kerr Street où elle avait entendu la voix.

— Pourquoi ne m'as-tu rien dit ? demanda Rex, ébahi.

— Parce que… (La voix de Mélissa se brisa, et elle respira profondément pour reprendre le contrôle d'elle-même. Elle finit par soupirer.) Écoute, beau gosse, pourquoi ne pas deviner tout seul pour une fois ?

7

23 h 24

LE MANOIR AUX DARKLINGS

Rex était furax. Pas besoin d'avoir des talents de télépathe pour s'en apercevoir.

Il regardait par la vitre d'un air boudeur. Ses pensées avaient un goût de bile et de Mountain Dew[1] éventé – la saveur de la trahison, avec une pointe d'autorité bafouée.

Mélissa s'en moquait pas mal. Elle préférait de loin sa colère à sa pitié.

Elle percevait encore un léger picotement dans sa main droite, comme si le plastique écaillé du volant de la Ford frémissait sous sa paume. Ce contact n'avait pas été si catastrophique, tout compte fait. Un petit tourbillon mental n'avait jamais fait de mal à personne, et, vers la fin, elle avait éprouvé une sorte de relâchement ; quelque chose était passé entre eux, qui ne tenait pas uniquement des terreurs

1. Soda caféiné au goût de citrus qui aurait le pouvoir, selon la publicité, de rendre nocturnes ceux qui en boivent. *(N.d.T.)*

nocturnes et autres angoisses cosmiques. Une chose qu'elle aurait voulu vivre de nouveau.

Mais il avait fallu que le beau gosse en fasse toute une histoire. Comme s'il y avait matière à se lamenter sur le psychodrame de son existence. Enfin, on n'y pouvait rien. Et elle avait réussi malgré tout à lui transmettre ce souvenir, mince fragment de communication dans ce torrent de conneries. C'était toujours ça.

— Je ne percute toujours pas, avoua-t-il.

Elle soupira. Il ne comprendrait jamais.

Pourquoi ne lui avoir rien dit plus tôt ? Chaque réponse qu'elle formulait dans sa tête paraissait se fragmenter, en engendrer de nouvelles. Parce qu'elle n'était pas tout à fait sûre d'avoir entendu cela ; parce qu'on n'allait pas se stresser pour chaque pensée bizarre saisie au vol ; parce que les problèmes de Jessica Day n'étaient pas les siens.

Quoi qu'il en soit, il était désormais au courant. Et elle l'avait informé d'une manière plus… excitante qu'en lui racontant simplement de vive voix. Curieux – elle avait toujours détesté ces couples qui se tenaient la main à l'école, entièrement absorbés par leur petit bonheur égoïste. Pourtant, avec Rex, cela ne lui avait pas semblé si désagréable.

Peut-être éviterait-il de flipper la prochaine fois.

L'esprit de Mélissa se remit à vagabonder, à s'ouvrir aux rêves et aux cauchemars de Bixby assoupi. Presque tout le monde dormait déjà. (Décidément, cette ville attirait les loosers.) La plupart de ceux qui veillaient encore regardaient la télé. Des centaines de personnes disséminées à travers la ville riaient aux mêmes blagues, tel un troupeau de clowns défilant au pas de l'oie. Parfois, le jeudi soir, Mélissa devait endurer les gloussements de la moitié de la population fascinée par la dernière série à la mode, ou ses frissons devant la finale à un million de dollars d'une quelconque émission de téléréalité. Elle frémit. Dans moins de quatre mois commencerait l'enfer du Super Bowl.

Aucun de ces petits génies ne remarquait donc jamais que les émissions de télévision s'appelaient des *programmes* ? Comme ces ensembles de chiffres qu'on entrait dans un ordinateur afin de le faire danser pour ses maîtres ?

Mélissa ricana en réalisant qu'elle avait puisé cette dernière image dans l'esprit de Dess. Leur amie travaillait sur un projet secret. Ses petites roues de hamster tournaient si vite que Mélissa pouvait sentir leur fumée à minuit. Bientôt, Rex et elle iraient trouver Miss Polymathe et, entre quat'z'yeux, ils lui tireraient les vers du nez.

Elle jeta un coup d'œil à Rex. Car avoir ses petits secrets était mal, n'est-ce pas ?

Un début d'idée retint son attention, et Mélissa ralentit la voiture.

C'était moins le contenu que la saveur des mots qui lui donna envie de se les repasser dans la tête…

Pas question d'avoir du retard.

Probablement quelqu'un qui se hâtait de rentrer chez lui, afin de revoir un film sur le câble pour la douzième fois. Mais cette personne avait quelque chose de familier, comme l'odeur d'une salle de classe de l'année passée.

— Tu as capté quelque chose ? lui demanda Rex.

— Possible.

Elle prit la prochaine à gauche, franchit un portail en pierre et s'engagea dans un lotissement de maisons neuves toutes identiques, campées sur de minuscules terrains, juste hors d'atteinte des taxes foncières de Tulsa. La pensée provenait de là, elle en était convaincue.

Les habitants semblaient tous endormis. La moitié des maisons étaient encore inoccupées ; Mélissa les repérait à leur absence de rideaux et aux pièces vides qu'elle sentait derrière. Elles avaient beau être moches, Mélissa aurait bien voulu en habiter une un jour – une maison vierge de toute pollution humaine, où les soucis et les insomnies ne suinteraient pas des murs, où elle ne retrouverait aucun souvenir de vieilles querelles mesquines.

La plupart des nouveaux propriétaires dormaient déjà à poings fermés. Leurs rêves étaient aussi lisses et interchangeables que leurs pelouses impeccables.

Puis, elle le sentit de nouveau. Ses mains se crispèrent sur le volant. Mélissa sut tout de suite qu'il s'agissait du même esprit, de la même personne qui avait songé avec une telle intensité une semaine plus tôt : *Il faut nous emparer de Jessica Day.*

— Qu'est-ce que tu… ?

— Chut !

L'esprit lui échappait déjà, s'éloignant rapidement à travers le terrain psychique désert.

— Merde ! (Il était en voiture. Il s'agissait d'un homme.

Des fragments de pensées flottaient derrière lui, comme la traînée de condensation dans le sillage d'un avion à réaction.) Je l'ai senti, Rex. Mais il est en train de rouler.

— Dans quelle direction ?

— Je… je ne sais pas. (Elle secoua la tête ; les dernières traces s'estompaient. Elle arrêta la voiture.) En tout cas, il était dans le coin.

— C'était le même type ?

Mélissa hocha la tête.

— Et nous sommes à moins de deux kilomètres de l'endroit où je l'ai entendu la première fois. On l'a raté de peu. Il se rendait quelque part, et il n'était pas en avance. Tu veux continuer à jeter un œil ?

— Bien sûr. (Rex avait ôté ses lunettes pour détailler les maisons neuves.) Je vois des signes, par ici. L'Empreinte.

Elle ôta le pied du frein et la voiture repartit à vitesse réduite.

— C'est vrai ? Dans un quartier pareil ?

Certes, le désert n'était pas loin mais Mélissa imaginait mal les darklings s'intéresser à ce lotissement, avec ses installations flambant neuves et ses systèmes d'arrosage automatique en acier inoxydable. Pourtant, les signes que voyait Rex subsistaient plus longtemps que les traces mentales des darklings, il n'y avait donc pas à discuter. Elle conduisit lentement le long des rues sinueuses, l'esprit en éveil, guettant la présence éventuelle de flics ou d'agents de sécurité. Sa vieille Ford détonnait dans le paysage comme une crotte de chien au sommet d'une pièce montée.

Elle percevait l'esprit de Rex au travail, clair et pur, à la recherche de traces d'Empreinte. C'était agréable. Dans son excitation, il lui avait pardonné l'affront à son autorité, trop grisé par ses pouvoirs de voyant pour lui garder rancune. Par certains côtés, il restait le gamin qu'elle avait arraché à sa solitude huit ans plus tôt, fasciné par les mystères de minuit, tenaillé par le besoin d'en savoir plus. Mélissa était convaincue qu'ils se tiendraient de nouveau par la main avant peu.

— Arrête-toi, chuchota-t-il.

Mélissa immobilisa la voiture, sensible à son excitation.

La maison qu'il contemplait ressemblait à toutes les autres – un étage, de grandes fenêtres, et un double garage exhibé fièrement à la face du monde.

— Dommage que tu ne puisses pas voir ça, cow-girl. L'Empreinte est partout. Ça devait grouiller dans tous les coins.

Elle laissa son esprit s'enfoncer derrière la porte d'entrée. L'endroit ne dégageait pour ainsi dire aucune saveur humaine.

— Il n'y a personne pour l'instant. Et si l'endroit est habité, ce n'est sûrement pas depuis longtemps.

— Le manoir aux darklings, fit Rex à voix basse. Pas une brique n'a été épargnée.

Elle consulta sa montre. Plus que vingt minutes avant minuit.

— Bon, et si on allait jeter un petit coup d'œil avant l'heure fatidique ?

— Et notre copain ?

— Je te l'ai dit : il avait l'air pressé de se rendre quelque part. (Elle balaya des yeux les environs.) Il est loin, à présent.

— D'accord. Mais dix minutes, maxi. Qu'on soit revenus à la voiture et à plusieurs kilomètres d'ici avant minuit. (Il secoua la tête.) Je ne voudrais pas tomber au beau milieu d'une réception de darklings.

La porte n'était pas verrouillée.

— Tiens, tiens, commenta Mélissa.

Elle repoussa le battant, parfaitement silencieux grâce à ses charnières neuves. Le hall d'entrée était immense, rempli d'échos, sans le moindre tapis pour étouffer le bruit de leurs bottes sur le parquet verni. *Sans rien du tout*, réalisa-t-elle. Aucune photo aux murs, ni chaussures ni manteaux dans le vestibule. Le grand salon ne contenait en tout et pour tout qu'un téléphone sans fil posé sur un appui de fenêtre, avec son cordon entortillé sur la moquette et son œil rouge, démoniaque, indiquant qu'il était en charge.

Aucune vie ne se dégageait de cet endroit. Pas la moindre pensée résiduelle. Même le grondement sourd du centre-ville à plusieurs kilomètres de là paraissait coupé par les murs.

— Au moins, il n'y a rien à voler, observa Mélissa.

— Grosse activité darkling, par contre. (Rex scrutait l'escalier, les recoins.) Comme à l'extérieur. On retrouve l'Empreinte partout.

— C'est peut-être un lieu de réunion pour eux ?

— Je n'en ai encore jamais vu s'installer dans une habitation humaine. Dans une casse ou un terrain vague, d'accord, mais pas dans une maison. D'un autre côté, c'est vrai que l'endroit est inhabité.

— Oui, dit Mélissa, mais ce ne sont pas les darklings qui paient la facture de téléphone…

Rex se mordit la lèvre.

— Pas faux.

Dans la cuisine, ils trouvèrent des traces de vie. Ou peut-être de vandalisme. On avait arraché le robinet, les poignées des placards et toutes les pièces métalliques. Il n'y avait aucun mobilier, et une ampoule nue pendait au plafond.

— Une cuisine sur mesure pour les darklings. Que mangent-ils, à propos ?

Rex la dévisagea sans répondre. Elle perçut une pointe d'agacement.

— Ah oui, c'est vrai. Nous.

Mélissa n'y pensait pas souvent, mais ce détail avait toujours constitué la principale source de discorde entre les deux espèces : cette question de la chaîne alimentaire. Rien de tel pour bousiller une relation.

— Allons jeter un coup d'œil à l'étage, proposa Rex, qui venait d'inspecter les tiroirs et les placards et les avait trouvés vides.

Elle consulta sa montre.

— D'accord. Mais dans cinq minutes, on fiche le camp.

Il s'engagea dans l'escalier en tournant méthodiquement la tête de gauche à droite, les yeux écarquillés devant l'Empreinte.

— Absolument.

L'étage se divisait en trois chambres vides, dont la plus grande avec un balcon qui s'ouvrait sur la nuit noire de l'Oklahoma. En regardant à travers la porte vitrée, Mélissa eut un flash. Elle ôta un de ses gants et colla sa main nue contre le verre froid.

— Tu as remarqué comme il fait bon à l'intérieur ?

Dehors, il gelait presque, mais quelqu'un avait laissé le chauffage allumé, même s'il n'avait pas pris la peine de fermer à clé derrière lui…

— Viens voir un peu ça ! s'écria Rex.

Il avait sorti d'un placard une boîte de petites tuiles rectangulaires blanches qui luisaient dans la pénombre. Il s'accroupit et les renversa par terre. Quand il les étala, elle reconnut le bruit du bois.

— Je ne savais pas que tu aimais à ce point les dominos, dit-elle d'un ton sec.

— Ce ne sont pas des dominos.

Rex était en train de les retourner face vers le haut. Comme il n'avait pas ses lunettes, les tuiles devaient porter l'Empreinte.

Elle s'agenouilla près de lui et plissa les yeux devant les symboles inscrits sur les tuiles. On y retrouvait les signes arachnéens de l'ancien savoir, l'alphabet secret que les midnighters utilisaient pour consigner leur histoire depuis dix mille ans.

— Oh.

L'idée qu'un autre que Rex puisse se servir de ces symboles la laissa bouche bée.

— Ce ne sont pas tout à fait les mêmes, marmonna-t-il. On dirait un alphabet différent...

Mélissa ne répondit rien. Elle dut poser une main au sol pour conserver l'équilibre. Son analyse des symboles lui donnait le vertige ; elle recevait de plein fouet la frénésie de calculs qui l'agitait.

— À moins qu'il n'y ait des symboles que je ne connaisse pas encore, dit-il en ramassant un domino pour l'examiner. Des concepts qui n'existent pas dans l'ancien savoir.

Mélissa ferma son esprit à ce feu d'artifice mental.

— D'accord, Rex. Mais à quoi servent ces trucs ?

La question le calma tout net.

— Aucune idée.

Elle songea aux rigides qu'ils trouvaient souvent à la fosse aux serpents, figés dans la contemplation des empilement de cailloux que la légende locale prétendait voir bouger à minuit (parfois, bien sûr, Mélissa déplaçait elle-même quelques cailloux, pour s'amuser – et terrifier les petits crétins).

— Crois-tu que ces trucs pourraient permettre de communiquer avec les darklings ? suggéra-t-elle.

— C'est absurde. Les darklings détestent les symboles, les signes, toute forme de langage écrit. C'est l'une des idées neuves qui leur a fait si peur voilà dix mille ans, avec les maths, le feu et le métal.

— Mais, Rex, tu n'as pas tes lunettes.

— Hein ?

Il porta la main à son visage. Mélissa réalisa qu'il avait oublié ses verres épais. La maison était à ce point marquée par l'Empreinte qu'il y voyait parfaitement clair.

— Donc, les darklings les ont touchés, murmura-t-il en laissant glisser quelques dominos entre ses doigts. Mais comment ?

— Rex... (Une saveur familière remontait à travers le flot de ses pensées.) Quelle heure est-il ?

Il vérifia à sa montre.

— Tu as raison. Il ne faut pas traîner. Laisse-moi juste ramasser quelques-uns de ces...

— Rex !

Ce n'était pas l'imminence de minuit qui l'inquiétait ; c'était une chose qu'elle avait déjà ressentie, et qui fondait sur eux à toute vitesse. La voix parut claquer soudain dans le silence psychique de la maison.

On sera pile à l'heure, et pas grâce à toi, Angie.

Prise de vertige, elle s'efforça de distinguer l'agitation mentale de Rex de l'esprit qui s'approchait. Ce dernier lui apparut maussade, déterminé, fâché et surtout, très nerveux.

— C'est lui... murmura-t-elle.

— Qui ça ?

Ne va pas te flanquer dans le décor, imbécile ! On y est presque.

Elle reconnut alors sa peur – une émotion familière, qu'elle retrouvait chaque matin au lycée. Il y avait toujours quelqu'un qui débarquait après que tout le monde était installé à sa table, qui courait dans les couloirs en tremblant à l'idée de se faire coller. Voilà ce qu'elle percevait : la peur d'arriver en retard.

— Il était pressé en partant, marmonna-t-elle, parce qu'il tenait à rentrer *pour minuit* !

— Le type que tu as entendu ?

— Oui ! Il faut foutre le camp d'ici tout de suite !

Elle se leva sur des jambes flageolantes. Pour une raison mystérieuse, pratiquer la télépathie dans cette maison lui donnait l'impression de patauger dans du sirop.

Rex prit les tuiles et essaya de les remettre dans leur boîte.

— On n'a plus le temps !

Elle percevait les jurons de l'homme chaque fois qu'il braquait le volant, sentait son corps se déporter dans les virages, entendait le crissement de ses pneus…

Rex leva la tête. Lui aussi avait entendu les pneus.

Des phares balayèrent le plafond, et une voiture s'immobilisa dans l'allée.

— Il est là, dit-elle, trop tard.

— Ne t'en fais pas pour lui, dit Rex en la prenant doucement par sa main gantée tout en regardant sa montre. Il suffit de nous cacher encore quatre minutes. C'est ce qui va se passer après qui m'inquiète.

Ils jetèrent les dominos dans le placard et gagnèrent l'une des petites chambres en catimini. Avec un peu de chance, l'homme n'irait pas fouiller la maison vide vu le temps qui lui restait jusqu'à minuit. Rex indiqua une grande armoire aux portes coulissantes.

Le bruit de la porte d'entrée leur parvint tandis qu'ils se glissaient dans l'armoire. Mélissa sentit Rex respirer fort à côté d'elle, en déséquilibre pour éviter le moindre contact. Elle renfila son autre gant et le soutint avec cette main, en lui soufflant :

— Relax. Laisse-moi me concentrer.

Rex se détendit et elle put sentir deux personnes au rez-de-chaussée, l'homme et... Angie. De la femme émanait un calme parfait ; pas étonnant qu'elle soit demeurée invisible à Mélissa jusque-là.

— Tu peux t'estimer heureuse qu'on soit à l'heure, grommela l'homme en faisant grincer l'escalier sous ses pas.

Mélissa contrôla sa respiration. À la manière dont les sons résonnaient à travers toute la maison, le moindre choc contre la porte de l'armoire les ferait découvrir.

— Je n'ai pas fait exprès de tomber en panne. La prochaine fois, je ne me donnerai pas la peine de t'appeler.

La femme parlait d'une voix douce, mesurée, pas du tout essoufflée au contraire de son compagnon. Elle n'éprouvait aucune crainte à l'idée d'être en retard. Mélissa la sentit consulter sa montre – avec une pointe de satisfaction en constatant que tout se déroulait comme prévu. Maintenant qu'ils se trouvaient dans la maison, la jeune fille discernait leurs pensées.

— Toujours des promesses, cria l'homme depuis la salle de bains.

Un sentiment de soulagement l'envahit, tandis qu'un bruit de pisse contre la cuvette des W.-C. parvenait aux oreilles de Mélissa. La jeune fille frémit de dégoût.

— Comme si tu pouvais te débrouiller sans moi, répliqua la femme d'une voix si douce que Mélissa la perçut plus qu'elle ne l'entendit.

Elle avait cerné Angie à présent – son esprit débordait de mépris pour son compagnon. Angie n'avait pas besoin de lui – il savait à peine déchiffrer les symboles, ne comprenait rien au grand dessein, traînait toujours son stupide appareil qui, bien sûr, n'avait jamais réussi à photographier le moindre spectre. *S'il n'était pas de la famille du patriarche…*

La femme avança dans le couloir et s'arrêta juste devant la chambre dans laquelle ils étaient cachés.

— Avait-on vraiment besoin d'une maison aussi grande ?

Les muscles de Rex se durcirent sous la main de Mélissa. Une onde de peur émana de lui. *Du calme*, lui ordonna-t-elle mentalement.

— Question d'emplacement, maugréa l'homme. C'est la seule chose qui intéresse les fantômes. De toute façon, si ce terrain est aussi important qu'on le dit, ça devrait nous rapporter cent fois le loyer de cette baraque.

La femme fit un pas dans la pièce et pressa l'interrupteur. Un rai aveuglant se glissa entre les portes de l'armoire. Mélissa grimaça, comme si la lumière la coupait en deux de la tête aux pieds. Rex avait cessé de respirer.

Mélissa ferma les yeux, tâchant de lire dans l'esprit de la femme. À quoi pensait-elle ? Pourquoi fixait-elle la porte de cette armoire ? Mais la terreur de Rex submergeait tout le reste.

— Viens, Angie ! Plus que trente secondes.

La femme ne bougea pas. Mélissa ferma le poing. Un bon coup à l'estomac calmerait n'importe qui pour trente secondes. Cela suffirait.

— Angie !

Les pas finirent par s'éloigner, rapides et résolus à présent. Mélissa entendit cliqueter les dominos sur le sol de la pièce voisine, perçut l'impatience grandissante des deux intrus, le soulagement qui gagnait Rex.

Puis, quelques secondes plus tard, somptueux comme toujours…

Le silence.

8 | 00 h 00

L'HYBRIDE

— Allez ! On file !

Mélissa secoua la tête et s'arracha à lui. Ses yeux flamboyaient, comme toujours durant le temps bleu ; libérée du bruit de fond mental de l'humanité, elle devenait audacieuse, d'une hardiesse irrésistible.

Rex soupira. Elle était parfois pénible aussi.

— Je vais tirer les vers du nez à cette femme, déclara-t-elle en le repoussant pour se diriger vers la grande chambre.

Il la suivit, s'arrêta sur le seuil. Les deux inconnus étaient pétrifiés de part et d'autre des tuiles, l'homme à genoux, la femme debout. Le visage de l'homme disparaissait derrière son appareil photo braqué sur le sol. Rex remarqua sa montre réglée sur l'heure de Bixby, minuit pile, et les reflets dorés qu'elle projetait sur son visage.

— Voyez-vous ça, commenta Rex. Notre voyeur espionne aussi les darklings.

— C'est elle qui m'intéresse.

La femme immobile était grande, séduisante, vêtue d'un tailleur élégant. Minuit avait figé son expression : un mélange de respect, de crainte et d'impatience. Les tuiles étaient toutes disposées face au sol, prêtes à être retournées pour constituer un message.

Rex secoua la tête. Il ne parvenait pas à se faire à cette idée. Comment un darkling pourrait-il communiquer grâce à des symboles honnis des midnighters ? Et où ces gens-là s'étaient-ils cachés pendant les cinquante dernières années ?

Mélissa vint se placer devant la femme et tendit les mains.

— On n'a pas le temps ! protesta Rex. Le désert est à moins d'un kilomètre. Ça va bientôt grouiller dans tous les coins.

— C'est elle, le cerveau, Rex. J'aurais voulu que tu puisses sentir son esprit. Elle sait ce qui se prépare.

— Moi aussi. Les darklings vont nous tomber dessus !

— Va m'attendre à la voiture, dans ce cas. J'arrive dans cinq minutes.

Rex grimaça. Pourquoi ne l'écoutait-on jamais ? Surtout dans des moments pareils, d'une importance capitale. Malgré son aspect cossu, cette maison était un repaire de darklings. Pas d'humains. Il le voyait à l'œil nu, alors que Mélissa en était incapable.

Il remarqua la porte vitrée du balcon, désormais grande ouverte.

— Je te donne trois minutes, lança-t-il à Mélissa, avant de dévaler l'escalier.

Il sortit en trombe et courut jusqu'à la voiture, sans se donner la peine de lever la tête. Ils avaient encore un peu de temps devant eux, de toute façon. Même Jonathan Martinez n'aurait pu arriver aussi vite.

Avec une pointe de perversité, il se surprit à espérer un adversaire de taille. Les plus anciens darklings vivaient loin dans le désert et mettraient plus longtemps à venir. Et puis, s'ils devaient affronter une créature vraiment terrifiante, peut-être Mélissa l'écouterait-elle la prochaine fois.

Bien sûr, s'il ne venait qu'un petit darkling de deuxième zone accompagné d'une poignée de grouilleurs, Rex ne s'en plaindrait pas.

Il se pencha sur la banquette arrière pour y attraper son sac en toile. Il le trouva d'une légèreté déprimante ; ils n'avaient emporté aucun armement sérieux cette nuit-là car ils pensaient affronter une menace humaine, et non une descente de darklings.

Rex lâcha un juron. La puissance dévastatrice du porte-flambeau l'avait rendu trop sûr de lui.

La fermeture Éclair du sac résista à ses doigts nerveux, mais il finit par l'ouvrir. Une grosse lampe torche en plastique, inutile sans Jessica pour l'allumer. Un marteau à tête ronde baptisé Arachnophobie. Un sachet rempli d'un assortiment de vis et de clous à jeter. Et un démonte-pneu du nom de Stratocumulus dont Rex se rappelait maintenant qu'il avait déjà servi à repousser des grouilleurs. Son pouvoir était probablement réduit à zéro. Mélissa le gardait dans sa voiture en cas de crevaison.

C'était tout.

Il était temps de sortir la grosse artillerie.

— Arrière gauche, arrière gauche, marmonna Rex dans sa barbe, claquant la portière avant de faire le tour de la voiture au pas de course.

Il entreprit de démonter l'enjoliveur arrière gauche de la Ford en se servant de Stratocumulus, au moins utile à quelque chose. Tout en tirant, Rex s'autorisa un sourire satisfait. Dess et lui avaient longuement travaillé sur celui-là, avec promesse de n'y recourir qu'en situation d'absolue nécessité.

Ce qui était le cas à présent.

L'enjoliveur se détacha et roula sur le bitume avec fracas. Le pourtour de sa face interne comportait de minuscules symboles, trente-neuf au total, des pictogrammes de l'âge de pierre, gravés par Dess selon les instructions de Rex. Elle s'était servie d'un foret volé en classe de travaux manuels, fait d'un alliage au tungstène si performant qu'il s'enfonçait dans l'acier comme dans du plâtre humide.

Rex fourra le disque de métal dans son sac, en priant pour que cela suffise.

Il regagna la porte d'entrée en courant et cria dans l'escalier.

— Mélissa ! (Elle ne répondit pas.) Dépêche-toi !

Puis il l'entendit, à l'étage.

Elle gémissait.

Rex la trouva à genoux devant la femme, les doigts toujours écartés en prise télépathique, à secouer la tête en geignant.

— Quelque chose approche…

Il soupira.

— Je te l'avais dit.

— Oh, Rex, c'est affreux…

Il resta sans voix. Cela ne ressemblait pas à Mélissa de se mettre dans un état pareil pour des darklings. Elle avait toujours soutenu que leur esprit décrépit, desséché par les siècles, lui était mille fois moins pénible que celui des hommes.

— Amène-toi.

Il la hissa sur ses pieds et la tira dans l'escalier. Elle se laissa entraîner sans résistance, avec de petits sanglots étranglés, comme une enfant qui s'efforce de ne pas pleurer.

Rex préférait ne pas songer à ce qu'elle avait perçu.

La porte d'entrée était restée entrebâillée. Il l'ouvrit d'un coup de pied. La maison d'en face paraissait habitée, sans doute serait-elle remplie de métal flambant neuf et d'électroménager moderne. Rex avait un dernier tour dans sa manche – dans la boucle de sa botte droite, plus précisément.

Mélissa s'était ressaisie. Elle courut avec lui sur le bitume. Mais lorsqu'il se retourna vers elle, la lueur froide de la lune sombre en train de se lever fit scintiller une larme sur sa joue.

Elle pleurait. *Mélissa* était en train de pleurer.

Rex sentit sa gorge se nouer. *On est fichus.*

La porte de devant refusa de s'ouvrir. Il fracassa donc le carreau de verre dépoli d'un coup de Stratocumulus, passa le bras de l'autre côté et tâtonna à la recherche de la targette. Il s'entailla le coude sur le verre mais atteignit le bouton et put débloquer le pêne. En repoussant la porte vers l'intérieur, Rex entendit sa manche se déchirer sur un bout du carreau.

— À la cuisine, décida-t-il.

C'était toujours là qu'on trouvait les meilleurs ustensiles.

Mélissa le devança tandis qu'il s'attardait à examiner son bras, retroussant le tissu déchiré de part et d'autre d'une belle entaille. Alors que le sang affluait au creux de la plaie, sa couleur rouge s'estompa sous ses yeux au profit d'une teinte métallique d'un gris bleuté.

— Par ici ! lui cria Mélissa depuis le fond de la maison.

Il oublia sa blessure et accourut. Les darklings ressemblaient-ils aux requins ? L'odeur du sang les plongeait-elle dans un état de démence meurtrière ?

La cuisine était immense, plus grande que le propre salon de Rex, avec de vastes plans de travail et deux rangées complètes de placards. La lumière bleue de l'heure secrète faisait briller les appareils métalliques ainsi qu'une batterie de couteaux.

Rex sourit. Ils n'étaient pas encore morts.

Il ouvrit les tiroirs à la recherche de l'argenterie et approcha une cuillère de ses yeux.

— « Inox », lut-il joyeusement, avant de fourrer le tiroir entier dans les bras de Mélissa. Trouve-nous une chambre à l'étage où il n'y ait pas de rigides.

Elle acquiesça sans un mot, livide, encore sous le choc.

Rex pilla la cuisine, remplissant son sac de céramique antiadhésive, d'alliages à haute température, de tous ces matériaux de l'ère spatiale qu'on inventait pour les fusées et qui finissaient dans les poêles à frire. Au bout de trente secondes de folie, il jeta le sac par-dessus son épaule, rafla la batterie de couteaux – les lames étaient impressionnantes, à défaut de mieux – et se dirigea vers l'escalier.

Mélissa avait déniché la pièce idéale, avec une seule fenêtre sur la rue face au manoir aux darklings. Un ordinateur trônait sur un bureau. Un panneau alvéolé truffé de câbles masquait tout un mur. Autant de métal propre à exploiter.

Elle regardait par la fenêtre en tremblant comme une feuille.

— Ils sont presque là.

Rex lâcha son sac et claqua la porte derrière lui. Sortant l'un des couteaux, il se pencha sur la lame et sourit.

— On aime cuisiner dans cette maison.

Les couteaux étaient magnifiques, en acier japonais portant la mention *Aiguisage inutile.* Cela voulait dire présence de titane et affûtage au laser, l'équivalent moderne d'une pointe d'épieu de la fin de la période solutréenne

– la technologie de l'âge de pierre qui avait contraint les darklings à se réfugier dans l'heure secrète.

Il sortit le bout de papier coincé sous la boucle de sa botte, le déplia puis se retourna face à la porte et planta le couteau dedans. Le bois se fendit avec un « tchac » satisfaisant.

— Abandonnateur. (Rex tira un autre couteau du bloc.) Abracadabrant, lut-il sur le bout de papier.

« Tchac », un autre couteau…

Il eut un sourire maussade. Voilà une petite astuce à laquelle Dess n'avait jamais pensé (non qu'elle ait besoin d'un pense-bête pour trouver des décatrigrammes, cela dit).

— Académicienne.

« Tchac ».

Le bout de papier était une page arrachée à un dictionnaire de Scrabble, le seul lexique que Rex ait trouvé qui liste les mots par leur longueur.

— Acatalectique.

Peu importait le sens. « Tchac », la porte serait d'une solidité à toute épreuve quand il en serait à treize…

Mais il n'y en eut que douze.

Rex ferma les yeux. Pourquoi n'avait-il pas compté avant de commencer ? Neuf lui auraient suffi. Et *n'importe* quel chiffre aurait été préférable à douze.

Il pivota sur ses talons, attrapa un couteau à beurre dans le tiroir à argenterie et le ficha de toutes ses forces dans la porte. Le bout arrondi ripa, et son poignet passa à quelques centimètres du tranchant acéré d'un splendide couteau à poisson japonais.

— C'est pas vrai, gémit-il.

Il n'avait toujours que douze couteaux. Il avait transformé la porte en aimant à darklings ! Comment avait-il pu se montrer aussi… ?

« Tchac ».

Rex battit des cils, les yeux fixés sur le couteau qui vibrait dans le bois au-dessus de sa tête. Sa lame était gravée de serpents et de crapauds, son manche avait la forme de deux queues de lézards enroulées et le pommeau, à l'image d'un crâne aux yeux de verre coloré, semblait le dévisager en souriant. C'était la première fois qu'il le voyait, et Rex réalisa qu'il n'était pas le seul midnighter à conserver quelques armes sous le coude.

— Gratification Imputrescible Incapacitante, annonça Mélissa.

Il se retourna vers elle. Elle se tenait toujours à l'autre bout de la pièce – elle l'avait lancé par-dessus son épaule.

Mélissa avait essuyé ses larmes et repris son habituelle expression dédaigneuse.

— Ça va mieux, maintenant.

Il relâcha son souffle et fit mine d'acquiescer, quand un mouvement capta son attention derrière la fenêtre. Il traversa la pièce.

— Ne regarde pas, Rex. Ça vaut mieux.

Mais il avait déjà vu.

La « chose » descendit en ondulant des ailes, deux grandes voiles qui claquaient au bout de longs bras articulés. Ses mains griffues, étreignant le vide avec de petits tressaillements compulsifs, étaient séparées par dix bons mètres. Sa queue hérissée de pointes fouettait l'air à chaque battement d'ailes, comme pour contrebalancer sa masse grotesque.

La chose avait un corps décharné, surtout la partie darkling, dont on distinguait les côtes à travers la peau membraneuse. Ses pattes maigrelettes chancelèrent sous son poids quand elle se posa sur le toit de la maison d'en face, et elle dut battre des ailes pour reprendre l'équilibre.

Mélissa, dos à la fenêtre, lâcha un petit hoquet étranglé.

La créature n'avait pas de tête. Pas une tête de darkling, en tout cas. Un torse humain semblait greffé dans sa chair, et un visage à demi reconnaissable jetait des regards vitreux du fond de sa poitrine émaciée. Deux bras secondaires partaient du tronc immergé pour se terminer par des mains humaines – les mains d'une enfant, observa Rex –, crispées comme sous l'effet de la souffrance.

— Cette chose… hoqueta Mélissa… pense comme nous.

Soudain, une forme traversa la fenêtre dans une explosion de verre brisé, à grand renfort de battements d'ailes et de couinements de rat. Des aiguilles de glace se plantèrent dans le torse de Rex là où le grouilleur ailé l'atteignit, tandis qu'un fouillis de filaments noirs semblait soudain lui enserrer le cœur.

Des étincelles bleutées l'aveuglèrent. Les chaînes métalliques que Mélissa tenait dans son poing venaient de jeter le grouilleur au sol. Rex chercha son souffle, les poumons glacés, en la regardant renverser sans hâte le tiroir à argenterie sur la bestiole qui se tortillait encore. Le métal cracha d'autres étincelles tandis que la chose crevait en grésillant sous la pile.

— Occupe-toi de la fenêtre, ordonna-t-elle en dispersant d'un coup de pied les fourchettes, cuillères et couteaux afin de dissuader les grouilleurs de se glisser sur le plancher.

Rex hocha la tête et fouilla dans son sac en toile. Il lança par la fenêtre deux poignées de clous et de vis, arrachant des hurlements et des flammes bleues aux créatures qui voletaient ou rampaient de l'autre côté. Un moulinet d'Arachnophobie, son marteau à tête ronde, délogea une silhouette imposante qui se cramponnait au cadre.

— Viens m'aider, cria-t-il d'une voix enrouée, encore sous le coup de la morsure du grouilleur.

Le panneau alvéolé chargé de câbles informatiques se décrocha sans peine du mur. Certains câbles contenaient du cuivre et de l'or, parfaitement inutiles, mais d'autres renfermeraient aussi de récents alliages, du plastique isolant, peut-être même de la fibre optique, des matériaux susceptibles de déstabiliser leurs assaillants. Ils l'inclinèrent contre la fenêtre tandis que Rex entreprenait de vider son sac de toile, en nommant les poêles et casseroles restantes avec les derniers décatrigrammes de sa page de dictionnaire froissée.

— À moi, dit Mélissa en l'écartant lorsqu'il fut parvenu au bout de sa liste.

Elle baptisa les derniers bouts de métal en puisant dans les mots d'urgence que chacun d'eux mémorisait dans les moments perdus.

— Inintelligent, murmura-t-elle.

Rex s'adossa contre le mur en grelottant. La morsure du grouilleur l'avait glacé jusqu'aux os. Il avait les épaules insensibles, les doigts engourdis, comme après une bataille de boules de neige sans gants. Quelques centimètres plus haut, et la bête l'aurait mordu au cou. D'après l'ancien savoir, quelques midnighters étaient morts ainsi – par suffocation, la trachée bloquée par la glace.

Il avait été à ce point stupéfié par la… *chose* qu'ils avaient vue, qu'il avait bien failli se faire tuer par un vulgaire grouilleur.

— Irresponsable, souffla Mélissa à une poêle à frire.

— Qu'est-ce que c'était ? lâcha-t-il.

Elle se tourna vers lui, secoua la tête.

— Elle pense comme nous.

— Tu veux dire que c'est une humaine ?

— Une midnighter. Je crois que c'est… que *c'était* l'une des nôtres.

— Mélangée à l'un d'entre eux ?

Mélissa fixa le thermomètre qu'elle tenait dans sa main et chuchota :

— Indéracinable.

Quelque chose de massif se jeta contre le panneau alvéolé. Les rouleaux de câbles informatiques se transformèrent en cercles scintillants, pareils à des lumières de Noël encore dans leur boîte. Un long tentacule s'insinua sous le panneau pour venir s'enrouler autour de la taille de Mélissa. Elle lui planta son thermomètre dans la chair, et le tentacule se retira avec un cri perçant.

— Un simple darkling de rang inférieur, dit-elle.

Rex se laissa glisser par terre. Mélissa mit le reste de leurs défenses en place et s'accroupit auprès de lui en lui tenant la main, protégée par son gant en grosse laine.

— Je te ferai partager ce que j'ai ressenti, lui promit-elle. Chez cette chose, et chez cette femme. Une fois sortis d'ici. Il faudra réessayer de se toucher demain.

— Une fois sortis d'ici ?

Il contempla la porte avec ses treize couteaux, le panneau alvéolé bardé de métal luisant. Peut-être que leurs barrières tiendraient, peut-être que non. Mais bien sûr, après ce qu'il venait de voir, la mort était un moindre mal.

Mieux valait encore être dévoré que… transformé.

— Mais oui, Rex. On va s'en sortir.

Des coups et des cris retentirent de l'autre côté de la fenêtre, où un grouilleur agonisait en faisant trembler le panneau dans ses derniers soubresauts.

— Ils sont furieux qu'on ait vu cette chose, hein ?

Mélissa acquiesça d'un air sombre.

— Tu l'as dit. Ils ne vont pas nous lâcher comme ça.

Un autre grouilleur se jeta contre la fenêtre. Une odeur de chair grillée fit suffoquer Rex. Les séides des darklings se sacrifiaient afin d'épuiser les défenses de la pièce. Rex eut un sourire macabre ; il faudrait plus que des grouilleurs pour venir à bout de cet amoncellement de métal moderne et de décatrigrammes.

D'autres bruits leur parvenaient de l'intérieur de la maison à présent, des battements d'ailes frénétiques dans le couloir. Les treize couteaux se mirent à luire.

Une tête reptilienne noire se glissa sous la porte, puis une autre – des grouilleurs rampants, qui testaient leurs défenses. Les premiers s'embrasèrent au contact de l'argenterie, des clous et des vis, mais d'autres suivirent. Mélissa se mit à piétiner les formes ondulantes. Les chaînes de ses bottes brillèrent d'une flamme bleue, puis blanche. Empoignant son Arachnophobie, Rex entreprit d'écraser les grouilleurs à grands coups de marteau, jusqu'à en avoir mal au bras.

Après de longues minutes, l'assaut des grouilleurs cessa. Les battements d'ailes s'éloignèrent, et le métal répandu à travers la pièce perdit de sa brillance.

Rex s'écroula par terre en essuyant la sueur qui lui coulait dans les yeux. L'odeur de chair grillée lui emplissait les poumons, et ses muscles tremblaient d'épuisement.

— Tu crois qu'ils abandonnent ? dit-il d'une voix rauque.

Mélissa demeura debout sans bouger, les yeux clos.

Rex l'entendit alors. Une masse imposante gravissait l'escalier.

Il imaginait mal la chose semi-humaine qu'ils avaient vue se déplacer dans la maison. Il s'agissait sans doute d'un darkling normal, un jeune, assez téméraire pour se hasarder dans cet environnement moderne. Mélissa ne dit pas ce qu'elle sentait. Elle se contenta de fixer la porte avec lassitude. Les marches grinçaient sous le poids du nouvel arrivant, et les treize couteaux se remirent à briller.

Malgré la terreur qui menaçait de le paralyser, Rex ne put s'empêcher de repenser à ce qu'elle avait dit : *Il faudra réessayer de se toucher demain.* Cette idée lui donnait le vertige. Enfin, la perspective de voir un lien solide se nouer entre Mélissa et lui. Pas question de mourir ici cette nuit.

Il sortit l'enjoliveur de son sac de toile.

— Toi, tu vas dérouiller, dit-il doucement.

Les couteaux se mirent à frémir dans le bois. Des flammes volaient de l'un à l'autre en arcs de cercle bleutés. Un bruit de griffes leur parvint de l'autre côté de la porte, et Rex entendit un grand félin haleter. Le darkling avait pris sa forme de chasseur.

Un couteau à découper tremblait si fort qu'il faillit se décrocher, mais Rex le renfonça dans la porte. Ce bref contact avec le métal suffit à lui brûler la paume.

Il approcha l'enjoliveur de ses lèvres.

— Appropriation Fanatiquement Injustifiable.

Le métal s'embrasa. Le long de sa bordure parcourue d'une flamme bleue, les minuscules dessins semblaient danser. L'enjoliveur vibrait entre ses mains en dégageant une chaleur qui lui remonta jusque dans l'épaule. Rex sourit. Dess n'avait pas ménagé sa peine sur cette arme-là.

Il avait déjà vu ce que cela pouvait donner. Et les darklings aussi.

Le halètement s'interrompit derrière la porte.

Mélissa gloussa.

— Tu as peur, mon gros minet ?

Un rugissement, empli de douleur et de colère, lui répondit et ébranla toute la pièce. Mais Rex comprit à ce cri de défaite que le darkling avait senti l'arme qui vibrait dans sa main et renoncé à sacrifier son existence lugubre.

L'escalier grinça de nouveau sous le poids du darkling ; les couteaux reprirent leur couleur gris terne, et le sentiment de terreur qui flottait dans la pièce retomba peu à peu.

Avant la fin de l'heure, Rex jeta un dernier coup d'œil par l'une des fentes du panneau bosselé et lacéré. Il assista au départ de la créature hybride, qui se hissa avec maladresse sur le toit depuis le balcon de la chambre principale avant de s'éloigner à lents coups d'ailes.

— Prêt à piquer un sprint ? lui demanda Mélissa.

— Hein ?

— Ils s'en vont tous. Il va falloir y aller, nous aussi. (Elle sourit.) On a quelques minutes devant nous, mais je ne crois pas que nos hôtes immobiles apprécieront beaucoup ce qu'on a fait à leur maison.

Il jeta un regard circulaire sur la pièce.

— C'est possible, en effet.

— Encore un acte de vandalisme gratuit, dit-elle.

Rex soupira en songeant au carreau qu'il avait brisé au rez-de-chaussée.

— Peut-être même qu'ils possèdent un système d'alarme.

Mélissa arracha de la porte sa Gratification Imputrescible Incapacitante.

— Il ne fonctionnera plus, tu sais... commença-t-il, mais l'expression de son amie le fit taire.

— Je le porte aussi pour me protéger dans la journée, Rex. Au cas où quelqu'un essaierait de me toucher.

— Oh.

Il jeta un coup d'œil à la lune sombre. Plus que quelques minutes.

Ils dévalèrent l'escalier. Parvenue devant la porte, Mélissa prit le temps d'une dernière inspection télépathique puis annonça :

— La voie est libre.

Ils regagnèrent la vieille Ford alors que l'heure bleue prenait fin. Rex n'avait jamais été aussi heureux de voir le ciel retrouver sa noirceur. À l'instant où le temps normal les rattrapait, une sonnerie stridente retentit dans la nuit, portée par le vent froid de l'Oklahoma.

— Je confirme, dit-il. Ils avaient une alarme.

Mélissa bondit dans la voiture, lança le moteur et démarra sur les chapeaux de roue. Rex la laissa conduire sans un mot, sachant qu'elle guettait l'approche de la police. Quelques minutes plus tard, elle se rangeait le long du trottoir, éteignait les phares et se couchait hors de vue.

Rex s'enfonça lui aussi sur son siège. Il aperçut les toits de deux voitures de sécurité privée les dépasser en trombe.

Mélissa lui prit la main Son gant en laine était chaud contre sa peau.

— Procure-toi du poison, Rex.

— Quoi ?

— Un produit qui tue rapidement. Comme ce venin de serpent qui provoque un arrêt du cœur en vingt secondes.

Ce qu'elle avait vu cette nuit-là l'aurait-elle finalement poussée trop loin ?

— Mélissa, tu n'es pas...

— Ce n'est pas pour moi, crétin. (Elle secoua la tête.) Tu sais, la midnighter à l'intérieur de ce monstre ?

— Oui ?

— Elle est toujours vivante. Je l'ai senti. Ils ont maintenu son esprit en vie afin de pouvoir utiliser son reste d'humanité pour réfléchir en termes de signes et de symboles. Elle a tout à fait conscience de ce qui lui est arrivé.

Rex se cacha le visage dans les mains. Au bout d'un long moment, il dit :

— Mais comment veux-tu lui faire parvenir le poison ?

— Ce n'est pas pour elle. Mais pour *toi*. (Mélissa ralluma les phares, le regard fixé de l'autre côté du pare-brise.) Elle est malade, probablement en train de mourir. Il va bientôt leur en falloir un autre. Et c'est toi qu'ils viendront chercher.

Il cligna des paupières, secoua la tête.

— Moi ?

— Réfléchis une seconde, Rex. Ils savent déjà voler, ils sont déjà télépathes, et ils ont horreur des maths… (Mélissa s'éloigna du trottoir.) C'est une voyante.

9 11 h 10
LE BLUES DU LUNDI

— Tu connais la nouvelle ?

Jessica soupira.

— Que j'ai raté mon interro de physique ce matin ? Bien sûr. C'est plus un constat qu'une nouvelle, cela dit.

Constanza Grayfoot fronça les sourcils et se rapprocha du casier de Jessica pour laisser passer un groupe de secondes.

— Oh, Jess, je suis désolée. Mais peut-être que si tu as du mal, ta mère te dira de laisser tomber tous ces cours en plus...

Jessica soupesa son énorme manuel de trigonométrie.

— Il y a peu de chances.

— Je croyais que tu avais révisé avec tu sais qui ?

— Oui, je l'ai fait. Mais on a été, heu... un peu distraits.

Un sourire radieux illumina le visage de Constanza.

— Jess, petite coquine ! Ce genre de distraction ne me paraît pas si mal, à moi.

Jessica lui retourna son sourire, sans conviction. Si Constanza avait vu juste, cela aurait pu valoir la peine d'échouer à son interro. Mais passer minuit avec Jonathan à traquer des voyeurs autour de sa maison ne leur avait guère laissé le temps de s'embrasser, encore moins de réviser. Rex et Mélissa n'étaient même pas venus leur donner un coup de main. Cette dernière n'avait peut-être pas jugé utile de perdre son temps pour un simple mortel.

— Bon, reprit Constanza, peut-être que la nouvelle te fera oublier un peu cette tragédie. Il se trouve que la mère d'une fille que je connais travaille pour le bureau du shérif. C'est une sorte d'experte médico-légale, de profiler, ou de médium de la police. En tout cas, il paraît qu'il y aurait eu des actes de vandalisme satanique la nuit dernière à Las Colonias.

Jessica rangea son manuel de trigo dans son sac en pensant à ce qu'elle devrait emporter en étude.

— De vandalisme comment ?

— Satanique, répéta Constanza en ajoutant à voix basse : Avec toutes sortes de rituels de tarés. La famille dormait tranquillement, tu vois, et soudain, l'alarme s'est mise à sonner – à minuit pile.

La main de Jessica s'immobilisa sur la fermeture Éclair de son sac.

— À minuit ?

— Ouais. Quelqu'un s'est introduit chez eux – pendant qu'ils dormaient – et s'est livré à une espèce de rituel sans même les réveiller.

Jessica respira lentement, bien à fond.

— La nuit dernière ?

— Mais oui, confirma Constanza. Tu m'écoutes, ou quoi ? Attends, j'en arrive au plus bizarre. Donc l'alarme sonne, la famille se réveille, inspecte toute la maison, mais les cambrioleurs, les satanistes ou je ne sais quoi ont déjà disparu. Comme volatilisés.

Jessica hocha la tête, gagnée par ce léger vertige qu'elle éprouvait chaque fois que minuit empiétait sur le monde normal. Constanza était sa seule amie non midnighter, ici, à Bixby. L'entendre évoquer des événements qui n'avaient pu se dérouler qu'au cours de l'heure secrète lui donnait le tournis.

— Qu'est-ce qu'ils ont fait ?

Constanza passa son bras sous celui de Jessica et l'entraîna vers la bibliothèque.

— C'est ça, le truc. Ils n'ont rien volé du tout. Ils ont seulement retourné la maison en laissant des symboles sans queue ni tête derrière eux. Par exemple, il y avait une porte avec douze couteaux plantés dedans. Et du sang sur l'un des couteaux.

— Douze ? Pas treize ?

Constanza battit des cils.

— Enfin, c'est ce qu'on m'a raconté. Pourquoi ?

— Bah… tu sais. (Jessica haussa les épaules, avec une nonchalance affectée.) Treize, ça sonne plus démoniaque que douze.

— Hum, si tu veux. (Constanza gloussa.) Peut-être que ces satanistes ne savaient pas compter ?

— J'espère que si, murmura Jessica pour elle-même.

Elle savait désormais où Rex et Mélissa avaient passé la nuit. Le plus inquiétant, c'est qu'elle ne les avait pas vus de la matinée.

À la bibliothèque, une belle animation régnait déjà autour de la table de Constanza. On pariait, analysant les moindres détails de cette affaire de vandalisme satanique – le meuble à argenterie, les poêles et les casseroles disposées dans la salle informatique selon un ordre mystérieux ; les taches de sang retrouvées sur la moquette ainsi que sur l'un des couteaux ; la fenêtre à l'étage, fracassée de l'extérieur, ou encore, la porte de devant enfoncée. Il y avait néanmoins une chose sur laquelle tout le monde s'accordait : on avait bien retrouvé douze couteaux fichés dans la porte.

Tout en prêtant l'oreille à ces ragots, Jessica jeta un coup d'œil en direction de Dess assise à l'écart dans son coin habituel. Jessica se demanda si elle savait ce qui s'était passé la nuit dernière.

— Quand je pense qu'ils dormaient juste à côté pendant ce temps-là, répétait Jen en secouant la tête. Ça fout les jetons, non ?

— Peut-être qu'on les avait drogués ? dit Liz.

— Ou qu'ils ont fait le coup eux-mêmes ! suggéra Maria.

— Qui ça ? La famille ? (Constanza semblait dubitative.) À Las Colonias ? On trouve de super belles maisons dans ce quartier. Mon cousin en possède une. Pas vraiment le genre d'endroit où on s'attend à croiser des adorateurs du démon.

Maria haussa les épaules.

— D'accord, mais c'est quand même la seule explication. Je veux dire, comment veux-tu flanquer un bazar pareil sans éveiller l'attention dans un silence total ?

Une voix s'éleva depuis le bureau de la bibliothécaire.

— En parlant de silence total, mesdemoiselles – vous n'auriez pas des leçons à réviser ?

— Si, madame Thomas, répondit Constanza, avant de lever les yeux au ciel et de murmurer : Quand on parle de démons...

Jessica jeta un coup d'œil à Dess. Elle devait probablement suivre la discussion, le visage impénétrable derrière ses lunettes de soleil. En y réfléchissant, Jessica n'avait pas la moindre idée de ce que Dess avait pu faire de tout le week-end. Était-elle seulement au courant de l'existence de son voyeur ?

— Je crois que je ferais mieux de bosser. Ma prochaine interro, c'est sur la trigo.

Constanza acquiesça, avec un regard en coin vers Dess. Jessica eut un mince sourire. Constanza avait remarqué le temps qu'elle passait en compagnie de Dess et des autres, au déjeuner comme en salle d'études, et se demandait probablement ce qu'elle leur trouvait. Hormis Jonathan, les autres midnighters s'habillaient tous en noir, et leurs yeux ultrasensibles à la lumière les obligeaient à porter des verres fumés chaque fois que possible. Ils étaient très différents des anciens amis de Jessica à Chicago.

Elle aurait bien voulu connaître Constanza un peu mieux mais, entre sa punition et les impératifs de sa survie à l'heure secrète, elle n'avait guère trouvé de temps à lui consacrer. Comme avec Jonathan, minuit semblait lui interdire toute relation normale.

— Dess est une fille plutôt sympa, tu sais, souffla Jessica en se levant.

Elle s'en voulut aussitôt d'avoir tourné cela de cette façon. Constanza gloussa.

— Bah, avec elle au moins, tu ne risques pas de te laisser distraire !

— Tu m'as l'air d'excellente humeur, dis donc.

Dess ôta ses lunettes de soleil, révélant une expression sereine au lieu de son habituel air renfrogné du lundi.

— J'ai passé un excellent week-end. À m'amuser avec un nouveau gadget, top secret, d'ailleurs – je ne peux pas t'en dire plus. Et cette matinée s'avère… intéressante.

Jessica se retourna discrètement vers la table de Constanza et baissa la voix.

— Tu es au courant pour la nuit dernière ?

Dess renifla.

— Bien sûr, mais ce n'est rien. Ça arrive sans arrêt à Bixby – des histoires de gosses qui font des bêtises, en s'inspirant des rumeurs, le plus souvent.

— Je ne sais pas. Il y a quand même les couteaux.

— Douze couteaux ? Sûrement une erreur. De toute façon, qui veux-tu que ce soit ? J'étais occupée. Et Las Colonias se trouve à côté du désert. Rex et Mélissa n'étaient pas avec vous, en ville, à vous aider à chercher ton voyeur ?

Jessica fronça le nez.

— Alors tu sais, pour lui ?

— Rex m'a appelée hier. Pour me dire de me méfier. (Elle haussa les épaules.) Ça doit faire drôle, j'imagine.

— Oui. (Jessica se pencha en avant.) Justement, le plus drôle : Rex et Mélissa ne sont pas venus la nuit dernière. Et je ne les ai pas vus ce matin non plus.

— Ah bon ? Pourtant, Rex m'avait dit…

Dess se tut, et afficha un regard lointain que Jessica avait appris à reconnaître en révisant la trigonométrie avec elle. C'était celui qu'elle prenait quand elle calculait dans sa tête.

— Eh bien, déclara Dess, de deux choses l'une : soit un petit crétin a entendu la rumeur et n'a pas retenu le bon chiffre… La plupart des gens ne font pas attention aux chiffres. Donc, Rex et Mélissa auraient eu des ennuis hier soir, acculés, ils auraient planté treize couteaux dans une porte, et n'auraient pas réussi à se lever ce matin.

Jessica avala sa salive.

— Soit ?

— Soit ils auraient eu des ennuis hier soir, auraient planté treize couteaux dans une porte, et l'un d'eux serait tombé.

— Tombé ? Qu'est-ce que tu veux dire ?

— Eh bien, ça voudrait dire... (Dess se mordit la lèvre.) Qu'on ne les verra pas au lycée aujourd'hui.

Quand la sonnerie de midi retentit, Dess et Jessica se hâtèrent en direction de la cantine, qu'elles atteignirent en un temps record. Jonathan les y attendait à la table habituelle de Rex. Seul.

— Martinez ? s'étonna Dess, surprise de le trouver là.

Jonathan déjeunait rarement avec les autres midnighters. Il avait dû entendre la rumeur lui aussi.

— Salut, Dess, dit Jonathan, la bouche pleine de beurre de cacahuètes et de cake à la banane.

Il tira une chaise à l'intention de Jessica, mais sans lui dire bonjour ; il lui adressa juste un sourire las et continua à manger. De toute évidence, son inquiétude pour Rex et Mélissa n'affectait en rien son appétit d'acrobate.

Jonathan avait encore la voix enrouée après sa longue marche jusque chez lui deux nuits plus tôt. Jessica s'était aperçue qu'il ne portait jamais de manteau, quel que soit le temps. Il détestait tout ce qui aurait pu restreindre sa liberté de mouvement.

— Vous êtes au courant ? demanda-t-il entre deux bouchées.

— Oui. (Dess jeta un regard circulaire sur la cantine, qui commençait à se remplir de lycéens bruyants et d'odeurs de nourriture.) C'est vrai qu'ils ne sont pas là. (Elle soupira en les dévisageant tous les deux.) D'accord, je suppose que c'est à moi d'appeler. Quelqu'un a de la monnaie ?

Jessica fouilla dans sa poche et trouva une pièce de vingt-cinq cents, celle qu'elle avait lancée en l'air deux nuits plus tôt. Elle la gardait sur elle depuis, espérant qu'elle finirait par lui porter chance. Pour l'instant, elle ne lui avait attiré que des ennuis.

Dess la lui arracha des mains et s'éloigna à grands pas, sans prendre la peine de dire merci.

Jessica suivit des yeux le balancement rageur de sa longue robe noire, bientôt avalée par la foule.

— Pourquoi est-elle d'aussi mauvaise humeur ?

Jonathan haussa les épaules comme si c'était l'évidence même.

— Toi et moi. Rex et Mélissa. Et elle, toute seule.

Il mordit dans une pomme.

— Ouais, tu as peut-être raison.

Jessica ne pouvait pas le contredire, mais sur le moment, elle se demanda si Jonathan et elle méritaient d'inspirer la moindre jalousie. Elle s'était ramassée à son interro de physique, un voyeur se cachait non loin de sa fenêtre, et Rex et Mélissa avaient disparu dans la nuit au milieu de rumeurs de sang et de destruction. Pourtant Jonathan était assis là, à manger comme quatre et, comme d'habitude dans le temps normal, sans la toucher.

Durant l'heure secrète, c'était presque automatique – les doigts qui se frôlaient, la pression légère de son épaule contre la sienne, toujours bras dessus, bras dessous. Mais dans la journée, Jonathan ne semblait pas saisir l'intérêt du contact physique. Comme s'il ne voyait pas que la vie ne se résumait pas à voler.

D'un autre côté, se dit Jessica, elle pouvait parfaitement lui toucher la main, là, maintenant. Il lui suffisait de tendre le bras. N'était-ce pas lamentable ? D'attendre qu'il fasse le premier pas, en le détestant de ne pas lire dans ses pensées ?

Bien sûr, si elle tentait de lui prendre la main et qu'il ait un geste de recul, si léger soit-il, ce serait vraiment, vraiment la honte.

Elle s'en voulut de son égoïsme alors que Rex et Mélissa avaient disparu. Quelque chose d'affreux s'était déroulé la nuit dernière, tout près du désert. Elle ne parvenait pas à chasser de son esprit cette image de douze couteaux ensanglantés fichés dans une porte. D'après les rumeurs, on n'avait pas retrouvé de corps, mais est-ce que les darklings en laissaient quand ils… enfin, quand ils faisaient des victimes ?

— Alors, toujours persuadée de t'être plantée ?

— Hein ? Oh. (Jessica geignit, se rappelant à présent ce que cette histoire lui avait permis d'oublier.) La physique. Oui, je sais que je me suis plantée. J'ai complètement séché sur les formules. Sur les règles. Sur la physique en général, en fait.

Jonathan souriait toujours ; ce cours était une formalité pour lui, aussi à l'aise avec les lois du mouvement que Dess avec les nombres.

— Tu as quand même répondu à la question subsidiaire ?

— Non. Je ne suis pas allée jusque-là.

Jonathan s'esclaffa.

— À propos de ce qui se passe quand on jette une pièce en l'air ? Donnez trois raisons pour lesquelles elle ne s'arrête jamais un seul instant, même au sommet de sa courbe ?

Jessica le fixa et soupira.

— Pas de réponse chez Mélissa. Et chez Rex, c'est son père qui a décroché. Je n'ai rien pu en tirer ; Rex a dû lui administrer une double dose de médicaments. (Dess ne s'assit pas, mais resta debout à les toiser, les bras croisés.) J'ai gaspillé vingt-cinq cents.

— Qu'est-ce qu'il a, d'ailleurs, le père de Rex ? voulut savoir Jessica. C'est moche de le voir comme ça.

Jonathan se racla la gorge.

— Moche ? (Dess renifla.) C'était plus moche avant son accident.

— Comment ça ?

Un rictus tordit le visage de Dess.

— Eh bien, tout ça s'est produit avant que je fasse

la connaissance de Rex, mais disons que ce n'était pas le meilleur des pères.

— Oh. Quand même.

Jessica se rappelait la bave sur le menton du vieillard, son regard égaré.

Dess secoua la tête.

— Non, je t'assure. Il ne mérite pas qu'on le plaigne. Parle à Rex des araignées sous sa maison, un de ces jours. (Elle se tourna vers Jonathan.) Tu as la voiture de ton père aujourd'hui ?

— Oui.

— Rien d'important à faire cet après-midi ?

Jonathan hésita un instant, puis secoua la tête.

— Alors, allons-y.

Jonathan soupira, rangea son dernier sandwich dans son sac et repoussa sa chaise.

— Quoi, maintenant ? protesta Jessica en s'arrachant à l'image du père de Rex. Nous ne serons jamais revenus à temps pour le prochain cours.

— L'horreur, convint Dess. Mais si tu ne veux pas nous accompagner, transmets mes plus sincères excuses à M. Sanchez. Ses petits yeux deviennent si tristes quand il s'aperçoit que je sèche la trigo.

Jonathan posa la main sur l'épaule de Jessica. Enfin, il la touchait.

— Tu ne viens pas ?

— Heu… (Elle aurait bien voulu, mais elle ne pouvait ignorer la peur qui lui nouait l'estomac. Plus forte que l'image des couteaux maculés de sang, il y avait celle de ses parents, maussades et toujours prêts à punir.) Je ne peux pas.

— Pas grave, Jess. On te racontera. (Il lui pressa doucement l'épaule.) À ce soir.

Ils tournèrent les talons et s'éloignèrent, la laissant seule au milieu de la salle de cantine.

10

12 h 14

DESSOMÉTRIE

Dess jetait des petits coups d'œil à son nouveau gadget tandis qu'ils roulaient. Voir défiler des nombres lui calmait les nerfs, lui rappelait que chaque problème avait une solution, chaque personne disparue, un emplacement, et chaque endroit de cette Terre, une délicieuse série de coordonnées.

Elle avait encore le cerveau en ébullition à la suite de son week-end. Quels que soient les ennuis dans lesquels les autres s'étaient fourrés, Dess s'était bien amusée. Elle avait passé son dimanche à tourner à vélo dans la ville tandis que Géosynchrones débitait tranquillement ses coordonnées, convertissait Bixby en nombres. Que rêver de mieux ?

Dess avait vécu là toute sa vie mais pour la première fois, elle avait l'impression de connaître la ville, d'en distinguer le schéma, de pouvoir se représenter en esprit le plan de ses rues et de ses bâtiments. Le monde dans lequel elle avait grandi se voyait inventorié, énuméré ; Dess l'avait enfin mis en calculs.

Pendant ce temps, les autres avaient été traqués sans répit, en cherchant à mettre la main sur leur voyeur, et s'étaient retrouvés cernés par les darklings. Comme chaque fois qu'elle les quittait des yeux un seul instant, semblait-il.

— Qu'est-ce que c'est ? voulut savoir Jonathan en baissant les yeux sur le récepteur GPS qu'elle tenait.

Elle le cacha d'un geste vif.

— Rien du tout.

Il se contenta de rire et mordit dans son troisième sandwich.

— Comme tu voudras.

Ils s'engagèrent dans la rue où habitait Rex, laquelle filait presque plein est, et Dess vit les chiffres nord-sud se stabiliser tandis que les valeurs est-ouest diminuaient peu à peu. Après cette visite, elle connaîtrait les coordonnées exactes de la maison de Rex. Peut-être existait-il une sorte de schéma dans la disposition des maisons de midnighters.

La voiture s'immobilisa, et Dess se résolut à ranger son GPS dans la poche de son blouson. Elle informerait bientôt Rex de sa découverte, mais elle tenait à avoir tous les chiffres bien en tête avant qu'il ne les obscurcisse avec son ancien savoir fumeux. Les maths étaient pures, alors que l'histoire regorgeait de trous incompréhensibles et de petites contradictions.

Il n'y avait personne sur la terrasse ; le sinistre vieillard n'était pas en vue. Peut-être Rex le gardait-il à l'intérieur ces derniers jours.

Les deux adolescents foulaient l'herbe jaunie quand une voix rauque jaillit de la maison :

— Foutus gamins, il n'y a donc pas école aujourd'hui ?

Dess tressaillit, puis reconnut le visage de Rex derrière la moustiquaire. Bonne imitation de son père, elle devait le reconnaître. Assez bonne pour lui donner des frissons.

Il sortit à leur rencontre en riant de la frousse qu'il leur avait flanquée. Mélissa le suivit. Dess ôta aussitôt sa main du GPS au fond de sa poche en s'appliquant à le chasser de son esprit. Dans le tumulte mental du lycée, les facultés télépathiques de Mélissa étaient à peu près aussi utiles qu'un téléphone portable au fond du Grand Canyon. Mais ici, dans cette banlieue à la population clairsemée, Dess allait devoir contrôler ses pensées.

— Quelles raisons vous amènent en mon humble demeure ?

Dess fronça les sourcils. Rex était bien guilleret pour quelqu'un censé avoir passé une nuit agitée. Et Mélissa avait encore les cheveux humides, comme si elle venait de prendre une douche. Elle ne portait pas ses écouteurs, et parvenait même à sourire derrière ses verres fumés. S'il s'était agi de n'importe qui d'autre… Dess frémit en se rappelant que Mélissa l'écoutait peut-être. Et puis, il n'y avait aucune chance – mais alors, Absolument Aucune Chance – pour qu'une chose de ce genre-là se produise entre eux.

Jonathan ne dit rien, bien sûr, de sorte que ce fut elle qui répondit :

— On a cru comprendre que vous aviez eu des ennuis la nuit dernière.

Rex gloussa et hocha la tête.

— La nouvelle a déjà fait le tour du lycée ? Ah, c'est dingue ! J'adore cette ville.

Dess lui retourna son sourire. Ils allaient bien tous les deux. Elle s'était interdit d'éprouver de l'inquiétude à l'idée que deux de ses amis aient pu connaître une fin tragique dans l'heure secrète. Et là, elle était soulagée.

— Mais qu'est-ce que vous fabriquiez là-bas, de toute façon ? Bande d'idiots. Vous n'étiez pas censés être en ville ?

— Ouais, ajouta bravement Jonathan. On vous a attendus toute l'heure.

Rex sourit et leur fit signe de le suivre. Ils s'assirent dans les fauteuils rouillés de la terrasse, comme quatre vieux désœuvrés.

— J'ai senti quelque chose en route, expliqua Mélissa, et nous avons exploré cette piste.

— J'ai l'impression que vous avez failli y laisser des plumes, observa Dess.

Mélissa acquiesça et resserra les pans de son blouson bien qu'elle soit en plein soleil.

— Oui, je crois qu'on peut dire ça.

— J'espère que vous aviez un peu de métal sur vous, continua Dess.

Rex haussa les épaules.

— Eh bien, on a été surpris, en quelque sorte. Mais nous avons improvisé. Et Appropriation Fanatiquement Injustifiable a mis nos derniers agresseurs en fuite.

Dess sourit, ravie. Elle avait toujours considéré le vieil enjoliveur comme l'une de ses armes les plus prometteuses. Il était tombé d'une Mercedes-Benz (nom qui constituait un décatrigramme, en comptant le trait d'union) de 1989 (soit 153 × 13) à la hauteur du 1264, Farm Road (or 1 + 2 + 6 + 4 = je vous le donne en mille, 13). Il était de toute évidence destiné à faire un malheur.

— Dites donc, Las Colonias, ce n'est pas vraiment le chemin de la maison de Jessica, protesta Jonathan.

Il réalisa soudain que Rex et Mélissa ne leur disaient pas tout. Dess l'avait compris tout de suite à leurs mines de conspirateurs. Ils souriaient comme des voleurs qui sortent d'une boutique et tournent au coin d'une rue, le butin caché dans les poches.

— Non. Mais j'avais repéré ce type à plusieurs kilomètres, dit Mélissa. C'était ton voyeur, Jonathan.

— En plus, ajouta Rex, il semblerait qu'il travaille pour le compte des darklings.

Dess se sentit gagnée par l'incrédulité.

— Qu'il travaille pour eux ? Comment ça ?

Rex respira bien à fond, puis se lança dans le récit complet des événements – les pensées que Mélissa avait surprises à propos de Jessica, le manoir aux darklings et les tuiles, le voyeur et sa petite amie, leur retraite de l'autre côté de la rue (Rex leur fit voir l'entaille qui avait produit le fameux sang), puis l'apparition de la créature hybride et enfin, le combat. Mélissa apporta d'abord quelques commentaires et contradictions, puis se contenta de rester assise en grelottant, les yeux frémissant sous ses paupières closes.

En les écoutant, fascinée et vaguement dégoûtée, Dess comprit pourquoi ils semblaient si excités tous les deux. En réalité, ils étaient encore terrorisés, morts de trouille, à en mouiller leur pantalon. Ce qu'ils avaient vu à Las Colonias avait dû les tenir éveillés la nuit entière – trop effrayés pour aller se coucher –, et après quelques heures d'un sommeil de brutes, ils étaient tels qu'elle les découvrait à présent, épuisés, au bord de l'hystérie.

Pas étonnant qu'ils ne se soient pas montrés au lycée. Rex n'était pas en état d'affronter le monde réel, quant à Mélissa… Au lycée de Bixby, son cerveau aurait fondu comme la Méchante Sorcière dans une station de lavage[1].

Quand ils eurent achevé leur récit, Dess se renfonça dans son fauteuil et laissa son esprit vagabonder, en caressant Géosynchrones. Si horrible soit-elle, cette mésaventure lui offrait de nouvelles données pour son étude. Peut-être que ces amis des darklings, quels qu'ils soient, connaissaient déjà la forme de l'heure secrète ? Ils avaient bien dû se cacher quelque part pendant les cinquante dernières années…

---

1. Dans *Le Magicien d'Oz*, roman de Lyman Frank Baum, la Méchante Sorcière de l'Ouest fond après avoir été arrosée par Dorothy. *(N.d.T.)*

— Il faut tout de suite prévenir Jessica, s'inquiéta Jonathan, qui sortait déjà ses clés de voiture. Ces deux-là ont peut-être reçu l'ordre de s'occuper d'elle aujourd'hui.

— Relax. Il y a peu de chances, lui dit Rex avec un sourire suffisant.

Il marqua une pause puis il plongea la main dans sa poche, en sortit quelque chose et ouvrit la main. Un petit rectangle en ivoire reposait au creux de sa paume – une sorte de domino, comme il l'avait dit, sauf qu'en guise de points…

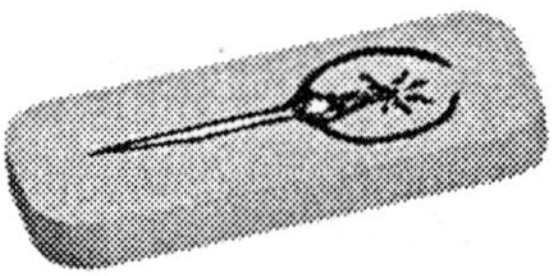

— Hum, dit Dess.

C'était la marque de Jessica, le symbole du porte-flambeau dans l'ancien savoir.

— J'ai pris la liberté de voler celui-là, ainsi que quelques autres. Notamment un jeu de dominos qui devait servir à épeler les noms humains, peut-être afin de désigner Jessica. (Le sourire de Rex devint encore plus arrogant.) Il existe des centaines de symboles. Nos mystérieux amis ne devraient pas s'apercevoir tout de suite qu'il leur en manque. Et en attendant, les darklings seront incapables de communiquer quoi que ce soit à leurs complices concernant Jessica.

Mélissa passa un doigt sur le domino (et faillit toucher la peau nue de Rex, remarqua Dess).

— On sent encore le contact des darklings, et il a l'air drôlement vieux. Peut-être cinquante ans ou plus. Il doit en exister un seul jeu, que ces gens se transmettent d'une génération à l'autre.

— Une minute. Si l'hybride est en partie humaine, comme vous le dites, pourquoi n'écrit-elle pas directement sous la dictée des darklings ? demanda Dess.

L'image de la créature lui traversa l'esprit et lui donna le frisson.

Rex secoua la tête.

— Même à travers elle, les darklings seraient incapables de formuler leurs pensées dans notre langue. Trop récente. Les symboles de l'ancien savoir ont plus de dix mille ans. Ils sont beaucoup plus vieux que n'importe quel langage actuel. (Sa voix s'adoucit.) Voilà pourquoi ils ont besoin d'une voyante.

Jonathan n'avait pas lâché les bras rouillés de son fauteuil.

— Mais qui sont ces gens ? demanda-t-il. D'où sortent-ils ?

Rex haussa les épaules.

— C'est ce qu'il nous faut découvrir. On peut sans doute considérer que ce sont les mêmes qui se sont occupés de nos prédécesseurs. Je n'ai retrouvé aucun de nos symboles à côté de celui de Jessica, alors nous devrions tous faire très attention.

— Mais où se cachaient-ils ? insista Dess. (Elle se tourna vers Mélissa.) Pourquoi n'avais-tu encore jamais senti la présence de ce truc hybride ?

Mélissa répondit avec hésitation.

— Cette maison a quelque chose de bizarre. La télépathie fonctionne mal à l'intérieur. La seule fois où j'ai pu capter le type, c'est après son départ et juste avant son retour. Il s'agit d'une zone morte sur le plan psychique. Comme si les murs absorbaient les pensées.

— L'emplacement, l'emplacement, murmura Rex.

À ce mot magique, Dess fut parcourue d'un nouveau frisson – d'excitation, cette fois-ci.

— Emmenez-moi là-bas.

— Quoi ? protestèrent-ils tous en chœur.

— Emmenez-moi là-bas, tout de suite. (Elle sortit le GPS de sa poche et l'agita sous leur nez.) Je savais qu'il devait exister des lieux de ce genre à Bixby – des cachettes. J'ai fait des rêves où...

Elle s'interrompit. Ils la dévisageaient tous les trois comme si elle avait la bave aux lèvres.

Dess geignit.

— Écoutez, ce petit gadget change les endroits en nombres, en coordonnées. J'essaie d'établir un schéma – de comprendre la forme de l'heure secrète. C'est comme la topologie... (D'accord, ce dernier point ne lui valut que des regards perplexes.) Mais en mieux. Oh, laissez tomber. Contentez-vous de me montrer l'endroit, que je comprenne comment ça fonctionne. (Elle siffla entre ses dents devant leur air ébahi.) J'ai juste besoin d'un paradigme !

Rex fut le premier à réagir, en laissant échapper un long soupir.

— Eh bien, on dirait que tu n'as pas perdu ton temps.

Elle leva les yeux au ciel. Il allait encore la sermonner sur la nécessité de s'en remettre au voyant.

— Tu n'auras peut-être pas besoin d'aller sur place, Dess.

— J'ai pu fouiller un peu dans l'esprit de la femme avant que... (la lèvre inférieure de Mélissa se mit à trembler)... que cette chose s'amène.

— Elle a partagé avec moi une partie de ce qu'elle a vu, poursuivit Rex. Nous avons peut-être les chiffres que tu cherches.

— Hein ?

Dess sentit sa gorge se nouer en voyant l'expression de Rex et de Mélissa. Partagé ? Il y avait autre chose entre ces deux-là qu'une simple hystérie post-traumatique.

Aucune chance, se rappela Dess.

— On va essayer de t'écrire tout ça. (Rex haussa les épaules.) On dirait des plans de construction. Pour quelque chose en rapport avec l'hybride. Mais il y a surtout des chiffres, alors pour moi, c'est du chinois.

— De l'arabe, corrigea machinalement Dess.

Mélissa la fusilla du regard.

— Pardon ? s'étonna Rex.

— Les chiffres sont arabes, crétin. (Elle détourna les yeux de Mélissa.) Comme l'essentiel des mathématiques, à l'origine. Al-Jebra, l'inventeur de l'algèbre, est un Arabe qui vivait il y a plus de mille ans.

Tâchant de ne plus penser à ce qui avait pu se produire entre ces deux-là, Dess imagina donner son nom un jour à une nouvelle branche des mathématiques. La dessologie ? La desstochastique ?

— La dessométrie ? suggéra Mélissa à haute voix, un mince sourire aux lèvres.

Dess frissonna. *Elle m'a eue.*

Elle agita Géosynchrones.

— Je me fiche de ce qu'elle t'a transmis. (*Ou de savoir comment vous l'avez partagé.*) Cet appareil me donnera tout ce qu'il me faut. Conduisez-moi là-bas.

Rex et Mélissa se regardèrent, et Dess s'autorisa un bref instant de triomphe devant leur expression d'horreur absolue. Ils étaient bel et bien terrorisés, glacés jusqu'à la moelle.

Rex secoua la tête.

— Quelqu'un a peut-être remarqué la Ford. Elle fait un peu tache, dans ce quartier. Sans compter qu'on a pu laisser des empreintes…

Dess balaya ces pauvres excuses d'un ricanement et asséna une tape sur la cuisse de Jonathan.

— Amène-toi, l'homme volant. En route pour le manoir aux darklings !

Il se leva, prêt à partir, avec un regard perplexe à Dess et Mélissa.

— C'est quoi, la dessométrie ?

Elle sourit.

— Je te raconterai en chemin.

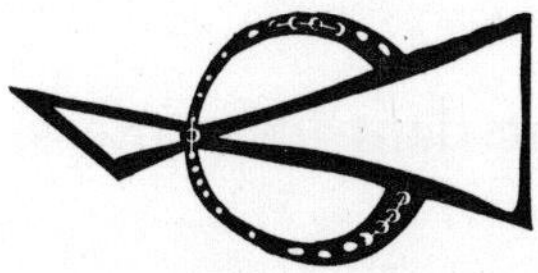

11 | 13 h 45

FLATLAND TOUJOURS

— L'art de lire dans les pensées de Mélissa, déclara subitement Dess.

— Hein ?

Jonathan était en train de doubler un semi-remorque, en s'efforçant de pousser la voiture de son père à plus de cent à l'heure en terrain plat. Il guettait la sortie, convaincu que les indications de la télépathe souffraient d'approximation. Sans vouloir la blâmer, Mélissa avait parfois une emprise toute relative sur la réalité.

— La dessométrie. Tu m'avais demandé ce que c'était.

Jonathan l'observa se mordiller l'ongle du pouce, les yeux perdus au-delà du pare-brise. Mélissa et elle s'étaient affrontées, tout à l'heure – défiées du regard.

— Ah, d'accord. Et tu arrives à faire ça ? Tu peux vraiment lire dans son esprit ?

— Eh bien, c'est plus facile quand Rex est dans les parages. C'est lui qui vend la mèche.

Le semi-remorque finit par capituler et se laissa

dépasser avec un petit geste amical du chauffeur. Jonathan se détendit.

— Il vend la mèche sur quoi ?

Dess se tortilla sur son siège.

— Tu n'as pas remarqué un côté… sirupeux, chez ces deux-là ?

— Hum.

Il renonça à doubler le camion suivant. À cette heure-ci, la nationale nord-sud grouillait de poids lourds chargés de marchandises mexicaines en provenance du Texas. Le plus petit de ces camions aurait pu aplatir la voiture de son père comme un cafard.

En dépit de ce que certaines publicités tentaient de vous faire croire, Jonathan avait appris cette année-là que conduire n'avait rien à voir avec voler. En fait, conduire n'avait pas grand intérêt comparé à voler. Même à cent à l'heure, Flatland restait Flatland.

Et son mal de gorge de l'autre nuit n'avait pas entièrement disparu. Il avala sa salive avec prudence avant de répondre.

— En fait, ils font exploser mon sirupomètre vingt-quatre heures sur vingt-quatre. J'ai tendance à ignorer les fluctuations mineures.

Dess gloussa. Cela fit sourire Jonathan. Ils ne se voyaient plus tellement ces derniers temps, Dess et lui, réalisa-t-il. Plus depuis l'arrivée de Jessica.

— Quand même, tu ne les as pas trouvés un peu trop… copain-copain ? insista-t-elle. Et curieusement gais.

Il jeta un coup d'œil à Dess. L'attente qu'il lut dans son regard l'agaça. Ce n'était pas lui le télépathe, après tout. Il haussa les épaules.

— Je crois qu'ils étaient encore sous le coup de ce qu'ils ont vu la nuit dernière. Je serais pareil, à leur place.

L'idée qu'il roulait droit vers le lieu de la confrontation ne l'enchantait pas non plus. Il se demanda pourquoi il se trouvait là au lieu d'être au lycée, en train de tout raconter à Jessica et de s'assurer qu'elle allait bien.

Peut-être parce que, de tous les midnighters, c'est en Dess qu'il avait le plus confiance pour aider Jessica en cas de besoin. Dix jours plus tôt, qui avait conduit les deux autres à travers un désert infesté de darklings, alors que Jessica et lui se trouvaient pris au piège dans la fosse aux serpents ?

— D'accord. Ils sont traumatisés. (Dess hocha la tête.) Mais il y a autre chose.

— Quoi donc ? Que veux-tu qu'il y ait d'autre ?

— Tu vois très bien ce que je veux dire.

Un camionneur fit beugler son klaxon juste derrière eux, désireux de conserver la vitesse accumulée au bas d'une bosse. Jonathan changea brusquement de file, ce qui lui valut un doigt d'honneur quand le camion le doubla en rugissant. Cette conversation prenait une tournure dangereuse.

— Tu es folle, dit Jonathan. C'est impossible.

— Exact. Tout à fait impossible. C'est plus compliqué que ça.

Il renifla.

— Je vois mal ce qui pourrait être plus compliqué que ça.

Elle ricana, puis dit :

— Tu sais qu'ils l'ont déjà fait… il y a longtemps.

Jonathan la dévisagea avec inquiétude.

— Fait quoi ?

— Pas ce que tu crois. (Elle s'esclaffa.) Mais quand ils étaient encore gamins, Rex a touché Mélissa par accident.

— Oh.

La main gauche de Jonathan fut prise d'un léger tremblement. Un souvenir sensoriel le parcourut, le submergea comme un vertige. Il serra fort le volant, se concentra sur les lignes discontinues qui défilaient de part et d'autre, et parvint à garder la voiture sur la route jusqu'à ce que l'effet se dissipe.

— Rex me l'a raconté, poursuivit Dess. Paraît que ça l'avait complètement retourné, comme si elle se répandait dans sa tête et lui dans la sienne.

Jonathan acquiesça.

— Oui. C'est bien ce qu'on ressent.

— Quoi ? Comment le sais-tu ?

Il hésita. Il se demanda pourquoi il n'en avait encore jamais parlé, pas même à Jessica (surtout pas à Jessica, en fait). Rex avait dû réaliser sur le moment, mais ni lui ni Jonathan n'avaient jamais abordé le sujet. Et bien sûr, Mélissa n'en avait pas soufflé mot en dehors de cet unique « merci » dans le désert.

— Oh, c'était le week-end dernier, quand on a découvert que Jessica était un porte-flambeau. Alors que vous tentiez d'atteindre la fosse aux serpents, et que tu as joué les amazones.

— C'était trop cool. Tu te rappelles comme Scintillantes Illustrations Méningitiques a botté le cul de ce darkling ?

— Oui, enfin bref. Tu avais laissé Rex et Mélissa encerclés par quelques millions d'araignées. Il a fallu que j'aille les chercher pour les sauver.

Dess demeura silencieuse un instant, puis relâcha son souffle.

— C'est vrai ! Tu as ramené Mélissa à la fosse en volant. Donc, tu as bien été obligé de…

— … de la toucher, acheva Jonathan.

Un léger tournis reprit Jonathan au souvenir de cette vague de pensées et d'émotions, de ce désespoir qui imprégnait Mélissa, de la révulsion que lui inspiraient ces quelques secondes de contact humain. Il ne la voyait plus de la même façon depuis cette nuit-là. Il discernait autre chose que la haine de l'humanité derrière son expression renfrognée. Quelque chose de fragile.

Jonathan frissonna. Peu importait qu'elle ne lui adresse pas la parole, il se sentait plus proche d'elle désormais. Il préférait quand elle n'était que la reine des garces.

— Mince, dit doucement Dess. Rex doit te haïr pour ça.

— Quoi ? Pour leur avoir sauvé la vie à tous les deux ? (Il secoua la tête, en espérant que Dess ne répondrait pas. Il aurait voulu que cette conversation n'ait jamais eu lieu. Heureusement, la sortie se profilait juste devant.) Fais comme si je n'avais rien dit.

Mais Dess ne voulait pas se taire.

— Selon Rex, les télépathes savaient maîtriser leur talent autrefois. Ils pouvaient évoluer sans problème au milieu de la foule, et même communiquer des informations par une poignée de main. C'étaient eux qui transmettaient les nouvelles, qui tissaient les liens de la communauté.

— Vraiment ? (Jonathan savait qu'il avait existé d'autres télépathes dans l'histoire de Bixby, mais il n'avait jamais imaginé qu'il puisse y en avoir des sains d'esprit.) Alors, pourquoi Mélissa est-elle ainsi ?

— Va savoir. Peut-être une erreur de la nature ? En tout cas, Rex a toujours cherché un moyen de l'aider à tolérer son talent. Peut-être que la nuit dernière constituait une sorte d'expérience de partage, ou un truc comme ça. Et que maintenant, ils essaient de renforcer le lien.

Jonathan contempla sa main gauche ; il s'attendait toujours à y retrouver l'empreinte de Mélissa, imprimée comme au fer rouge. Pourtant, sa paume ne portait aucune marque, juste une mince pellicule de sueur.

Il avala sa salive encore une fois. Sa gorge continuait à le faire souffrir.

Ils quittèrent l'autoroute et prirent la direction de Las Colonias. Les indications de Mélissa n'étaient pas si aléatoires, en fin de compte. Le désert s'étirait devant eux, mince bande blanche à l'horizon, écrasé de soleil.

Jonathan se souvint de ses deux amis sur la terrasse, Rex, tout sourires, et Mélissa plus détendue que jamais. Mais ensuite, lui revint le souvenir cuisant du contact avec Mélissa et il secoua la tête.

— J'espère seulement qu'ils savent ce qu'ils font.

Dess éclata de rire.

— Tu n'as toujours pas compris ça, l'homme volant ? Aucun d'entre nous n'a la moindre idée ce que nous faisons.

L'arche d'entrée de Las Colonias était gardée par un véhicule de sécurité privée. Deux vigiles étaient affalés sur le capot, à boire du café, à cuire au soleil. L'un d'eux leva la main et détailla la vieille voiture d'un air dédaigneux. Jonathan baissa sa vitre. La présence des forces de l'ordre lui brûla l'estomac comme s'il avait bu un verre d'acide.

— Que venez-vous faire par ici ?

— Seulement nous promener, m'sieur l'agent.

Les vigiles adoraient qu'on les appelle ainsi.

— Des petits curieux qui viennent jeter un œil sur la maison du diable, hein ? Désolé, mais aujourd'hui, c'est strictement réservé aux habitants. Alors, vous allez faire demi-tour et repartir d'où vous venez.

Jonathan imagina bien deux ou trois répliques, mais préféra ne pas insister. L'un des deux vigiles risquait de se rendre compte que c'était un jour d'école. Il les salua et enclencha la marche arrière.

— Bien joué, Jonathan, le complimenta Dess. « Seulement nous promener, m'sieur l'agent. »

— Que voulais-tu que je dise ? « On fait une enquête sur les phénomènes paranormaux » ?

Dess ricana, puis se lança dans une imitation passable de gentil fils à papa :

— Et pourquoi pas: «Je viens présenter ma petite amie à mes parents ; on envisage de se marier » ?

Il rit.

— La prochaine fois, je te laisserai parler.

— Et maintenant ?

— Maintenant, on cherche l'entrée des artistes.

Jonathan s'engagea sur la route poussiéreuse qui longeait le périmètre de la communauté, les yeux sur la palissade de trois mètres de haut. Son cerveau d'acrobate continuait à fonctionner dans le temps normal. Il voyait les angles – où poser le pied pour un premier appui, où accrocher une main, puis l'autre...

Il finit par repérer ce qu'il cherchait. Une termitière s'élevait à proximité de la palissade, à moins d'un mètre du sommet. Jonathan immobilisa la voiture.

— On ne peut pas escalader ça, protesta Dess.

— Moi, si. Montre-moi juste comment marche ton truc.

Dess écarquilla les yeux puis se recula.

Il soupira.

— Tu veux tes chiffres, oui ou non ?

Son visage passa par plusieurs grimaces, puis elle finit par froncer les sourcils et dit :

— D'accord. Mais si tu le perds, si tu le casses, ou si tu te fais arrêter et qu'on te le confisque, tu es mort.

Jonathan leva les yeux au ciel et l'écouta lui expliquer comment relever les coordonnées. En s'éloignant de la voiture, il marmonna :

— Ne me remercie pas, surtout !

Jonathan se laissa tomber de l'autre côté de la palissade, à la lisière d'un terrain en chantier. Il prit le temps de secouer les termites accrochés à ses chaussures et de masser sa cheville encore douloureuse. Des matériaux de construction étaient répartis sur le sol en terre battue. On ne voyait pas encore de charpente, rien qu'une allée menant au trou béant des fondations. Il traversa le chantier d'un pas vif. Il paraîtrait moins suspect en marchant dans la rue qu'en se faufilant sur un terrain désert.

À cette heure-ci, un jour de semaine, il passait peu de voitures et personne ne fit attention à lui. La moitié des maisons semblaient inoccupées. On pouvait encore sentir une odeur de peinture fraîche et distinguer les lignes de coupe entre les rouleaux de gazon.

Il n'eut aucun mal à repérer le manoir aux darklings, face à la maison du diable. Celle-ci avait une fenêtre brisée à l'étage et sa porte d'entrée était barrée d'un ruban jaune de la police. Jonathan se demanda où étaient les habitants.

Assis sur le canapé à regarder la télé, s'efforçant d'oublier les événements de la nuit dernière ? Ou bien avaient-ils cherché refuge dans un motel pour quelques jours ?

Bien sûr, la vraie maison hantée se trouvait de l'autre côté de la rue. Le manoir aux darklings ressemblait à n'importe quelle autre habitation du quartier. Son garage, ses fenêtres, sa pelouse – tout semblait démesuré. L'allée était immense. Puisque Rex et Mélissa n'avaient pas vu le moindre meuble à l'intérieur, il semblait peu probable qu'il y ait du monde. Il contourna la maison avec une nonchalance affectée.

Derrière, Jonathan trouva le balcon aux portes coulissantes que Rex avait décrit. Il vint se placer dessous, aussi près que possible de la maison, puis brandit le récepteur GPS et appuya sur un bouton. Les nombres se figèrent.

À en croire Dess, c'était tout.

Jonathan hésita. En plein jour, la maison ne faisait pas aussi peur. Elle était si neuve, si différente des repaires de darklings habituels. Il se demanda s'il pourrait trouver un indice à l'intérieur, quelque chose qui puisse lui dire le nom du propriétaire, ou qui se cachait derrière cette nouvelle menace contre Jessica.

En repassant devant, il avisa la boîte aux lettres. Son petit drapeau rouge était levé. Il franchit la pelouse, avec un coup d'œil à travers la rue déserte.

Il ralentit le pas – une femme l'observait depuis la fenêtre de la maison du diable. Elle avait l'air maussade de quelqu'un qui a mal dormi, encore assombri par la suspicion.

Jonathan lui sourit et lui fit un signe de la main. Elle ne lui rendit pas son salut. Il ouvrit la boîte, prit la seule et unique lettre qu'elle contenait, agita la main de nouveau et repartit vers la maison.

— Oh, non, murmura-t-il.

La porte de devant était probablement fermée à clé. Jonathan sentait le regard de la femme peser sur sa nuque. Ses cheveux se hérissèrent. Il retourna d'où il était venu, derrière la maison, mais auparavant, il jeta un dernier coup d'œil en arrière.

La femme se tenait toujours à la fenêtre mais ne regardait plus dans sa direction. Elle était tournée vers la voiture de sécurité privée qui remontait la rue.

Jonathan fourra la lettre dans sa poche et se mit à courir. Il traversa l'arrière-cour en un temps record, roula par-dessus une haie basse et se reçut en trébuchant dans une autre cour. Après avoir longé une autre maison vide aux dimensions démesurées, il déboucha dans la rue voisine.

Il continua ainsi, hors d'haleine, traversant les rues au lieu de les longer. Ces vigiles gavés de beignets ne le rattraperaient jamais à pied, même avec sa cheville qui le faisait souffrir à chaque foulée. Des crissements de pneus lui parvenaient de la droite – ils s'efforçaient de le pister en voiture par des rues parallèles.

À la lisière du lotissement, par où Jonathan s'était introduit, les maisons étaient encore en construction et le terrain devint plus accidenté. Quelques ouvriers le regardèrent passer en silence, sans lui accorder d'intérêt. Il esquiva des monceaux de terre et de gravats, en regrettant minuit. En l'absence de gravité, un seul bond dans la bonne direction aurait suffi à le propulser jusqu'à Dess.

Il finit par atteindre la palissade. Il aperçut la voiture de son père à travers les planches. Sauf qu'il n'y avait pas de termitière de ce côté-ci, aucune prise, rien qui permette d'escalader.

Il regarda autour de lui. La voiture de sécurité apparut à une centaine de mètres, quitta la route et s'engagea lentement sur la terre battue des arrière-cours en chantier, en chassant du gravier au milieu d'un énorme nuage de poussière.

Jonathan jeta des regards affolés autour de lui en quête d'un support d'où il puisse s'élancer – un tas de briques, une souche, n'importe quoi. Mais la palissade se prolongeait sur la terre rouge et nue, à perte de vue.

Ses yeux se posèrent alors sur un vieux pneu abandonné au soleil, les sillons incrustés de terre séchée, le caoutchouc craquelé. Il courut le redresser et, d'un coup de pied vif, l'envoya rouler devant lui. Un peu d'eau croupie clapotait au fond. Jonathan appuya le pneu contre la palissade, posa le pied dessus et bondit vers le haut.

Le pneu s'affaissa légèrement mais lui permit d'attraper le sommet de la palissade. La voiture de sécurité s'immobilisa en dérapage juste en dessous de lui. Jonathan se hissa à la force des bras, roula par-dessus l'obstacle et se laissa retomber de l'autre côté – de tout son poids sur sa mauvaise cheville.

— Ah, quand même, maugréa Dess en le voyant revenir en boitillant. Je commençais à trouver le temps long.

Jonathan mit le contact et lança un dernier coup d'œil vers la voiture de sécurité derrière la palissade. Aussitôt arrêtée, elle avait été avalée par son propre nuage de poussière. Les vigiles en émergèrent en toussant, pour le fixer d'un air lugubre à travers les planches. L'un d'eux fit mine de grimper sur le capot afin d'escalader la palissade, mais l'autre lui fit signe de renoncer.

Jonathan respira. Plus la peine de courir.

— Hé, ce sont les deux de tout à l'heure! s'exclama Dess. Ils te poursuivaient?

— Oui.

— Waouh. Tu n'es peut-être pas si nul, finalement.

— Merci.

Son cœur battait à tout rompre, il avait la gorge sèche et sa cheville lui faisait un mal de chien. Il ne s'était jamais senti ainsi à minuit, à bout de forces après avoir couru moins de deux kilomètres. Il décrocha le récepteur GPS de sa ceinture.

— J'espère qu'il marche encore.

— Tu as intérêt, grommela Dess en l'allumant. (Elle contempla les chiffres qui s'affichaient sur l'écran. L'instant d'après, son visage s'illumina d'un large sourire.) Oh, c'est encore mieux que je l'espérais !

Jonathan sourit à son tour. Ce n'était peut-être pas si mal, de sentir son cœur cogner dans sa poitrine. Quoique, pas aussi agréable que voler, bien sûr.

— Je me suis positionné sous le balcon, comme tu me l'avais dit.

— Je vois ça… (Elle avait les yeux écarquillés, telle une gamine de quatre ans devant son premier papillon.) J'ai compris le schéma, maintenant. Et ça fait froid dans le dos.

Elle se pencha sur la banquette avant pour lui déposer un gros baiser mouillé sur la joue.

Jonathan rit, puis se tourna vers les vigiles. Ceux-ci remontaient lentement dans leur véhicule. Ils allaient devoir rouler plusieurs kilomètres avant de regagner l'entrée. Il savoura le bonheur de rester assis là, à les ignorer.

C'est alors qu'il se souvint de la lettre qu'il avait dans sa poche. Il la sortit, et son sourire s'effaça.

Ce n'était pas une bonne nouvelle. Pas une bonne nouvelle du tout.

— En parlant de froid dans le dos, jette un œil à ça.

Il tendit la lettre à Dess.

Elle la détailla tandis qu'il ramenait la voiture sur la route pour rejoindre la nationale. Ils devaient rentrer, et sans tarder.

— Qu'est-ce que… murmura-t-elle.

— Je l'ai trouvée dans la boîte aux lettres du manoir

aux darklings. Une facture de la compagnie d'électricité de l'Oklahoma. Ça doit être le nom du propriétaire.

— Oh, mince ! s'exclama Dess. Avec un nom pareil, c'est forcément quelqu'un de la famille. (Elle secoua la tête.) Jessica ne va pas aimer ça.

— Non. Et moi non plus.

Le pied au plancher, il repartit vers le lycée.

12
14 h 58
PATIENCE

Ils n'étaient pas revenus.

Jessica promena son regard sur le parking, cherchant la voiture de Jonathan dans la cohue de la sortie des classes. La dernière sonnerie avait donné un regain d'énergie à tout le monde et certains frappaient sur les capots ou poursuivaient des camarades à travers le parking pour implorer qu'on les ramène en voiture. Dans la rue, une rangée de bus scolaires crachait une fumée grise, les vitres pleines de visages impatients.

Mais Dess et Jonathan demeuraient introuvables.

— Tiens, Jess. Qu'est-ce que tu fais là ?

Elle pivota et tomba nez à nez avec Constanza Greyfoot.

— Rien, je cherche quelqu'un.

Constanza sourit.

— Monsieur Beau-Sourire ?

— Oui. (Elle se retourna vers le parking.) Il a quitté le lycée plus tôt, mais je pensais qu'il reviendrait.

— Il a séché les cours, hein ? (Constanza secoua la tête.) Je croyais que vous vouliez vous faire oublier après votre arrestation.

— Ce n'était pas une arrestation. On nous a embarqués et raccompagnés chez nos parents, rectifia Jessica. Mais, oui, c'était le plan. (Elle aurait voulu expliquer que Jonathan était parti s'assurer que deux de leurs amis ne s'étaient pas fait dévorer tout crus, mais elle ne trouva pas les mots.) Sauf qu'il a eu une sorte d'obligation.

— Ah oui, je connais ça.

Constanza salua de la main un groupe de pom-pom girls qui passait.

À mesure que les voitures s'en allaient, Jessica devint de plus en plus certaine que Jonathan et Dess n'étaient pas dans les parages. Que fallait-il en conclure ? Que tout allait bien ? Que leurs pires craintes étaient fondées ? Ils auraient tout de même pu la prévenir, si Rex et Mélissa n'avaient rien. À moins qu'en refusant de les accompagner chez Rex elle ne se soit comportée en vraie lâcheuse et qu'ils aient décidé tous les quatre de ne plus lui adresser la parole.

— Qu'y a-t-il, Jess ?

Jessica adressa un sourire las à Constanza. Elle aurait voulu pouvoir partager ses inquiétudes avec quelqu'un mais, étant la seule midnighter à n'avoir pas séché les cours ce jour-là, elle ne pouvait compter que sur elle-même.

— Rien, seulement…

Que pouvait-elle dire ?

— Quelques nuages sur Coupleville ?

Jessica hocha la tête.

— Plus ou moins.

— Allez, raconte-moi. (Constanza sourit.) Je sais que tu en as envie.

Ce qui était vrai. Et puis, Jessica n'avait pas juré de garder le secret sur tous les aspects de sa vie.

— Eh bien, Jonathan est vraiment super, la plupart du temps. Surtout la nuit.

— Mais pas aussi super le lendemain matin ?

Jessica leva les yeux au ciel.

— Ce n'est pas une question de lendemain matin. Il n'y a pas eu de lendemain matin. Je te parle d'ici, au lycée. Je le trouve un peu distant quand nous sommes tous les deux.

— Ah, j'ai compris. Il a peur des DPA.

— Oui. Les démonstrations publiques d'affection ne sont pas son truc. Pas plus que les démonstrations privées, d'ailleurs. Sauf la nuit. C'est un peu difficile à expliquer.

Constanza ricana.

— Pas tant que ça.

— Je veux dire, ce n'est pas ce que tu crois.

— Que crois-tu que je croie ?

Jessica sentit un sourire éclairer son visage.

— Que crois-tu que je croie que tu crois ?

Constanza plissa les yeux.

— Je crois que tu vois très bien ce que je veux dire.

Un chuintement de freins hydrauliques leur parvint à travers le parking et en relevant la tête, Jessica vit le premier bus de la file s'ébranler.

— Oh, non ! Il faut que je file.

— Attends, Jess. (Constanza la retint par le bras.) Ça commençait juste à devenir intéressant. Je vais te raccompagner.

Jessica la dévisagea.

— Tu es sûre ? Ça te fait un grand détour.

Constanza haussa les épaules.

— Et alors ? Depuis ta punition, on ne se voit presque plus. (Elle donna le bras à son amie et l'entraîna vers les dernières voitures qui restaient.) Tu ne viens plus t'asseoir avec nous en salle d'études.

— Oh, c'est vrai. Désolée.

— Pas grave. Je sais que tu souffres d'un mal curieux qui te persuade que la salle d'études est faite pour étudier. (Elle gloussa.) Je ne vais quand même pas être jalouse de Miss Gothique dans son coin.

Jessica soupira.

— Dess est plutôt cool, quand on la connaît.

Bon, il est vrai qu'elle se voyait mal en train de confier à Dess ses problèmes avec Jonathan. Et encore moins à Rex ou Mélissa.

— Ouais, tu parles, dit Constanza. Enfin, je veux bien croire qu'elle assure en trigo. C'est la chouchoute de Sanchez, non ?

— Si on veut.

Constanza ouvrit son sac et en sortit un porte-clés auquel pendaient une mini lampe torche, un coupe-ongles, une patte de lapin et une masse de clés. Elle le pressa, et la Mercedes bleu électrique garée devant elles émit un petit couinement.

— De toute façon, on s'en fiche. Nous allons passer tout le trajet à parler de toi et de ton petit ami, mademoiselle Day.

Constanza fit le tour de la voiture.

Jessica sourit et ouvrit la portière du passager. Pour la première fois depuis que le sujet de physique avait atterri sur sa table ce matin-là, elle se détendait un peu. Tomber sur Constanza était son premier petit bonheur de la journée. Au moins, pendant les vingt prochaines minutes, il ne serait pas question de darklings, de grouilleurs, de très anciennes querelles ni même de foire aux crèmes glacées.

À l'intérieur, Constanza entreprit de régler l'autoradio.

— Donc, ton copain a peur des DPA en plein jour. Comme les vampires ?

— Ouais.

— Syndrome très courant. La thérapeutique s'impose d'elle-même.

Constanza mit le moteur en route, posa les deux mains sur le volant et se tourna vers Jessica.

— C'est-à-dire ?

— Sois patiente.

— Patiente ?

Jessica écarquilla les yeux. Ce n'était pas le conseil qu'elle s'attendait à recevoir de Constanza.

— Mais oui. Laisse la colère grandir en toi, vieillir comme un bon vin. Ensuite, à la prochaine bourde de Jonathan, lâche la bonde !

Jessica battit des cils.

— Heu... la bonde d'un tonneau de vin ?

— Suis un peu, Jessica. La bonde de ta colère. (Constanza soupira en tapotant le volant.) Le problème avec les garçons, c'est qu'on ne peut pas se plaindre chaque fois qu'ils nous agacent. Si tu protestes dès qu'il oublie de te prendre la main, tu auras l'air d'une nouille, d'une pleurnicheuse, c'est trop nul. Il faut lui jeter tous ses défauts à la figure d'un seul coup. Ce qui veut dire… (Elle enclencha la marche arrière.) Attendre sa prochaine gaffe, qu'il ait vraiment mauvaise conscience, et garder à l'esprit la liste complète de tes récriminations. Sois patiente, mais toujours prête – c'est ma devise.

Jessica secoua la tête tandis que la voiture reculait.

— Tu as probablement raison. À propos de ne pas le harceler. Il risque de s'effrayer si je me cramponne. Il faudra simplement que je lui parle.

— Attends d'avoir l'avantage pour ça. La patience est une vertu.

— Heu, oui, sans doute.

Mais Jessica savait par expérience que, passé un certain stade, la patience pouvait devenir un signe de faiblesse.

Elles allaient sortir du parking quand une voiture déboucha à vive allure de la rue et s'immobilisa devant elles dans un crissement de pneus. Constanza écrasa le frein. La Mercedes s'arrêta à quelques centimètres du pare-chocs des nouveaux arrivants.

C'étaient Dess et Jonathan. Leur voiture était sale comme s'ils avaient roulé sur un chemin de terre, et Jonathan avait le regard égaré.

Il toisa la voiture de Constanza d'un œil noir, puis découvrit Jessica à travers les deux pare-brise.

— Pff. En parlant de patience… commença Constanza.

Jessica avala sa salive. Quelque chose avait dû arriver.

— Écoute, mieux vaut que j'y aille. Il n'a pas l'air dans son assiette. Ce truc qu'il devait faire… j'ai l'impression que ça ne s'est pas très bien passé.

— Bien sûr, Jess.

Jessica ouvrit la portière.

— Je suis vraiment désolée, Constanza. J'adorerais rentrer avec toi une autre fois.

— Pas de problème. On se voit demain. Tu me raconteras.

— Oh… d'accord.

Si je peux. Jessica se demanda ce qu'elle allait apprendre. À voir l'expression de Dess et de Jonathan, on devinait que la nuit n'avait pas été bonne.

Constanza s'esclaffa.

— Tu sais, même si ton Jonathan a des petits défauts, il faut reconnaître qu'il sait soigner ses entrées !

13 23 h 45

L'INTRUSE

Jessica souleva un coin du rideau pour observer la rue, se demandant si le mouvement se verrait depuis les buissons de la maison d'en face. Elle avait bien sûr éteint la lampe et jeté un tee-shirt sur les voyants lumineux de son réveil et de son ordinateur. La seule lueur filtrait de sous la porte de sa chambre, de la veilleuse du couloir.

Elle ne remarqua rien dehors – rien d'humain, en tout cas. Seulement des branches tordues, des feuilles mortes, ainsi que quelques halos de lumière sous les auvents.

Quelque part dans la nuit, Mélissa devait être en pleine recherche, à fouiller les rares esprits encore réveillés en quête de son voyeur. Si elle et Rex se trouvaient bien en ville ce soir, et non en route vers le désert, pour se battre avec des monstres. Jonathan lui avait tout raconté en la raccompagnant chez elle après le lycée – comment ils avaient découvert une maison dans laquelle les darklings transmettaient leurs instructions à des agents humains au cours de séances nocturnes.

Jessica frissonna, essayant d'imaginer la créature hybride qui rendait cette communication possible, la pauvre midnighter que l'on avait capturée et fusionnée avec un darkling.

Jonathan lui avait également assuré que, selon Rex, Jessica ne risquait rien dans l'immédiat ; une histoire de dominos volés, qui ne lui avait pas semblé totalement convaincante. Et si l'homme à l'appareil photo avait déjà reçu ses instructions ? S'il existait un deuxième jeu de dominos ? Cela lui paraissait un peu maigre pour miser sa vie là-dessus.

Jessica ne serait vraiment hors de danger qu'à la venue du temps bleu, quand Jonathan et elle pourraient s'envoler en sécurité au-dessus de Bixby. Elle consulta sa montre : plus que douze minutes.

Un petit bruit s'infiltra dans la chambre.

Le craquement d'une latte du plancher. Et il provenait de l'intérieur de la maison, sans le moindre doute. Jessica laissa retomber le rideau, se retourna et se figea.

Une ombre s'avançait le long de la mince bande lumineuse sous la porte, accompagnée de grincements légers.

Maman ? Sa bouche s'ouvrit pour former le mot, mais aucun son n'en sortit. Jessica frissonna. S'il s'agissait de sa mère, elle aurait frappé à la porte ou dit quelque chose, non ?

Jessica demeura immobile pendant ce qui lui sembla une bonne minute, le cœur battant. L'ombre sous la porte ne bougeait plus. L'imagination de Jessica commença à lui faire voir des mouvements dans les recoins sombres de sa chambre. La lumière sous la porte lui parut s'intensifier, tandis que le sifflement du vent se renforçait à l'extérieur.

Attendaient-ils minuit ? Non, cela n'aurait aucun sens s'il s'agissait d'humains normaux. À moins qu'ils ne projettent de s'emparer d'elle juste avant l'heure secrète, pour la livrer pieds et poings liés aux darklings. Mais dans quel but ? La fondre dans le corps d'un darkling afin de la plier à leur volonté ?

Jessica se mordit la lèvre. Elle ne pouvait pas rester ainsi indéfiniment.

Elle s'agenouilla avec lenteur près de son lit, pour attraper son carton d'armes glissé dessous. Ignorant la lampe torche et le briquet, elle en sortit Anfractuosité, sa chaîne de vélo. L'antivol en acier trempé convenait aussi bien pour les menaces nocturnes que pour les agresseurs ordinaires.

Elle fit quelques pas en direction de la porte, vint se placer juste à côté, dos au mur, et leva Anfractuosité au-dessus de sa tête.

Un gros « clonk » résonna dans la chambre ; elle avait cogné sa chaîne de vélo contre le mur derrière elle.

Jessica se raidit.

Un murmure traversa la porte.

— Jess ?

— Beth ? (Elle ouvrit sauvagement la porte et découvrit sa petite sœur en pyjama, les cheveux ébouriffés.) Sale petite moucharde ! Qu'est-ce que tu fiches devant ma porte ? siffla-t-elle.

Beth s'avança dans la pièce en regardant autour d'elle avec curiosité.

— Eh bien, en fait, je me demandais ce que toi tu fichais à l'intérieur.

— Chut ! Tu vas réveiller maman et papa, siffla Jessica.

Beth avait parlé d'une voix normale.

— Tu n'as qu'à fermer la porte.

Jessica gémit. Elle voulut jeter un coup d'œil à son réveil mais le cadran était masqué par le tee-shirt qu'elle avait posé dessus. Si sa petite sœur se trouvait encore dans sa chambre à minuit, cela risquait de poser un sérieux problème.

Beth suivit son regard.

— Intéressant. C'est pour cacher la lumière ?

— Chut ! siffla de nouveau Jessica. (Elle capitula et referma la porte. Elle n'avait vraiment pas besoin que ses parents se joignent à la fête.) Qu'est-ce que tu veux ?

— Je veux savoir ce qui ne va pas chez toi.

— Comment ça ?

— Eh bien, tu as tiré les rideaux, éteint toutes les lumières, tu es habillée et tu tiens une chaîne de vélo à la main. Tu vas quelque part ?

Jess baissa les yeux sur Anfractuosité.

— En fait, je l'avais sortie pour t'éclater la cervelle.

Beth lui adressa un sourire mielleux.

— Pour qui me prenais-tu ?

— Pour personne, grommela Jessica. Un stupide tueur en série en pyjama. Si tu retournais te coucher, maintenant ?

— Tu devrais porter ta montre à réparer, annonça Beth. Elle est déréglée tous les matins.

Jessica hésita, bien qu'elle sache que ce n'était jamais une bonne idée avec Beth. Cela donnait le temps à son petit cerveau de se croire plus malin qu'il n'était.

— Oui, j'ai l'impression qu'elle avance.

— Exactement d'une heure ? Tous les matins ?

— J'ai la nostalgie de l'heure de Chicago, rétorqua Jessica.

Elle sentit un filet de sueur lui couler dans le dos. Qu'est-ce que sa petite sœur avait encore remarqué d'autre ?

— Bien essayé. Mais Bixby et Chicago sont sur le même fuseau horaire.

Jessica soupira.

— D'accord, Beth, tu as gagné. Chaque nuit, je m'envole pour New York sur mon balai pour participer à des messes noires, et le lendemain matin, j'oublie de remettre ma montre à l'heure de Bixby. Satisfaite ?

Beth s'assit sur le lit en opinant de la tête.

— Pas tout à fait, mais au moins, on avance.

— Écoute, ça commence à bien faire. Tire-toi ! C'est *ma* chambre !

— Alors appelle maman.

Jessica prit son souffle, ouvrit la bouche, mais tout ce qui en sortit fut un silence mortel, aussi irrésistible que le sourire de Beth.

— J'en étais sûre. Au passage, Jess, j'ai voulu te réveiller dimanche matin. Mais curieusement, je n'ai pas réussi à ouvrir ta porte.

— J'avais peut-être mis le verrou.

Beth ricana.

— Ta chambre n'a pas de verrou. Je suis ta petite sœur – je sais ce genre de trucs. Je pense plutôt que tu avais coincé ça sous la porte.

Elle brandissait la cale en caoutchouc avec laquelle Jessica avait bloqué sa porte la nuit où elle avait repéré son voyeur.

— C'est à moi.

Beth lâcha l'objet sur le lit avec un petit sourire.

— Oui, c'est vrai. Et quand j'aurai découvert ce que tu trafiques, c'est toi qui seras à moi.

Jessica jeta un coup d'œil à sa montre. Six minutes. Si les agents des darklings faisaient soudain irruption dans sa chambre, elle n'aurait qu'à bondir dans le placard ; dans la confusion, ils enlèveraient Beth à sa place et l'emporteraient dans le désert, où elle pourrait harceler les darklings jusqu'à ce qu'ils soient contraints de battre en retraite dans une nouvelle heure secrète, voire une autre dimension. Tout le monde serait gagnant.

— Tu attends quelqu'un ? s'enquit Beth.

— Oui… toi. Que tu partes.

— Quelqu'un qui doit passer à… (Beth souleva le tee-shirt qui recouvrait le réveil.) Minuit pile ?

Jessica secoua la tête. Son cœur battait trop fort pour qu'elle ajoute quoi que ce soit. Si elle se tenait immobile et revenait se placer exactement au même endroit à la fin de l'heure, peut-être Beth ne remarquerait-elle rien.

Hélas, Beth semblait tout noter dans les moindres détails.

Elle s'assit sur le lit en examinant la pièce.

— Tu es consignée à la maison, et pourtant, tu as toujours de la terre sous tes chaussures le matin. Et puis, de la rouille et de la graisse sur ton jean. On dirait que tu sors te rouler dans la décharge toutes les nuits.

Jessica grinça des dents. Beth devait l'espionner depuis des semaines, probablement depuis leur arrivée à Bixby. Pendant qu'elle se tourmentait à propos de sa pauvre sœur toute seule et sans amis dans cette nouvelle ville, la petite moucharde surveillait ses moindres faits et gestes.

Un instant, elle fut tentée de lui infliger une bonne leçon. Il lui suffisait d'attendre minuit puis, à la fin de l'heure, de se planter juste derrière son épaule, voire carrément dans une autre pièce, pour se volatiliser sous le regard hautain et supérieur de sa petite sœur.

Bien sûr, en la voyant disparaître, Beth risquait de devenir bavarde. Leurs parents ne la croiraient pas, mais si elle en parlait à quelqu'un à l'école, ce récit reviendrait tôt ou tard aux oreilles des autres midnighters. Et Rex n'apprécierait pas.

Pire encore, loin d'être terrorisée, Beth risquait de

revenir tous les soirs à minuit afin de découvrir de quoi il retournait.

— Tu croyais que je ne verrais pas à quel point tu baignes dans le bonheur ces derniers temps ? continua Beth. Enfin, jusqu'à ce que tu deviennes complètement parano samedi soir. Et maintenant, tu m'accueilles avec ce truc. (Elle indiqua la chaîne de vélo, que Jessica n'avait pas lâchée.) Ce garçon avec qui tu t'es fait embarquer, il a déjà eu des ennuis avec la police, pas vrai ?

— Beth, tu ne sais pas de quoi tu parles.

— Tu as raison. Je ne l'ai jamais rencontré ; c'est peut-être un vrai cinglé, pour ce que j'en sais. (Elle baissa les yeux par terre.) Jess, je me fais du souci pour toi.

Jessica battit des cils.

— Pardon ?

— Je me fais du souci pour toi. (Beth ramena les genoux contre sa poitrine et referma les bras autour. Son petit sourire supérieur s'était effacé.) Tu ne te faisais jamais raccompagner par les flics, avant ; tu ne te sauvais pas en douce, et tu ne me racontais pas d'histoires.

— Beth, je ne...

— Tu n'arrêtes pas de me mentir, Jessica. Je le vois bien. (Beth la fixa droit dans les yeux, pour la mettre au défi de nier.) Tu n'étais pas comme ça avant qu'on vienne s'installer dans cette ville débile. Je connaissais tous tes amis, à l'époque.

Jessica avala sa salive. Cela semblait remonter à très longtemps, à une autre vie, mais elle s'en souvenait fort bien. Avant que leurs parents ne leur annoncent le déménagement, et que les préparatifs et la tournée des adieux aient transformé Beth en insupportable pleurnicheuse, elles se parlaient sans cesse toutes les deux. Surtout pour se moquer l'une de l'autre ou se disputer, mais sans jamais se mentir.

— Beth, je n'avais pas l'intention de te faire des cachotteries. C'est juste que…

Jessica n'acheva pas. On lisait une telle attente dans ses yeux ; Beth avait désespérément besoin de se raccrocher à quelque chose à Bixby.

Ce serait si facile de tout lui raconter.

Avec une pointe de culpabilité, Jessica se laissa aller à imaginer l'admiration béate sur le visage de sa petite sœur. Beth ne la croirait pas, tout d'abord, mais d'ici deux minutes Jessica pourrait lui prouver ce qu'elle avançait. Il lui suffirait de disparaître puis de réapparaître un peu plus loin en un clin d'œil. Beth serait bien obligée d'accepter la vérité, et Jessica pourrait compter sur elle pour la couvrir en cas de besoin. Cela ferait une personne de moins à qui mentir.

— Beth…

— Oui ?

Les mots se refusèrent à sortir, bien sûr. Elle se serait détestée si elle les avait prononcés. Depuis des années, les autres gardaient le secret auprès de tout le monde – leurs amis, leur famille, les agents de police qui faisaient appliquer l'impitoyable couvre-feu de Bixby. Ce n'était guère pratique, mais comment faire autrement ? Jadis, avait dit Rex, des tas de gens connaissaient l'existence de l'heure secrète, et le résultat était là – un beau jour, tous les midnighters avaient disparu d'un seul coup. Le secret constituait leur meilleure protection. En ce moment même, elle avait ses rideaux tirés et ses fenêtres verrouillées parce que quelqu'un, là-dehors, savait.

Et l'homme à l'appareil photo n'était pas le pire danger. Jessica songea à la créature hybride. Le temps bleu n'était pas seulement secret ; il regorgeait aussi d'horreurs. Elle ne pouvait pas se décharger de ses cauchemars sur sa petite sœur – ce ne serait pas juste. L'idée était stupide, et égoïste.

Jessica soupira puis consulta sa montre. Encore quarante secondes.

— Laisse-moi te montrer un truc.

Beth ouvrit de grands yeux.

— Sérieux ?

Jessica sourit – ce serait son dernier mensonge de la soirée.

— Sérieux. Viens par ici.

Elle ouvrit la porte de son placard et indiqua l'obscurité. Il lui suffisait de détourner l'attention de Beth pendant quelques secondes ; tant qu'elle ne regardait pas Jessica sur le coup de minuit, sa petite sœur ne remarquerait rien.

Beth se leva et traversa la chambre, un brin soupçonneuse.

— Il n'y a personne là-dedans, au moins ?

— Bien sûr que si. C'est là que je cache mon copain, le cinglé. Arrête de jouer les mauviettes. Regarde.

Sa montre affichait minuit moins vingt-quatre secondes.

Beth fronça les sourcils d'un air méfiant, mais s'approcha.

— Tu peux allumer ?

— D'accord. (Elle alluma le plafonnier, mais cela ne fit que renforcer les soupçons de Beth, comme si tout cela était trop facile.) Allez.

Jessica attrapa sa sœur par l'épaule et la poussa vers le placard. Quinze, quatorze...

— Eh bien ? demanda Beth en fixant l'obscurité.

— Contente-toi de regarder. Donne le temps à tes yeux de s'habituer.

Dix. Jessica ôta sa main de l'épaule de Beth et se recula hors de sa vue. Beth se retourna pour suivre le mouvement.

— J'espère pour toi que ce n'est pas un de tes...

— Regarde là ! s'écria Jessica.

L'affaire s'avérait plus délicate que prévu ; Beth ne se laissait pas manœuvrer facilement. Et sa montre n'était pas toujours réglée à la seconde près. Il n'y avait qu'une seule manière d'en être sûre...

— Jess, il n'y a rien là-dedans à part...

Sa petite sœur glapit quand Jessica la poussa dans le placard, et qu'elle trébucha dans les vêtements avec un tintement de cintres. Jessica referma la porte sur elle.

— Jess ! gronda Beth de l'intérieur.

Un choc sourd suivit, probablement un coup de pied.

Jessica pesa de tout son poids contre la porte, regardant minuit clignoter sur le cadran de sa montre. C'était le problème avec les montres à quartz, comme Rex le disait toujours. Elles avaient tendance à perdre quelques secondes chaque jour.

— Tu es morte ! Si tu ne m'ouvres pas dans cinq secondes, je hurle.

Cinq secondes devraient suffire, songea Jessica.

— Un, deux, tr…

Le frémissement familier survint, telle une onde à travers le plancher sous ses pieds, dans la porte contre son épaule, qui réduisit sa petite sœur et le vent au silence. Une distorsion parcourut la chambre, laissant le décor immobile, sans relief et illuminé de l'intérieur par une lueur bleutée.

Jessica soupira. Les hurlements à venir étaient quasi inévitables, sans compter que le raffut avait peut-être déjà réveillé ses parents. Mais Beth s'était imposée dans sa chambre, après tout, et avait refusé d'en sortir. Quoi qu'il en soit, explications et récriminations attendraient la fin de l'heure secrète.

Elle laissa la porte du placard fermée, incapable d'imaginer une vision plus effroyable que celle d'une Beth furibonde, figée sur le point de hurler, et d'une pâleur mortelle. Elle s'arma d'Explosibilité et de Démonstration, enfila ses chaussures, ouvrit une fenêtre et fit passer une jambe à l'extérieur.

En jetant un dernier regard à sa chambre, elle ressentit une pointe de fierté pour avoir résisté à la tentation de tout dire. Elle avait fait preuve de maturité en protégeant Beth de la vérité. Peut-être même lui ferait-elle des excuses quand elle ressortirait du placard.

— À dans une heure, petite sœur, lança Jessica.

Puis elle se laissa tomber sur la pelouse au bas de la fenêtre.

14 00h00

ACARICIANDOTE

— Là ! indiqua Jessica d'un geste de la main, ce qui les fit tournoyer tous les deux.

Jonathan baissa les yeux.

— Je ne vois ni Rex, ni Mélissa.

— Moi non plus. Juste leur voiture. On ne peut pas la rater.

Jonathan s'esclaffa.

— Il doit falloir toute sa magie de télépathe pour continuer à faire rouler une poubelle pareille.

Il l'attira vers lui, attrapa sa main libre dans la sienne. Leur rotation s'interrompit tandis qu'ils descendaient, annulée par son geste. Jessica en conçut une brève irritation. Encore cette histoire de forces égales et opposées. Jonathan la comprenait d'instinct, au contraire de Jessica que cette loi du mouvement semblait toujours laisser perplexe.

Son agacement lui passa vite, néanmoins. L'instant était trop délicieux pour le gâcher – tomber, la poitrine posée sur celle de Jonathan. Elle ferma les yeux, sentit ses muscles se contracter à l'approche du sol. Leurs jambes s'entrecroisèrent au moment de toucher terre, les genoux fléchis, appuyés l'un contre l'autre pour garder l'équilibre.

Ils bondirent de nouveau, Jessica suivant Jonathan, gardant ses deux mains dans les siennes. Elle ouvrit les yeux : leur bond était juste assez haut pour les emporter au-dessus de la maison qui les séparait de la vieille Ford.

En parvenant au sommet de la courbe, il remarqua :

— On dirait que tu vas mieux, ce soir.

— Mieux que quand ?

— Que cet après-midi.

— Oh, ça. (Elle avait eu beaucoup d'informations à digérer, entre le manoir aux darklings, la créature hybride et cette vague allusion à propos de Dess qui pensait que Rex et Mélissa se... touchaient.) La semaine a été longue, c'est tout.

— On est lundi soir, Jess.

— D'autant plus. En tout cas, oui, ça va mieux maintenant. (Les choses allaient toujours mieux avec Jonathan durant l'heure secrète.) Et puis je te signale qu'on est déjà mardi.

Ils atterrirent dans la rue à côté de la voiture. Les vêtements de Jonathan flottèrent quand ils s'immobilisèrent en tournoyant.

— Hé ! Je n'avais pas remarqué, mais... tu portes un blouson !

Elle s'écarta pour le contempler, surprise, et la gravité s'abattit sur elle.

Jonathan haussa les épaules.

— Au cas où je devrais rentrer à pied. Tu sais, si on retrouve ton voyeur et que je doive le suivre.

Elle sourit en le regardant droit dans les yeux. Il était là tous les soirs, toujours prêt à la protéger. Quand elle lui reprit la main, elle sentit sa légèreté monter en elle comme un rire.

— Jonathan, tu n'as pas besoin de retourner chez toi à pied. La prochaine fois que tu es coincé en pleine nuit dans mon quartier… (Elle se détourna à demi.) Inutile d'attraper la mort. Tu n'auras qu'à venir frapper à ma fenêtre.

— Tes parents feraient une attaque.

— Ils n'ont pas besoin d'être au courant.

Il s'esclaffa.

— Quoi, tu me cacherais dans ton placard toute la nuit ?

Le sourire de Jessica s'effaça, et elle laissa échapper un gémissement.

— En fait, mon placard est, comment dire… occupé pour l'instant. C'est une longue histoire.

Elle le lâcha en soupirant. Avec sa fouineuse de sœur, Jessica avait à peu près autant de chance de parvenir à cacher Jonathan dans sa chambre que d'y faire entrer en toute discrétion la voiture de Mélissa.

La Ford rouillée avait l'air encore plus délabrée que d'habitude cette nuit-là. Il lui manquait un enjoliveur.

— Où sont-ils passés ?

— Ils n'ont pas pu aller bien loin. L'heure est à peine entamée. (Il fronça les sourcils.) Ton placard est *occupé* ?

Elle soupira de nouveau.

— Tu n'as pas de petite sœur, je parie ?

— Non. Mais qu'est-ce que… ?

— Hé ! les appela Rex de l'autre côté de la rue.

Mélissa et lui émergèrent d'une rangée de buissons. Habillés tout en noir, ils étaient presque invisibles dans la pénombre.

Jessica écarquilla les yeux. Ils se tenaient la main tous les deux, en balançant les bras comme des enfants. Mélissa portait des gants, bien sûr, mais le spectacle de la télépathe tenant avec nonchalance une autre personne la stupéfiait. Et elle souriait, en plus !

Jessica adressa un rapide coup d'œil à Jonathan.

— Calme-toi, lui souffla ce dernier, avant de lancer à haute voix : Vous avez trouvé quelque chose ?

Rex secoua la tête.

— Rien du tout. Pourtant, on a tourné dans tout le quartier jusqu'à vingt-deux heures.

— Je n'ai capté que des grésillements de télé et des rêves humides, précisa Mélissa.

— Oh, murmura Jessica. Merci de nous en faire part.

Mélissa gloussa. Cela aussi, c'était nouveau. Et guère rassurant.

— On dirait que mon vol de dominos a réglé la situation pour le moment, dit Rex.

Jessica fronça les sourcils. Parce qu'il avait mis notamment la main sur le domino du porte-flambeau, Rex était convaincu d'avoir éliminé la menace. C'était bien dans sa manière de penser : celui qui contrôle les symboles, contrôle le monde.

— Je n'en suis pas si sûr, objecta Jonathan. Tout ce que nous savons, c'est qu'ils ne sont pas dans le coin ce soir. De toute façon, minuit n'est pas le moment le plus indiqué pour eux. S'ils voulaient vraiment s'en prendre à l'un d'entre nous, ils agiraient plutôt en plein jour, non ?

— Exact. (Rex prit une expression songeuse.) Pour Jessica, ils chercheront sans doute à la faire venir à eux. Par une invitation à une fête, peut-être.

Jessica fronça les sourcils.

— De quoi vous parlez ?

Rex dévisagea Jonathan.

— Tu ne lui as rien dit ?

Jonathan baissa les yeux sur ses chaussures d'un air gêné.

— Ah, Dess vous a mis au courant ?

— Bien sûr. Tout de suite.

— Au courant de quoi ? s'écria Jessica.

Les yeux de Jonathan s'assombrirent en se tournant vers elle.

— Eh bien, ça faisait beaucoup de trucs à raconter en un seul trajet. Je ne voulais pas te noyer sous les détails. Après t'avoir déposée chez toi, je me suis dit que tu ne risquais rien dans l'immédiat et que le reste attendrait ce soir.

— Quel reste ?

— Dess et moi avons découvert le nom du propriétaire du manoir aux darklings. Il y avait une facture d'électricité dans sa boîte aux lettres. (Il se racla la gorge.) C'est un certain Ernesto Grayfoot.

Jessica battit des cils. La tête se mit à lui tourner d'un coup.

— Sûrement une coïncidence.

— Ce n'est pas un nom très courant, Jess, rétorqua Jonathan. Et nous sommes dans une toute petite ville.

— Rien ne prouve qu'ils soient parents, insista-t-elle, d'une voix peu convaincante.

Constanza était sa seule amie normale par ici… Elle ne pouvait pas être un agent des darklings.

— Il n'y a qu'un seul Grayfoot dans l'annuaire de Bixby, dit Rex. C'est le numéro d'Ernesto au manoir aux darklings. Sauf que la place est vide. Le père de Constanza doit être sur liste rouge.

— Ernesto n'est peut-être même pas né ici ! protesta Jessica. Peut-être qu'il vient de l'autre bout du pays !

— Ou que c'est le grand frère de Constanza.

— Elle est fille unique.

Jessica hésita, soudain assaillie par le doute. Elle n'avait pas vu de frères et sœurs quand elle avait passé la nuit chez Constanza, mais peut-être qu'on avait omis de lui parler d'un frère aîné beaucoup plus âgé qui habitait dans une autre partie de la ville. Et était-ce bien un hasard si Constanza avait retrouvé Jessica sur le parking et proposé de la raccompagner chez elle… ?

— Jess. (Jonathan voulut lui prendre la main, mais elle se déroba.) Nous ne sommes pas en train de dire que

Constanza est l'une des leurs. Juste que tu devrais l'interroger à propos de sa famille. Tâcher d'en apprendre un peu plus.

— Il faut trouver Ernesto, dit Rex. Que Mélissa puisse examiner encore une fois cette femme que nous avons vue au manoir aux darklings. Elle avait une sorte de plan dans la tête, un projet de construction dans le désert.

Jonathan suggéra d'une voix douce :

— Tu n'auras qu'à raconter à Constanza que c'est pour un devoir, ou un truc dans le genre.

— J'ai vu que le nom remontait à plusieurs générations, avant même le boom pétrolier, dit Rex. Si tu prétends faire des recherches sur l'histoire locale, ce sera crédible.

— Pas pour moi, s'écria Jessica. Je n'ai pas envie de me servir d'elle. Constanza est ma seule amie…

Il y eut un silence gêné.

— Je veux dire, en dehors de vous, ajouta-t-elle faiblement.

Rex et Jonathan la dévisagèrent en silence. Elle s'efforça de réactiver sa mâchoire, de trouver quelque chose qui puisse effacer ce qu'elle venait de dire.

— C'est nous tes seuls amis, Jessica.

Les trois se retournèrent d'un bloc vers Mélissa, incapables de croire qu'elle ait pu prononcer ces mots. Même Rex en demeura sans voix.

— Nous sommes les seuls à voir le monde tel qu'il est, continua Mélissa. Je veux dire, Rex et moi nous en sommes tirés de justesse à Las Colonias. Avant que tu ne débarques, on frôlait la mort tous les soirs. (Elle ricana, retrouvant un peu de son dédain habituel.) Tu crois que Constanza Grayfoot a jamais affronté un truc pareil ? Qu'elle a déjà eu un darkling aux trousses ? (Elle se détourna.) Nous te comprenons mieux que personne. C'est nous, tes amis.

Jessica baissa les yeux sur la rue, où quelques feuilles mortes soufflées par le vent flottaient à quelques centimètres au-dessus de l'asphalte.

— Je ne voulais pas dire ça dans ce sens-là, fit-elle d'une petite voix.

— Laisse tomber, dit Mélissa. Rex et moi nous chargerons de Constanza. On n'aura qu'à la suivre après le lycée, fouiller un peu dans ses pensées.

— Bien sûr, approuva Rex. Aucun problème.

— Merci, dit Jessica. Et, d'accord. Je lui parlerai.

— J'aurais préféré que tu me dises tout cet après-midi.

Jonathan ne répondit rien.

— C'est juste que je ne n'aurais peut-être pas fait la chieuse devant tout le monde si j'avais eu le temps d'y réfléchir avant, expliqua-t-elle.

— Pour la dixième fois, je suis désolé, dit-il d'un ton sec.

Jessica soupira. Vu ce qu'elle éprouvait, elle aurait bien voulu l'entendre encore une dizaine de fois. Bien sûr, il n'était pas le seul à blâmer dans l'affaire. Quelqu'un qui parvenait à passer pour la reine des garces en présence de

Mélissa devait forcément endosser une part de responsabilité…

Ils étaient assis sur le toit gravillonné du centre commercial Shop Mart, au milieu des conduits de ventilation et des blocs industriels d'air conditionné.

— Le problème, c'est que je ne sais pas quoi faire, avoua Jonathan, brisant enfin le silence.

— À propos de quoi ?

— De toi. *Pour* toi, je veux dire.

Il ramassa un caillou et le lança au-dessus du parking. Après avoir quitté sa main, le caillou ralentit peu à peu, comme s'il se heurtait à une résistance invisible. Il finit par s'immobiliser et rejoignit la galaxie de petits cailloux qu'il avait projetés au-dessus de la plaine d'asphalte. Jonathan était différent d'eux en ce qui concernait la gravité. Question de déformation du temps et de l'espace… question de physique.

Elle soupira de plus belle.

— Je ne comprends toujours pas.

Jonathan lança une autre pierre.

— Les darklings, c'était une chose. Là, je pouvais t'aider. Je pouvais t'emmener en sécurité. Mais cette fois-ci, les méchants viennent de Flatland.

— D'où ça ?

Il fronça les sourcils.

— Je croyais que tu avais trigo avec Sanchez. Il fait lire ce bouquin, *Flatland*[1], à tous ses élèves.

---

1. *Flatland* (1884) de Edwin A. Abbott. *(N.d.T.)*

— Ah oui, je m'en souviens, s'exclama-t-elle, Dess me l'a montré. Ça parle d'un monde en deux dimensions, c'est ça ? Où les gens sont tous des triangles ou des carrés, jusqu'à ce qu'il y ait un type sphérique en trois dimensions qui débarque. (Elle jeta un caillou à son tour, mais le sien retomba entre les autres et ricocha à travers le parking.) Je ne peux pas dire que ça m'ait beaucoup aidée à comprendre la trigonométrie.

— C'est celui-là, dit Jonathan. Donc, quand je suis dans le temps normal et que je ne peux plus voler, sauter, voir les angles…

— Que tu ne peux plus regarder tout le monde d'en haut ? suggéra-t-elle.

Il jeta une autre pierre et renifla. Ses yeux bruns renvoyaient des reflets violets sous la lune sombre.

— Ouais, ça aussi. Pour moi, c'est Flatland. Comme si je me retrouvais écrasé dans un monde en deux dimensions. (Il se tourna face à elle.) Je ne peux rien faire pour te protéger de ces gens-là. Mélissa peut toujours lire dans les pensées, Dess peut toujours établir ses calculs, Rex peut toujours… je ne sais pas, fouiller dans ses archives. Moi, je deviens inutile.

— Inutile ? (Elle secoua la tête.) Tu n'es pas inutile.

— Ils t'attendraient demain à la sortie du lycée pour t'enlever, que je n'y pourrais absolument rien. À part boitiller derrière leur voiture.

Il se leva, en s'appuyant davantage sur un pied, et jeta une autre pierre, si fort qu'elle disparut dans la nuit.

— Merci pour l'image. (Jessica fronça les sourcils.) C'est à cause de cette histoire de Flatland que tu ne me tiens jamais la main ?

— Quoi ? (Il baissa les yeux sur sa paume, qu'il massait machinalement.) On se tient par la main sans arrêt.

Elle secoua la tête. Agent des darklings ou non, Constanza lui avait donné le conseil qu'il fallait. Peut-être que, la situation se compliquant de tous côtés, le moment était venu de lui parler.

— Pas dans le temps normal. Pas dans Flatland.

D'abord abasourdi, Jonathan fixa sa main comme s'il s'attendait qu'elle lui confesse quelque chose.

— Sérieux ? parvint-il enfin à bredouiller.

— Sérieux.

Il se rassit, sans se départir de son expression ébahie.

— Super. Encore un truc que je fais mal dans Flatland.

Elle geignit.

— Je ne dis pas que tu le fais mal. Je dis que tu ne le fais pas ! Comme si on n'existait pas en dehors du temps bleu.

Il se tortilla un moment dans son blouson, comme si celui-ci le serrait ou qu'il se sentait entravé par des liens invisibles.

— Désolé, marmonna-t-il.

Elle redressa les épaules.

— Ça fait onze fois.

Ils demeurèrent silencieux après cela mais, au moins,

Jonathan avait cessé de lancer des cailloux. La lune commença à descendre. Sa lumière sombre faisait scintiller des éclats de verre sur le parking, et Jessica réalisa qu'ils allaient bientôt devoir rentrer. Elle avait encore à s'occuper d'une Beth en furie qui l'attendait dans son placard.

Décidément, rien ne tournait comme elle aurait voulu ce soir.

Jessica contempla la lune sombre jusqu'à en attraper la migraine. Elle ne voulait pas que la nuit se termine de cette manière. Elle prit la main de Jonathan et entreprit de la masser avec douceur.

— Je t'apprécie à tout moment, Jonathan, déclara-t-elle. Vingt-cinq heures sur vingt-cinq.

Il lui sourit.

— De toute façon, ajouta-t-elle, s'il y avait un club de ceux qui ne servent à rien dans la journée, j'en serais sûrement la présidente. Sauf si tu trembles devant la puissante magie de la porteuse de lampe torche.

Il s'esclaffa, puis la regarda dans les yeux. Son visage prit une expression résolue.

— Quoi ?

Il plongea la main dans son blouson.

— Je t'ai apporté quelque chose.

— Un cadeau ? Pourquoi ? Pour tous les reproches que je t'ai balancés ?

— Non. Parce que je me doutais que tu serais furieuse à propos de Constanza. J'aurais dû t'en parler. Je ne savais pas quoi faire d'autre. (Il sortit une chaînette qui étincelait de mille feux bleutés à la lueur de la lune sombre.) Ça n'a aucun pouvoir dans le temps normal. Comme toi et moi.

Il lui tendit le bijou, une fine chaîne en argent aux maillons si petits qu'ils coulèrent dans sa paume comme un filet de sable. Des breloques de formes diverses y étaient accrochées ; Jessica reconnut une maison, un chat lové sur lui-même, des mains en prière...

— C'est magnifique.

— Ça appartenait à ma mère. J'ai retiré quelques-unes des... formes, des petites breloques, pour qu'il n'en reste plus que treize.

— Oh, Jonathan. (Elle referma le bracelet autour de son poignet, en bouclant le minuscule fermoir avec précaution.) Je te promets de ne jamais le jeter à la figure d'un darkling. Il a un nom ?

— Acariciandote.

— Heu, redis-moi ça ?

— Acariciandote. C'est de l'espagnol. Mon père ne le parle plus, mais ma mère l'employait tout le temps.

Elle répéta lentement les syllabes, avec une grimace et le sentiment d'avoir une prononciation abominable.

— L'espagnol fonctionne contre les darklings ?

— *Gringa*. (Il secoua la tête en souriant.) L'espagnol bottait déjà le cul aux darklings de l'Oklahoma quatre cents ans avant l'arrivée de l'anglais.

— Oups, désolée. Je n'y avais jamais réfléchi. (Elle retenta de prononcer le nom, mais s'embrouilla après la troisième syllabe.) Qu'est-ce que ça veut dire ?

— Eh bien, tu vas rire. (Il lui prit la main.) Ça veut dire « en te caressant », comme les rares fois où je te tiens la main.

Souriante, elle éleva le bracelet à la lumière.

— C'est absolument…

Elle s'interrompit en remarquant la lune sombre au-delà des breloques.

Elle disparaissait déjà à moitié sous l'horizon.

— Il faut rentrer. Pas question d'arriver en retard. J'ai ma petite sœur dans mon placard.

— Hein ?

Elle lui saisit le poignet et l'entraîna au pas de course sur le toit, en direction du bord.

— Je te raconterai en chemin.

Ils survolèrent Division Street à grands bonds tendus, en laissant des empreintes de pas sur le toit d'un semi-remorque en route vers le nord. Un virage serré vers le quartier de Jessica les fit traverser les branches d'un énorme chêne, en semant des feuilles et des brindilles dans le vent immobile. Bien que ses bras soient couverts d'égratignures, Jessica éclata de rire, heureuse de voler de nouveau à pleine vitesse, de foncer dans les airs, le sol défilant sous eux. Elle oublia un moment ses soucis, les voyeurs, les Grayfoot et les hybrides dans leur sillage.

Ils se posèrent devant la maison de Jessica cinq minutes avant minuit. Jonathan avait tout juste le temps de rentrer chez lui avant que le vent ne se remette à souffler.

Jessica pivota vers lui. Elle ne s'était jamais sentie aussi bien depuis que le voyeur avait pénétré dans sa vie. Elle leva Acariciandote, qui tintait discrètement – les breloques continuaient à s'agiter à la suite du vol.

— Merci pour ça, Jonathan.

Elle l'embrassa avec force. Il décolla du sol.

Il sourit et se détourna avec un haussement d'épaules.

— Et maintenant, dépêche-toi de rentrer chez toi. En volant ! (Elle lui indiqua la direction du centre-ville et lui donna une poussée.) On se voit demain dans Flatland.

Il rit et se mit à courir. Ses longues foulées devinrent des sauts d'un demi-pâté de maisons jusqu'à ce qu'un bond fantastique le catapulte en plein ciel, hors de vue.

Jessica le regarda disparaître, un large sourire aux lèvres. Son poids normal lui parut moins écrasant que d'habitude. Les choses iraient toujours aussi mal, dans Flatland, mais elle aurait au moins le contact frais d'Acariciandote à son poignet, pour lui rappeler cette nuit.

Elle respira plusieurs fois bien à fond, le temps que son pouls s'apaise peu à peu tandis qu'elle brossait les feuilles et les herbes dans ses cheveux et sur ses vêtements.

Il ne lui restait plus que trente secondes quand elle enjamba sa fenêtre. Elle ôta ses chaussures d'un coup de pied en traversant la pièce.

— Allez, Beth. À nous deux.

Elle prit une grande respiration et posa la main sur le bouton de la porte du placard.

Minuit s'acheva comme il avait commencé, avec un léger

retard à la montre de Jessica, traînant ces neuf secondes de décalage avant que le temps normal ne vibre à travers ses semelles, que la lumière bleue et le silence ne se retirent du monde.

— ...ois, quatre, menaça une voix étouffée dans le placard.

Jessica ouvrit la porte, dévoilant une Beth au visage rouge, les poings serrés.

— C'est bon, tu as gagné, capitula Jessica en levant les mains. Pas la peine de hurler.

— Je vais faire plus que ça, Jess ! cracha Beth en repoussant sa sœur. Quand je raconterai à maman que tu as voulu m'enfermer... (Sa voix mourut, et son expression de colère fut remplacée par la confusion.) Oh la vache, Jess !

— Quoi ?

— Tu as l'air... tu n'es pas... (Son regard perçant détailla Jessica de la tête aux pieds, puis Beth tendit la main et récupéra une feuille morte dans ses cheveux.) Qu'est-ce que... ?

— C'est une feuille morte, Einstein.

— Tu ne l'avais pas tout à l'heure. Tu as l'air différente. Qu'est-ce que tu as fabriqué ?

Jessica avala sa salive. Elle s'aperçut qu'elle était encore à bout de souffle après leur course folle pour rentrer. Son visage était sans doute aussi rouge que celui de Beth. Elle s'était griffé les mains dans le chêne, et ses cheveux étaient tout emmêlés.

Et Beth fixait son bracelet...

— Oh, ça, dit-elle en priant pour qu'une explication lui tombe du ciel. Oui, c'est ce que je voulais te montrer. Sauf que je ne voulais pas que tu voies où je le cache, parce que c'est un… secret. Joli, non ?

Les yeux de Beth volèrent vers la fenêtre ouverte, et Jessica gémit intérieurement. Elle était fermée quelques secondes auparavant.

— Tu caches ton bracelet… dehors ?

— Heu, bon, d'accord. Là, tu m'as eue.

Beth plissa les paupières.

— Tu m'as poussée dans l'armoire pour pouvoir sauter par la fenêtre afin de récupérer ton bracelet ? Tu es folle, ou quoi ?

— Non. Mais tu as dit un truc à propos de Jonathan…

Jessica fouilla dans sa mémoire. Cette conversation s'était déroulée une heure plus tôt pour elle, alors qu'aux yeux de Beth il s'était écoulé moins d'une minute.

— Oui, qu'il avait déjà eu des ennuis avec la police.

— Exact ! C'est ça. (Elle leva son bracelet à la lumière.) Mais je voulais quand même que tu le voies. C'est lui qui me l'a offert. (Elle afficha un sourire béat.) Il est superbe, non ?

— Oui, oui, convint Beth, sans quitter Jessica des yeux. Magnifique. Et je suis contente de savoir que tu le planques… dehors. Dans les buissons.

Jessica soupira.

— Son nom signifie « en te caressant ».

— Ah, parce qu'il a un nom ?

— Mais oui. (Jessica haussa les épaules.) Merci d'être passée, de toute façon. Ça m'a donné l'occasion de te le montrer. (Elle serra Beth dans ses bras.) À demain.

Jessica ouvrit la porte de sa chambre et sa petite sœur sortit, jetant un regard méfiant par-dessus son épaule, incapable de dire pourquoi elle se sentait dans un tel état de confusion.

— Je te présenterai bientôt Jonathan, lui chuchota Jessica.

Beth hocha la tête et fila en direction de sa chambre, à petits pas discrets.

15

14 h 42

ZONE MORTE

La maison ne payait vraiment pas de mine. Tapie dans l'ombre, délabrée et à demi mangée par le lierre, elle était protégée du soleil de l'après-midi par le grand saule qui dominait la façade.

Dess consulta Géosynchrones une nouvelle fois. C'était bien l'endroit. En fait, les équations qui l'avaient menée là auraient dû lui sauter aux yeux dès le début. Une fois qu'elle avait compris que c'était une question de base soixante, les calculs avaient été simples.

L'année dernière, en algèbre, M. Sanchez leur avait appris à convertir en base deux (à changer les nombres ordinaires en zéros et en un), sous prétexte que cela pourrait les aider à trouver un emploi plus tard dans l'informatique. Tu parles. Il aurait mieux valu que le lycée se dote de quelques ordinateurs de plus.

Mais Dess aimait bien faire plaisir à M. Sanchez, et pratiquer de nouvelles bases constituait une distraction. Cela lui occupait l'esprit, avant que l'arrivée de Jessica Day suffise à occuper tout le monde en permanence.

Après avoir maîtrisé le mode binaire (ce qui lui avait pris quelque deux cent cinquante-six secondes), Dess s'était attaquée à la base soixante parce qu'il y avait soixante secondes dans une minute, et soixante minutes dans une heure. Ainsi, Dess pouvait désormais savoir sans réfléchir qu'à 2 h 31, il s'était écoulé 9060 secondes depuis minuit.

Seulement, que faire d'une information aussi pointue ?

La réponse lui était venue deux vendredis plus tôt, quand elle avait commencé à jouer avec les cartes de forage de son père. L'intégralité de l'heure secrète prenait place dans un seul et même degré de longitude et de latitude, 36 nord par 96 ouest, où l'on retrouvait tant de douze. Mais les degrés, semblait-il, fonctionnaient comme des heures. Eux aussi se divisaient en soixante minutes de soixante secondes. Ç'avait été une grande révélation : puisque les coordonnées se calculaient comme le temps, cela voulait dire que l'emplacement de l'heure secrète pouvait lui aussi se découper en minutes et en secondes, au même titre que l'heure elle-même.

Quand elle y repensait, Dess s'en voulait de ne pas l'avoir réalisé plus tôt.

Elle avait souvent observé minuit s'avancer depuis les montagnes au-delà du Creux des Bruissements. À l'instar de l'aurore, elle progressait d'est en ouest, mue par la rotation de la Terre. Et comme l'aurore, elle ne se déplaçait pas tout à fait en ligne droite. Son arrivée connaissait quelques creux, quelques pics.

Toutefois, les ombres qui déformaient l'heure secrète n'étaient pas projetées par les montagnes ou par les châteaux d'eau. Elles étaient engendrées par les nombres. Il suffisait de voir comment les minutes et les secondes quadrillaient les rues de Bixby pour deviner en quels endroits apparaîtraient des turbulences.

Dess rangea Géosynchrones dans la poche de son manteau, descendit de vélo et ôta ses lunettes de soleil. Elle était hors d'haleine. À peine avait-elle achevé ses calculs qu'elle avait couru hors du lycée, en séchant les derniers cours, pour enfourcher son vélo et rouler à tombeau ouvert jusqu'ici.

Maintenant, cependant, elle éprouvait moins de hâte à s'approcher de la maison. Quel genre de personne pouvait bien vivre dans un endroit pareil ? Un citoyen ordinaire, qui n'avait pas les moyens de s'offrir mieux ? Ou bien, un cercle d'adorateurs des darklings ?

Elle remarqua alors l'étoile à treize branches fixée près de la porte, et se sentit beaucoup mieux. Les agents immobiliers se plaisaient à raconter aux nouveaux venus à Bixby qu'autrefois ces plaques indiquaient quelles maisons disposaient ou non d'une assurance contre les incendies. Ce n'était pas entièrement faux. Les décatrigrammes constituaient bel et bien une forme d'assurance.

Cette étoile était un bon signe. Dess imaginait mal des adorateurs des darklings en laisser une sur leur maison. Elle chercha des yeux d'autres indices rassurants, et les trouva : l'allée pavée comportait trente-neuf dalles, la cheminée comptait cent soixante-neuf briques de haut. Peut-être que cette vieille bicoque avait été jadis le quartier général de cette ligue féminine anti-ténébrescence dont Rex leur rebattait les oreilles.

Dess approcha son vélo du vieux saule. Puis elle découvrit les marques et se figea.

Trois longs sillons parallèles, de trente centimètres sur trois centimètres de profondeur, creusés dans l'écorce. Des griffes géantes avaient lacéré le vieil arbre. Une sève jaunâtre avait perlé, pareille à du sang avant qu'il coagule. À en juger par la taille des griffes, les sillons avaient été causés par un très ancien darkling, de la variété à dents de sabre.

Dess effleura les marques ; encore poisseuses. Elle n'avait pas besoin de Rex pour lui dire qu'elles étaient récentes... sans doute moins de deux semaines.

Elle desserra son col. L'idée lui vint encore une fois qu'elle n'aurait pas dû se pointer seule. Cet endroit pouvait dissimuler n'importe quoi.

Quelques instants après que Jonathan lui eut tendu les coordonnées recueillies au manoir aux darklings, Dess avait senti le schéma des minutes et des secondes prendre forme dans son esprit. Elle comprenait désormais pourquoi Mélissa n'avait jamais repéré les transactions innommables qui se tenaient à Las Colonias. Il existait des zones mortes à Bixby, des lieux où l'arrivée de minuit piégeait quelques imperfections, telles des bulles d'air dans la résine industrielle. Dans ces endroits, les pouvoirs de Mélissa devenaient inopérants ; la forme du temps figé était trop embrouillée pour que son esprit puisse la pénétrer. Quand Dess avait procédé aux calculs, les chiffres de son nouveau gadget l'avaient conduite tout droit ici.

En pleine banlieue, pas très loin de la maison de Jessica, à cette vieille maison au cœur de la plus morte des zones mortes.

Dess se tint là un moment, à mordiller ce qui subsistait de ses ongles. Pour finir, elle grimaça et appuya son vélo contre le tronc. On était en plein jour ; il n'y avait aucun darkling tapi derrière les buissons. Et puis, l'étoile à treize branches prouvait au moins que cette maison avait appartenu aux gentils, autrefois. Il avait fallu quatre jours de travail à Dess pour comprendre l'impact des coordonnées sur la répartition de minuit. Cette découverte lui appartenait, à elle seule.

Elle remonta l'allée.

La porte d'entrée était grande ouverte derrière la moustiquaire. Dess pressa la sonnette qui ne tenait plus que par une vis, mais sans résultat. Elle scruta l'intérieur derrière les mailles froissées de la moustiquaire et ferma le poing pour frapper.

Un visage blafard émergea de l'obscurité.

Elles se dévisagèrent pendant une bonne minute. La vieille dame portait une chemise de nuit rouge foncé, si élimée qu'elle voletait dans le mince courant d'air de la porte. Elle ouvrait de grands yeux dont les blancs luisaient dans la pénombre, mais son expression montrait plus de curiosité que de frayeur.

— Eh bien, entre donc, dit-elle. Je t'attends depuis assez longtemps.

16 | 14 h 54

APRÈS LA CLASSE

Trente secondes avant que la dernière sonnerie annonce la fin des cours, Mélissa avait déjà allumé son MP3, prête à écouter sa chanson favorite.

Elle se pencha en arrière et ferma les yeux. D'un bout à l'autre du lycée, elle sentait des doigts agripper le bord des tables, rassembler livres et stylos, tirer la fermeture Éclair des sacs sous le regard las des enseignants. Chacun anticipait la ruée vers les casiers, vers la porte la plus proche, vers les bus, visualisait le chemin le plus court vers la sortie. La rumeur enfla dans les dernières secondes, envahissant son crâne comme un rythme lancinant martelé sur les tables...

Dehors, dehors, dehors !

La sonnerie retentit enfin, et le bâtiment explosa autour d'elle.

— Oooh, souffla Mélissa.

La dernière sonnerie ne pouvait se comparer à la venue de minuit, mais elle restait le meilleur moment de sa journée de lycéenne.

Elle effleura la touche « lecture » et renversa la tête. Des guitares saturées hurlèrent à ses oreilles, noyant les bruits de tables et autres crissements de semelles. Elle sentit des corps se bousculer dans les couloirs, des mains s'attaquer aux combinaisons des casiers, des conversations s'engager un peu partout.

Le flot des élèves parvint aux portes et la pression mentale qui l'avait tourmentée toute la journée commença à retomber. L'abcès se vidait de son pus.

Elle ouvrit les yeux avec un soupir. M. Rogers se tenait devant elle. Eux deux exceptés, la salle de classe était vide. Elle s'arracha à sa musique.

— Mélissa ? Vous allez bien ?

— On ne peut mieux.

Son sourire réjoui ne fit que décontenancer l'enseignant. Au semestre précédent, elle avait réussi à faire accepter son petit rituel au professeur dispensant le dernier cours de la journée. Elle espérait que Rogers ne ferait pas de difficultés.

— Vous faites ça après chaque cours ?

— Non, seulement le dernier. J'aime bien me détendre un moment après une longue journée de classe. J'espère que vous n'y voyez pas d'inconvénient, monsieur Rogers.

— Il est interdit d'écouter de la musique en classe, vous savez.

Elle le regarda droit dans les yeux.

— Je ne mets le son qu'après la sonnerie. Quand le cours est fini. Quand *l'école* est finie.

Elle perçut sa réponse avant même qu'il ouvre la

bouche : elle avait la saveur rance d'un esprit mesquin qui tente de garder le contrôle.

— Malgré tout, Mélissa, insista-t-il, nous sommes dans une salle de classe, et j'apprécierais que vous attendiez d'être dans le couloir pour allumer cet appareil.

Une réplique cinglante lui vint aux lèvres, que Mélissa retint. Elle se maîtrisait mieux ces derniers jours.

Par ailleurs, comme leur professeur d'instruction civique se plaisait à le répéter, il existait toujours des moyens productifs de formuler son opposition.

— Entendu, monsieur Rogers, dit-elle aimablement. Est-ce que vous habitez à Bixby même ?

— Hein ? Oui, près de la fabrique de sodas Dr Pepper. Pourquoi ?

— Pour rien. Simple curiosité.

Elle sourit. M. Rogers habitait près : pourquoi ne pas lui rendre une petite visite, une de ces nuits, durant l'heure secrète ?

Abruti.

Les gradins déserts empestaient la défaite. Mélissa ne portait aucun intérêt au football américain mais rien qu'en étant assise là, elle pouvait dire que les Tigers de Bixby étaient des loosers – et cela, depuis un sacré bout de temps. Un sentiment de futilité mêlé d'amertume l'envahit peu à peu : pourquoi rester là à encourager une équipe qui n'avait pas la moindre chance ?

De dessous les gradins montait aussi une odeur de

plaisirs interdits, avec des relents de peur à l'idée de se faire surprendre. Relevant ses lunettes de soleil, elle se pencha et distingua de nombreux mégots dans la pénombre. Mélissa avait toujours su renifler les coins secrets – les passages étroits entre deux préfabriqués, les placards de service, les portes de sous-sol où se retrouvaient ceux qui séchaient les cours. Tous avaient le même goût : celui d'un moment de liberté volée, pimenté de regards en biais, nerveux.

Elle se demanda où traînait Rex. Le lycée était vide à cette heure ; il ne restait plus que la fanfare, un groupe théâtral en pleine répétition et l'équipe de football américain qui s'entraînait sur le terrain devant elle. Mélissa ferma les yeux, et respira profondément afin de savourer le calme des bâtiments déserts.

Soudain, une image se forma dans son esprit, un souvenir de l'instant où elle s'était trouvée au contact de l'inconnue dans le manoir aux darklings. Angie – c'était son nom –, pleine d'assurance et de mépris pour son partenaire. Mélissa n'avait pioché que quelques bribes de pensées dans son esprit avant que l'arrivée de l'hybride ne les fasse fuir, mais là, en attendant Rex, l'enfilade des gradins lui avait évoqué une image fugace. Elle flottait à présent devant ses yeux : la construction dans le désert, une route qui s'étirait tout droit à travers la plaine salée pour finir par… s'interrompre.

Elle était *gigantesque*. Et avait un rapport avec l'hybride. Angie n'avait jamais vu cette créature épouvantable, bien sûr. Elle était rigide lors de son apparition. Néanmoins, elle avait communiqué avec elle par l'entremise des symboles et savait qu'elle était liée à ce qui se construisait dans le désert... la route vers nulle part.

— Hé ! l'appela Rex d'en bas, dissipant l'image mentale.

Les gradins tremblèrent tandis qu'il venait la rejoindre, les mains dans les poches pour serrer son long manteau entre les sièges. Il s'assit lourdement à côté d'elle en faisant claquer ses bottes noires. Le soleil scintillait sur la boucle métallique de Consciencieux autour de sa cheville.

— Salut, cow-girl.

— Salut, beau gosse.

Rex sourit à ce surnom, comme il le faisait toujours maintenant que cette histoire de contact direct fonctionnait mieux.

Un ballon rebondit contre le premier gradin, avant de s'immobiliser tant bien que mal à quelques mètres de là. L'échauffement était terminé. Le joueur en maillot des Tigers qui vint ramasser le ballon leur adressa un regard soupçonneux.

— Espèces de tarés ! leur lança-t-il, avant de courir rejoindre les autres garçons en casque violet et tenue moulante dorée.

— Ces ballons sont ridicules, grommela Mélissa. Ils ne sont même pas ronds.

Rex haussa les épaules.

— Un bon point pour notre équipe. Ça rend la partie plus aléatoire, après tout.

— Pourquoi ne pas tirer tout simplement à pile ou face ?

Il la dévisagea.

— Heu, ils le font aussi. Avant le coup d'envoi.

— Oh.

Mélissa soupira. Même Rex ne comprenait pas qu'elle en sache si peu dans un domaine aussi basique que le sport.

Pourtant, Mélissa devait bien admettre qu'elle voyait le monde avec davantage de clarté ces derniers temps. Le lycée était moins oppressant. La journée s'était même avérée plutôt bonne, jusqu'à ce que M. Rogers vienne interrompre son rituel. Et maintenant qu'il n'y avait plus personne, elle avait même réussi à oublier l'incident. Ces imbéciles costumés sur le terrain piquaient sa curiosité, à courir ainsi en piaillant après leur stupide ballon. On aurait dit une volée de canards.

Elle sourit. Toucher Rex, lui ouvrir son esprit, l'avait transformée. Elle avait pu soulager son cerveau de la pression, comme un puits de pétrole qui crache en l'air l'équivalent de plusieurs milliers de barils. Elle commençait à regretter de ne pas l'avoir fait plus tôt.

— Alors, laquelle est-ce ? demanda-t-elle.

Rex se tourna vers les pom-pom girls dont le recrutement se déroulait le long de la touche. Des filles en survêtement ou en tenue de l'année dernière cherchaient des pompons assortis dans un tas.

— Elle est dans le groupe des grandes, dit Rex. (Mélissa remarqua que les postulantes étaient soit très grandes, soit très petites.) C'est celle qui est à moitié américaine d'origine, en tenue de pom-pom girl. Avec des tennis rouges.

Rex fit mine de désigner la jeune fille, mais Mélissa lui baissa le bras.

— Je la vois. Elle est jolie.

— Tu ne l'avais jamais remarquée ? C'est un peu la star du lycée.

— Je ne remarque rien, Rex. Les choses m'agressent ou ne m'agressent pas, c'est tout.

Mélissa ferma les yeux. Rien de distinct n'émanait des pom-pom girls, sinon un vague bourdonnement de filles en compétition – la sensation d'une mousse de bière qui lui remonterait dans le nez. Et les crétins bourrés de testostérone sur le terrain ne facilitaient pas la réception.

Elle ouvrit les yeux.

— Il y a encore trop de monde. On va devoir la suivre quand elles auront fini.

Elle cracha sous les gradins pour se nettoyer la bouche de ces saveurs accumulées.

— Bah, dit Rex. Ça valait le coup d'essayer. Mais je ne veux pas la lâcher. Elle représente notre meilleure chance de remonter jusqu'à Ernesto Grayfoot.

Mélissa haussa les épaules.

— Ne t'en fais pas. Une fois qu'elle sera sortie du club des pompons, je devrais pouvoir la suivre sans problème.

— Tu n'as rien réussi à capter à la bibliothèque ?

— Pratiquement rien.

Mélissa avait séché sa quatrième heure de cours pour traîner devant la salle d'études de Constanza et Jessica. Avec les classes remplies d'élèves tout autour, ç'avait été une perte de temps totale. Seuls deux midnighters en avaient émergé – Jessica, qui s'efforçait de réunir assez de courage pour interroger Constanza, en vain, et Dess, qui bouclait les derniers calculs de quelque problème mathématique. Dess avait filé à vélo dès la fin des cours, son nouveau joujou à la main, en projetant dans toutes les directions des pensées de cartes et de coordonnées.

Mélissa se souvint de l'image qui lui était revenue plus tôt, celle qu'elle avait prise dans l'esprit d'Angie.

— Dis donc, Rex, et si nous attendions notre amie pom-pom girl sur le parking ? Ces gradins commencent à me faire mal aux fesses.

Il rit.

— D'accord.

Un frisson d'excitation le parcourut.

— Oui, répondit-elle à sa question implicite, j'ai quelque chose à te montrer. (Elle ôta son gant, un doigt après l'autre, le temps qu'ils descendent des gradins.) Pendant que je t'attendais, j'ai pensé à un truc. J'ai revu cette image dans l'esprit de la femme, mais plus nette, cette fois-ci.

— Le projet de construction ?

— Oui.

Elle s'arrêta au bas des gradins pour indiquer le dernier banc.

— Je ne sais pas ce qu'ils construisent dans le désert, mais c'est long et plat, comme une route.

— Une route ? Vers quoi ?

Mélissa haussa les épaules.

— Vers nulle part. Elle s'interrompt.

— Les darklings ne construisent rien. (Rex secoua la tête.) Et ils détestent les autoroutes qui traversent le désert. Mais peut-être que leurs adorateurs veulent aménager un chemin vers un site de l'ancien savoir.

— Je ne sais pas, Rex. C'est énorme, pour un chemin. Je n'avais jamais rien vu d'aussi grand.

Il lui pressa l'épaule.

— Viens me montrer. On découvrira le fin mot de l'histoire quand on aura mis la main sur Ernesto.

Mélissa hocha la tête, sourit ; elle sentait l'assurance de Rex balayer le bruit de fond des joueurs à l'entraînement et les bavardages futiles des pom-pom girls. Elle le prit par la taille en regagnant sa voiture, se félicitant pour la millième fois de l'avoir trouvé huit ans plus tôt, quand elle avait erré dans les rues bleues désertes en pyjama de cow-girl, à la recherche du seul autre habitant de minuit qu'elle décelait à Bixby. Elle était impatiente de le toucher de nouveau – au moins, cela leur permettrait de tuer le temps.

Car l'après-midi promettait d'être long, à prendre Constanza Grayfoot en filature.

17 15 h 04

MADELEINE

— De mon temps, il existait encore des cartes. On n'avait pas besoin de consulter un polymathe chaque fois qu'on voulait construire une maison. Un peu de thé ?

Dess battit des cils, réalisant qu'elle n'avait pas prononcé un mot depuis qu'elle était entrée. Ses yeux s'étaient accoutumés à la pénombre mais son cerveau était submergé par le fouillis environnant : décatrigrammes rouillés, sceaux de la ville de Bixby, rambardes en fer forgé de treize barreaux à chaque fenêtre, garde-feu aux mailles fines disposées par motifs de trente-neuf… Toutes sortes d'antiquités anti-darklings s'empilaient le long des murs, en sculptures métalliques biscornues dont les angles imploraient presque qu'on les calcule.

Elle ouvrait la bouche pour répondre quand une bouilloire se mit à siffler dans une pièce voisine, passant d'un chuintement sourd à un crissement rageur.

— Je vais considérer ça comme un oui, dit la vieille dame. À mon époque, les jeunes gens se montraient plus vifs pour répondre à une question aussi simple.

Dess referma la bouche.

Rex allait devenir fou en découvrant cet endroit. Sa propre collection d'objets historiques ressemblait à une attraction de seconde zone en comparaison. L'héritage d'une ville entière de midnighters semblait s'accumuler ici, le témoignage de générations perdues en train de rouiller. Dess se demanda s'il y avait aussi de l'ancien savoir là-dedans, non pas quelques bribes obscures inscrites dans les pierres du désert mais une vraie bibliothèque, aussi riche que le bric-à-brac amoncelé autour d'elle. Il faudrait qu'elle se renseigne. Elle aurait beaucoup de questions à poser dès que sa bouche voudrait bien se remettre à fonctionner.

— Du lait, du sucre ? (Cette intervention, accompagnée d'un bruit de vaisselle sur un plateau, annonça le retour de la vieille dame.) Ou bien est-ce encore une question trop difficile pour toi ?

— Rien que du lait.

Dess avait horreur du thé, mais cela lui paraissait trop tard pour le mentionner.

— Excellent choix, approuva la vieille dame. Le lait tapisse l'estomac, alors que le sucre attaque les molaires. Je ne mets jamais de sucre dans quoi que ce soit. (Elle sourit, dévoilant deux rangées de dents étincelantes.) Tu sais qu'en quarante-neuf ans je n'ai pas été une seule fois chez le dentiste ?

— On le dirait, admit Dess.

La vieille dame posa bruyamment le plateau sur la table, s'assit face à Dess et saisit les ficelles des sachets afin de les remuer dans la théière.

— Pas question de respirer leur fichu gaz hilarant. J'aurais trop peur de me trahir. Autant louer un dirigeable Goodyear pour clamer mon adresse sur tous les toits.

Ces mots tournoyèrent un moment dans l'esprit de Dess, puis se réorganisèrent en un flash.

— Vous êtes une télépathe, dit-elle.

— Et toi, tu as un talent rare pour souligner l'évidence.

La vieille dame retira les sachets de la théière et les posa sur une soucoupe. Elle servit deux tasses fumantes, qu'elle allongea d'une généreuse rasade de lait.

Un silence s'installa dans la pièce. La vieille dame sirotait son thé avec délicatesse, tandis que Dess se réchauffait les doigts contre sa tasse, en humant le breuvage. Son odeur âcre lui retourna l'estomac. La seule boisson qu'elle appréciait était le thé glacé, tellement sucré et citronné qu'il s'apparentait plutôt à de la limonade à base de caféine.

Elle se demanda si son hôtesse pouvait percevoir son dégoût ou si l'effet de filtrage de la maison était trop fort pour cela.

Combien de temps, avait-elle dit ? Quarante-neuf ans… soit à peu près la période de disparition de l'ancien savoir, à en croire Rex. Elle n'était tout de même pas restée enfermée toutes ces années dans cette bicoque ?

La vieille dame semblait attendre quelque chose.

— Heu, je m'appelle Dess.

— Je sais, répliqua la femme d'un ton sec. Je connais vos noms à tous. Enfin, c'est tout de même poli de te présenter, Desdémone. Moi, c'est Madeleine.

— Enchantée de vous connaître, dit Dess.

Elle sentit ses bonnes manières reprendre le dessus sous le regard perçant de la vieille dame.

— Moi aussi. Même si je vous connais déjà tous, d'une certaine manière.

— Heu… ah bon ? (Dess fronça les sourcils.) Ça veut dire que vous pouvez nous sentir d'ici ? Vous pouvez utiliser vos pouvoirs de télépathe, bien qu'on soit dans une zone morte ?

— Une zone morte ? Qu'est-ce encore que ces balivernes ? (Madeleine prit sa cuillère et entreprit de remuer son thé.) Nous sommes au cœur d'une contorsion crépusculaire, la plus remarquable de Bixby. Comme je le disais, il existait des cartes à mon époque. Je dois encore en avoir une quelque part. Ça t'amuserait peut-être de la voir, ma chérie.

Elle se leva et quitta la pièce à grands pas, dans un tintement de porcelaine.

Dess poussa un long soupir et s'enfonça dans son fauteuil, le cerveau en ébullition. Elle sortit Géosynchrones afin de confirmer sa position, exprimée en chiffres bruts plutôt qu'en mots – balivernes ou non. Fixer les coordonnées quelques instants la rasséréna. Un large sourire illumina peu à peu son visage.

La découverte qu'elle venait de faire avait de quoi donner le tournis. Il existait depuis toujours une autre midnighter, une héritière de la génération précédente, cachée, juste sous leur nez. Alors qu'ils tâtonnaient à la recherche d'indices, un témoin vivant de l'histoire secrète de Bixby se trouvait en ville.

Il était temps de soulever quelques questions. Si Rex avait été là, il aurait voulu commencer par le commencement : que s'était-il passé quarante-neuf ans plus tôt ? Pourquoi Madeleine était-elle restée dans l'ombre tout ce temps ? Et comment avait-elle réussi à disparaître aux yeux de tous ? Ne sortait-elle jamais de chez elle ?

— Ah, la voilà ! s'écria Madeleine d'un air triomphant dans la pièce voisine.

On entendit un froissement de papiers, puis un choc sourd sur le plancher. Madeleine revint, une feuille roulée dans une main, sa tasse et sa soucoupe dans l'autre.

Elle s'assit avec un petit grognement de satisfaction, tendit le rouleau à Dess et se resservit du thé.

En déroulant la carte, Dess sentit toutes ses questions s'envoler. Sur le papier jauni s'étalait Bixby, mais pas le Bixby qu'elle connaissait par le plan de la station-service ou les cartes de forages de son père. Non, c'était le schéma de minuit, avec ses minutes, ses secondes, ses zones mortes et ses circonvolutions, que Dess découvrait imprimé dans une encre fanée, alourdie de fioritures vieillottes. Le motif esquissé par les coordonnées du manoir aux darklings se dévoilait ici dans les moindres détails. Cette carte lui montrait Bixby à l'heure secrète, le Bixby de ses rêves.

Dess jura doucement en réalisant qu'elle reconnaissait ces lignes, ces courbes et ces volutes.

— Vous m'avez envoyé ça par télépathie dans mon sommeil.

— Tu dois figurer parmi les premières de ta classe, ma chérie. (Madeleine sourit en touillant son thé.) À l'école, on adore entendre les élèves énoncer des évidences avec une telle conviction.

Dess prit une profonde inspiration. L'une de ses questions venait au moins de trouver sa réponse – la vieille dame utilisait ses pouvoirs télépathiques depuis cette zone morte, ou « anomalie crépusculaire », ou quel que soit le nom qu'elle voulait lui donner. Les rêves qui l'avaient conduite au GPS de son père et, finalement, à cette maison, avaient été d'une clarté cristalline. On l'avait menée par le bout du nez.

— Vous vouliez que je vous trouve.

— Je t'attendais un peu plus tôt mais, vu votre manque d'instruction, je suppose que ce n'est déjà pas si mal.

Dess se renfrogna.

— Manque d'instruction ? Je suis meilleure que mon prof de maths !

Madeleine sourit.

— J'espère bien, une polymathe comme toi ! Mais je ne parlais pas de l'enseignement que vous recevez au lycée, si lamentable soit-il. Je parlais de vous tous, pauvres orphelins, cherchant à percer le sens de l'heure secrète. (Elle porta sa tasse à ses lèvres, et sa voix faiblit.) Seuls et abandonnés.

Dess détourna les yeux pour s'intéresser à l'amoncellement de vieilleries autour de la table basse. La ferraille semblait avoir été empilée en toute hâte, sans rime ni raison ; et cela ne datait pas d'hier. Certaines pièces étaient soudées par la rouille, et une épaisse couche de poussière recouvrait le tout. Madeleine vivait là depuis un bon moment. *Seule et abandonnée*, selon ses propres paroles.

— Vous restez enfermée ici… en permanence ? demanda Dess.

La vieille dame sourit.

— Je sortais davantage autrefois. Avant la naissance de Mélissa, je pouvais me promener en toute liberté tant qu'on ne me reconnaissait pas. (Elle gloussa.) Quand j'étais jeune, je portais une perruque ainsi qu'une horrible paire de lunettes. Mais aujourd'hui, bien sûr, je ne peux le faire que quand Mélissa est au lycée. Pauvre petite.

Dess fronça les sourcils. La réponse de Madeleine ne faisait que soulever de nouvelles questions. Une perruque ? De qui se cachait-elle ?

Sa dernière phrase se comprenait mieux.

— Alors, c'est pour ça que Mélissa n'a jamais détecté votre présence ?

— Bien sûr. Normalement, elle devrait pouvoir repérer une autre télépathe de la même manière que la flamme d'un puits de pétrole dans la nuit. S'il n'y avait pas le lycée, je serais coincée ici toute la journée. (La vieille dame secoua la tête.) Et attention, Dess : il ne faut surtout pas qu'elle sache. Tout ce qui se retrouverait dans l'esprit de Mélissa échouerait tôt ou tard dans le désert. À minuit, nos pensées ne nous appartiennent plus.

Le silence retomba. Dess réalisa qu'elle devrait poser d'autres questions et regretta presque l'absence de Rex. Il adorait les chronologies, les successions d'événements bien ordonnées. *Commençons par le commencement*, insisterait-il. Mais où était le commencement ? L'histoire était toujours si embrouillée, pareille à une équation interminable dont chaque résultat n'aboutirait qu'à de nouvelles variables. Elle demeura assise un moment, à chercher la bonne question dans l'écheveau de ses interrogations.

— Alors… que s'est-il passé ? demanda-t-elle enfin.

La vieille dame soupira.

— Ils ont gagné.

Dess battit des cils. Elle prit une gorgée de thé. Bien que tiède et amer, il lui éclaircit les idées.

— C'est à cause du boom pétrolier, expliqua Madeleine. Les habitants de Bixby étaient une famille avant l'arrivée de tous ces gens, de tout cet argent. On savait en qui on pouvait avoir confiance.

Dess tâcha de s'imaginer Bixby à cette époque mais tout ce qu'elle parvint à se représenter fut une sorte de clip en noir et blanc montrant des gens ordinaires en train de boire de la limonade, de coudre ou de se saluer de la main depuis leurs camions de pompiers. Pourtant, certains devaient bien faire des calculs, fabriquer des armes et botter le cul aux darklings. Et porter des lunettes de soleil. Non ? Les yeux des midnighters ne supportaient pas la lumière trop vive. Mais les verres fumés existaient-ils seulement, à cette époque ?

Elle secoua la tête.

— Ça remonte à plus de cinquante ans, c'est ça ? Rex dit toujours que c'est à ce moment-là que tout a changé.

— C'est un malin, votre Rex. (Madeleine sourit.) Bixby avait survécu à la sécheresse et à la Grande Dépression ; c'est l'argent facile qui a eu raison d'elle. Oh, bien sûr, je n'étais qu'une petite fille, je trouvais ça follement excitant. Des nouveaux visages, des vêtements achetés au magasin, notre propre cinéma. Mais bientôt, plus personne ne connaissait ses voisins. (Elle serra les dents.) Je me souviens encore de l'été où tout s'est déclenché.

Un doigt froid invisible effleura la nuque de Dess.

— L'été où ils sont venus et où ils ont enlevé tout le monde ?

La vieille dame haussa un sourcil.

— Hein ? Non, je te parle de l'air conditionné.

— Pardon ?

— À l'été 1949, je venais d'avoir onze ans. On jouait dehors toute la journée. La nuit tombait très tard. Les petits se mêlaient aux plus grands, les adultes les surveillaient depuis les terrasses, en discutant. Tout se passait au grand jour, tout le monde voyait tout le monde. (Madeleine s'enveloppa les épaules dans ses bras.) Et puis un beau soir, en relevant le nez, on s'est aperçu que tous les adultes avaient disparu.

Dess avala sa salive.

— Les darklings ?

— Non. (La vieille dame secoua la tête avec tristesse.) L'air conditionné. C'était la première soirée vraiment chaude de l'été. Ils s'étaient tous réfugiés à l'intérieur, derrière leurs portes closes. Au lieu de nos parents et de nos voisins, on ne voyait plus qu'une lueur bleue qui s'échappait des fenêtres.

— Une lueur bleue ? Celle de minuit ?

— Non. De la télévision.

— Quoi ?

— Tâche de suivre un peu, jeune fille, jeta Madeleine d'un ton aigre. Cet été-là, l'argent du pétrole avait permis à tout le monde de s'offrir l'air conditionné et la télévision. Ce fut le commencement de la fin.

Dess s'éclaircit la gorge.

— Une minute – vous êtes en train de me raconter que les darklings ont gagné à cause de l'air conditionné ?

Madeleine brandit un doigt sévère.

— Et de la télévision. Il ne faut pas négliger l'impact de la télévision. Vois-tu, Dess, après ce premier soir, les adultes sont restés chez eux, à regarder leurs émissions au lieu de surveiller leurs enfants. (Elle leva la tête et plongea son regard dans les yeux de Dess, un petit sourire aux lèvres.) Les divertissements changèrent cet été-là. Certains enfants avaient toujours voulu s'essayer à d'autres jeux. Tu vois à quoi je fais allusion ?

Dess avala sa salive. Pendant un instant, le visage de Madeleine lui avait rappelé celui de Mélissa, sa manière de changer à l'arrivée de minuit, pour paraître soudain froid, distant.

— Heu, je ne crois pas.

— Je crois que si. Ces enfants voulaient jouer le jeu de la cruauté, de la domination et, surtout, de l'exclusion. Et voilà qu'on leur en offrait enfin l'occasion.

— Ça ne m'a pas l'air très différent du lycée, murmura Dess.

Elle se renversa en arrière dans son fauteuil et prit une gorgée de thé amer en se demandant si cette vieille dame se moquait d'elle, si elle était cinglée, ou si elle disait bien la vérité. *L'air conditionné ?*

Madeleine acquiesça.

— C'étaient les débuts du lycée de Bixby tel qu'il est aujourd'hui. Les jours de semaine, je ne perçois pratiquement rien d'autre. (Elle soupira.) Pauvre Mélissa. Un miracle qu'elle n'ait jamais rien commis de grave.

Dess se pencha en avant, la voix ferme, pour empêcher Madeleine de digresser.

— Il a quand même dû se passer autre chose. Je veux dire, d'après Rex, on perd brusquement toute trace de l'ancien savoir. Ne me dites pas que vous avez cessé le combat contre les darklings parce que vous étiez tous devant la télé.

Madeleine hocha la tête.

— C'est arrivé sept ans plus tard, mais la fin était déjà écrite cet été-là. Trois enfants avaient appris le secret. Au cours d'un de ces jeux dont je te parlais, une jeune midnighter avait vendu la mèche.

— Pourquoi ?

Elle voulut hausser les épaules, mais ne parvint qu'à produire une sorte de tremblement.

— Pour se donner de l'importance, pour se faire accepter, je suppose. Un secret vieux de plusieurs millénaires, trahi parce que les adultes avaient le dos tourné. Quoi qu'il en soit, ces trois diurnes qui connaissaient la vérité imaginèrent aussitôt un nouveau jeu. Chaque nuit, ils sortaient dans le désert et disposaient des cailloux, dans l'espoir d'adresser un message à ceux qu'ils savaient cachés là.

Dess acquiesça.

— Certains continuent à le faire. Ils essaient, en tout cas.

— La tradition remonte à loin. Je les perçois, quelquefois ; je sens leur frayeur ou leur déception en plein désert, aussitôt après minuit. Mais ces trois-là étaient plus déterminés que les autres. Ils entendaient jouer le jeu jusqu'au bout. Pendant des années, ils tentèrent de déchiffrer un sens dans le mouvement des pierres. Comme ils n'y parvenaient pas, ils amenèrent une jeune voyante avec eux dans le désert, un beau soir. En offrande aux darklings.

Dess reposa sa tasse d'un geste brusque. Quelques

gouttes tièdes en débordèrent et lui éclaboussèrent les doigts.

— La créature hybride !

Madeleine fit oui de la tête.

— Oui, c'est bien ce qu'elle est devenue. L'ancien savoir ne connaît pas de nom spécifique pour désigner son état. Elle s'appelait Anathéa.

— Mais, vous êtes télépathe ! Vous avez dû sentir ce qui se préparait ?

— Non, nous n'avons rien vu venir. Ces trois-là avaient déménagé à Broken Arrow – hors de portée de nos pouvoirs. Ils n'étaient jamais revenus à Bixby, pas plus que je n'ose quitter cette maison. Ils exécutèrent leur plan en secret et devinrent très riches.

— Riches ? Les darklings paient bien ?

— En un sens, oui. Les plus anciens perçoivent ce qui gît sous le désert, les filons rocheux, les poches d'eau souterraines. À la manière d'un métallurge. (Elle sourit de la perplexité de Dess.) Un talent dont vous n'avez jamais entendu parler – il en existe de nombreux, ma pauvre chérie. Disons seulement que les darklings peuvent humer le sol comme ils hument tes pensées à minuit. (Madeleine plissa les yeux, et Dess frissonna.) Les trois furent donc payés. Du pétrole en échange du sang.

— Oh. (Ce mot de pétrole lui donna le frisson. Elle se souvint du nom sur la lettre volée par Jonathan au manoir aux darklings.) L'un de ces enfants ne s'appelait pas Grayfoot, par hasard ?

— Excellent. (Les dents parfaites de Madeleine luirent à la lumière déclinante de l'après-midi.) On finira peut-être par faire quelque chose de toi.

Dess fronça les sourcils.

— Je croyais que les darklings détestaient les puits de pétrole.

— C'est le cas. Mais ils indiquent également aux Grayfoot les endroits où ne pas forer. Ils se servent de leurs alliés humains pour préserver leurs tanières.

Dess acquiesça lentement.

— Et un jour, ces… alliés sont venus vous chercher.

— Avec leurs hommes de main. Il leur a suffi d'une seule nuit, dans les heures grises après minuit, pour nous éliminer pratiquement jusqu'au dernier ainsi que nos plus proches soutiens. (Elle embrassa du regard la pièce encombrée.) Nous étions préparés à une attaque des darklings, pas à celle des hommes. Tout ce métal… n'a servi à rien.

— Vous avez quand même réussi à vous échapper.

Madeleine hocha la tête.

— Je m'étais glissée hors de chez moi à la nuit tombée, afin de jouer à ces jeux dont je te parlais tout à l'heure. Nous sommes venus nous réfugier ici sachant que c'était l'endroit le plus sûr de l'heure secrète, une contorsion si profonde que les darklings ignoraient jusqu'à son existence. (Elle posa un doigt osseux sur la table.) Et continuent de l'ignorer, je touche du bois.

— Nous ? Vous êtes donc plusieurs ?

Madeleine secoua la tête à regret.

— Nous l'étions. Un a quitté Bixby quelques jours plus tard, en plein midi, et nous n'avons plus jamais entendu parler de lui. Les autres ont vieilli et sont morts, l'un après l'autre. Ici même, dans cette maison.

Dess inspira profondément. L'atmosphère moisie prenait soudain une saveur désagréable. Elle s'attendait à découvrir un mystère en ces lieux, une poche d'étrangeté emprisonnée dans le temps bleu. Mais cette maison ne renfermait que la tragédie, la solitude et une lente agonie.

Madeleine sourit, d'une manière qui fit de nouveau penser à Mélissa.

— Tu as voulu savoir, ma chérie. Je n'ai fait que te répondre.

Dess renifla.

— Dites donc, c'est vous qui m'avez appelée. (Elle fronça les sourcils.) Pour quelle raison, au fait ?

— Parce que j'en avais assez de me cacher. (Madeleine but une gorgée de thé.) Et aussi parce que j'ai acquis la certitude que, sans moi, aucun d'entre vous ne s'en sortira.

18 22 h 42

CONSTANZA

Constanza Grayfoot menait une existence bien remplie.

En l'espace d'une matinée, elle les avait conduits de l'hôpital des vétérans sur la nationale I-35 à une longue visite aux boutiques du centre-ville, en passant par l'agitation du centre commercial de Tulsa. Et maintenant, neuf dollars d'essence plus tard, ils se retrouvaient là où ils auraient dû commencer – au bas de sa rue, à attendre l'arrivée de minuit.

Un seul problème : ils étaient pratiquement désarmés. Par le pare-brise, Rex fixait un acacia rabougri aux branches tordues, attestant de la proximité du désert.

— Je n'aime pas ça.

— Tu disais que la maison était propre, s'étonna Mélissa.

— Elle l'est. (Lors de quelques passages au ralenti devant la maison de Constanza, Rex avait pu déterminer qu'elle ne portait pas le moindre début d'Empreinte. Si sa famille fricotait avec les darklings, leurs rencontres devaient se dérouler ailleurs.) Tu ne crois pas qu'ils risquent de nous sentir ?

Mélissa haussa les épaules.

— S'ils nous cherchent, sans doute.

— Oui, eh bien, j'ai sacrifié toutes mes armes dimanche soir. Le moment est mal choisi pour une bagarre.

— Nous n'aurons qu'à improviser, comme d'habitude, dit-elle. Et puis, j'ai toujours Appropriation Fanatiquement Injustifiable dans le coffre. Aucune patte inhumaine ne l'a touché. Au passage j'aimerais bien que tu le remontes sur ma roue quand tu trouveras le temps. Sans vouloir te commander.

— Nous ferions mieux d'attendre, suggéra Rex. Retournons en ville maintenant et revenons après nous être équipés un peu auprès de Dess.

— De Dess ? (Mélissa s'esclaffa.) Tu n'as peut-être pas remarqué, mais elle est bien trop accaparée par ses projets pour nous préparer quoi que ce soit. Elle est à peu près aussi utile que Jonathan ces derniers temps.

Rex secoua la tête.

— Dess en aura bientôt terminé avec ces histoires. Nous aurons besoin d'elle pour découvrir ce qui se trame dans le désert. En attendant, qu'elle se penche sur ses cartes si ça l'amuse.

— Tu crois que Dess saura changer en coordonnées précises les images que j'ai prises dans l'esprit d'Angie ?

— Ça risque d'être compliqué. (Rex la dévisagea en fronçant les sourcils.) Tu auras peut-être besoin de…

Il ne prit pas la peine d'achever sa phrase. Ils se trouvaient à des kilomètres du brouhaha mental du centre de Bixby, il était tard, et l'émotion était forte en lui ; Rex savait que Mélissa lirait le reste dans son esprit.

Elle sourit et posa une main gantée sur son bras.

— Ne t'en fais pas, beau gosse, je m'en voudrais d'attenter à ton honneur de cette manière.

Il lui sourit en retour mais se sentit rougir. Il ne pouvait nier la jalousie qu'il éprouvait à l'idée de voir Mélissa toucher Dess, partager son esprit avec elle comme elle l'avait fait avec lui. C'était déjà assez pénible qu'elle ait dû toucher Jonathan l'autre nuit dans le désert. *Nous n'avions pas le choix*, se répéta-t-il. Sans cela, ils auraient fini dans l'estomac d'un darkling.

À propos… Il consulta sa montre. Encore une heure. Ils avaient largement le temps de rentrer se mettre en sécurité chez eux avant minuit.

— Nous devrions peut-être revenir avec Jessica. Avec elle dans les parages, nous n'aurions plus besoin d'armes.

— Ah, le puissant porte-flambeau. C'est bête qu'elle soit punie.

Rex soupira, se demandant si d'autres voyants dans l'histoire avaient déjà dû se débrouiller avec une équipe de midnighters aussi hétéroclite.

— Bien sûr, continua Mélissa, elle aurait pu dormir chez Constanza ce week-end. Elle serait là à nous attendre, une lampe torche à la main. Sauf qu'elle a beaucoup trop peur maintenant. Dommage que toi et l'homme volant vous soyez sentis obligés de tout lui déballer.

Rex la dévisagea.

— Que voulais-tu qu'on fasse ? Qu'on « oublie » de lui parler d'Ernesto Grayfoot ? Qu'on la laisse passer la nuit ici, sans qu'elle se doute du danger ?

— Oui, tu as raison. Jonathan aurait vendu la mèche de toute façon. (Mélissa gloussa.) Sans compter que c'est mal, de cacher des choses à ses amis. D'ailleurs, es-tu certain de vouloir que Jessica assiste à une grosse séance de télépathie ? Elle risquerait de chercher ce qui a convaincu ses parents de la laisser sortir la semaine dernière.

Rex se tint coi, refusant de mordre à l'hameçon. Mélissa avait beaucoup changé ces trois derniers jours. Elle parvenait presque à supporter le lycée désormais. Elle avait conservé son sang-froid au cœur du centre commercial de Tulsa et su retrouver Constanza chaque fois qu'ils l'avaient perdue de vue sur la route. Elle semblait avoir les idées de plus en plus claires.

Certaines choses ne changeaient pas, néanmoins. Rex avait pu sentir à quel point elle demeurait caustique, meurtrie par seize années d'isolement physique. Sans parler des huit ans de solitude avant leur première rencontre, de son enfance passée à affronter seule le tumulte mental de l'humanité. Il se demanda si Mélissa se remettrait un jour d'avoir été la seule et unique télépathe de Bixby.

Il jeta un coup d'œil à sa montre.

— Il n'est pas si tard. On pourrait l'appeler depuis ce 7-Eleven sur la Quarante-Quatrième et lui demander de nous retrouver ici avec Jonathan.

Mélissa afficha un sourire amusé.

— Tu serais prêt à demander l'aide de l'homme volant ?

— Je crois me rappeler qu'il t'a quand même sauvé la vie.

Le sourire s'estompa.

— Oh, ça. À ma plus grande honte. (Elle lâcha un long soupir.) D'accord. Tiens, voilà une pièce de vingt-cinq cents.

La fenêtre de la cuisine s'ouvrit sans peine, mais son escalade se révéla plus ardue. Surtout avec Appropriation Fanatiquement Injustifiable, que Rex avait tenu à emporter au cas où ils n'auraient pas le temps de regagner la voiture. Quand il enfonça le pied dans un évier rempli d'assiettes sales, le bruit résonna à travers toute la maison.

— Nom de Dieu, Rex, dit Mélissa dans son dos. Heureusement qu'on n'est pas de vrais cambrioleurs. Tu fais un boucan à réveiller les morts.

— Je préfère la vitesse à la discrétion, cow-girl. Tu sens quelque chose ?

Elle leva le nez en l'air, et ses yeux lancèrent des reflets violets sous la lune sombre.

— De la curiosité, mais aucun maudit ne vient par

ici[1]. Pour l'instant. Et Jonathan est en route vers la maison de Jessica, pile à l'heure. (Elle fronça les sourcils.) Marrant. Je ne perçois Dess nulle part.

— Elle a peut-être découvert l'un de ses fameux points aveugles, dit-il. Allez, amène-toi.

La maison était encore plus vaste qu'il n'y paraissait de l'extérieur, avec un salon assez profond pour accueillir une piste de bowling. Tandis que Mélissa s'arrêtait devant le piano à queue et jouait quelques notes, Rex chercha des traces d'Empreinte. Mais la maison n'en portait pas à l'intérieur non plus.

Il sourit. Peut-être pourraient-ils se sauver d'ici sans combattre.

— À l'étage ? suggéra-t-il.

En découvrant la chambre de Constanza, Mélissa s'esclaffa.

— C'est ça, la seule amie de Jessica ? (Elle secoua la tête.) Je ne sais même pas pourquoi on essaie de rivaliser.

Rex ne put s'empêcher de rire. On voyait des vêtements éparpillés partout, comme si un ouragan avait vidé deux immenses placards. L'un des murs était tapissé de miroirs, devant lesquels posait une Constanza statufiée, en train d'essayer ses achats de la journée. Le sol était jonché d'étiquettes arrachées, chacune avoisinait le montant du budget vestimentaire de Rex pour une dizaine d'années.

1. Allusion à *Macbeth*, acte IV, scène 1 : « Il vient par ici quelque maudit. » *(N.d.T.)*

— Elle est debout bien tard, observa-t-il.

— Pourquoi dormir alors qu'on peut s'admirer dans le miroir ?

— Vas-y doucement avec elle.

Mélissa ricana.

— Je tâcherai de ne pas endommager son lobe cervical du shopping.

Rex rit, mais détourna la tête en voyant Mélissa lever les mains vers la jeune fille immobile. Il ne tenait pas à voir son expression de ravissement au moment de pénétrer dans l'esprit de Constanza. C'était différent avec les rigides, une communication à sens unique, rien à voir avec ce qu'ils partageaient tous les deux. Même pendant la journée, si Mélissa frôlait une personne ordinaire par accident, cela ne faisait qu'exacerber sa sensibilité habituelle. Seuls un télépathe et un autre midnighter pouvaient établir une véritable connexion.

Néanmoins, il préférait ne pas regarder.

Le couloir de l'étage le conduisit à une autre chambre, encore plus vaste que celle de Constanza. Deux personnes figées occupaient le lit, et Rex battit en retraite après un seul coup d'œil à leurs visages pâles et inexpressifs.

La dernière pièce de l'étage servait de bureau. Rex s'installa et entreprit de parcourir les papiers et les livres qui encombraient la table, en quête de numéros de téléphone, de lettres, ou de quoi que ce soit portant le prénom d'Ernesto. La plupart des documents avaient trait aux forages pétroliers, à la législation fédérale ou aux prévisions financières, de longues colonnes de chiffres que même Dess aurait peut-être trouvées ennuyeuses.

Après quelques minutes, cependant, une liasse de feuilles agrafées retint son attention. Sur la première page était écrit :

Impact sur la communauté
d'une piste d'atterrissage d'urgence
d'Aerospace Oklahoma
dans la plaine salée de Bixby

Il prit une lente inspiration, se remémorant l'image que Mélissa lui avait transmise cet après-midi sur le parking. La longue autoroute noire, parfaitement rectiligne, qui s'enfonçait dans la blancheur éblouissante de la plaine salée avant de s'interrompre sans crier gare.

— Une route dans le désert… murmura Rex.

Il se souvint d'avoir lu un article dans le *Bixby Register* le week-end dernier, à propos de la polémique soulevée par le projet d'une nouvelle piste en dehors de la ville.

Bien sûr. Les adorateurs ne cherchaient pas à construire cette chose, mais à stopper sa construction. Les darklings haïssaient toute intrusion des humains dans le désert ; les autoroutes, les pipe-lines, les derricks qui les repoussaient toujours un peu plus loin. Un projet d'Aerospace Oklahoma s'accompagnerait forcément d'alliages de pointe et d'appareillages perfectionnés – le genre de technologie nouvelle qui avait déjà contraint les darklings à se réfugier dans l'heure secrète.

Rex ouvrit le dossier et le parcourut en toute hâte. Il soutenait que la piste devait permettre à Aerospace Oklahoma de tester des prototypes expérimentaux, des avions gigantesques dont le fracas des réacteurs réveillerait toute la ville au beau milieu de la nuit.

Rex doutait fort que quiconque veuille atterrir à Bixby sauf en cas de réelle urgence.

Il se souvint des pensées volées que Mélissa avait partagées avec lui : dans l'esprit d'Angie, la piste dans le désert était étroitement associée à l'hybride. Quel rapport pouvait-il y avoir entre une piste d'atterrissage et une créature mi-midnighter, mi-darkling ? Il leur fallait retrouver Angie, ou quiconque détiendrait la réponse.

Rex lut la totalité du rapport mais le nom de son auteur n'apparaissait nulle part. Il fouilla le bureau avec un soin accru, ouvrant les tiroirs, retournant les casiers, sans plus se soucier de dissimuler les traces de son passage. Il y avait forcément quelque chose là-dedans, une liste de noms liés au rapport, l'en-tête de la société qui l'avait commandé, n'importe quoi qui puisse le renvoyer à des complices des adorateurs des darklings. Mais à part le rapport, il ne trouva que des documents professionnels en relation avec le pétrole, quelques lettres personnelles, une facture astronomique de carte de crédit ainsi qu'une invitation à une réception. Rien d'autre à propos d'une piste d'atterrissage d'urgence, aucune mention d'Ernesto Grayfoot. Il trouva des cartes et des données géologiques, mais seule Dess aurait su dire si elles avaient de l'importance.

Rex finit par soupirer et laissa retomber les papiers sur la table. Il n'en tirerait plus rien dans le peu de temps qui lui restait, pas sans aide extérieure. Mais peut-être la mention de la piste d'atterrissage aiderait-elle Mélissa à circonscrire ses recherches. Les parents de Constanza devaient forcément savoir quelque chose.

Rex se leva, ramassa le dossier et se retourna vers la porte.

Mélissa se dressait sur le seuil, la mine sombre.

— Alors ? lui demanda-t-il. Tu as tiré quelque chose de Constanza ?

— Elle ignore tout des darklings ou d'une certaine Angie. Par contre, elle connaît notre Ernesto. Je crois qu'ils sont cousins.

— Bon, c'est déjà un début. Je voudrais que tu… (Sa voix se brisa et mourut. Mélissa avait fermé les yeux et vacillait sur ses talons.) Quoi ?

Elle rouvrit les yeux avec lenteur.

— Ils arrivent, Rex.

La peur lui noua les entrailles, comme cette fois où son père, ivre mort, avait braqué sur lui une arme chargée.

— L'hybride ?

— Non, pas elle, rien d'aussi exotique. Trois vieux darklings… affamés.

Il consulta sa montre : vingt-cinq minutes depuis le début de l'heure secrète.

— Et Jonathan et Jessica ? Où traînent-ils encore ?

Mélissa pencha la tête sur le côté, en explorant la trame psychique de l'heure secrète.

— À des kilomètres d'ici. Du côté d'Aerospace Oklahoma.

— Ils sont en route ?

— Non. Assis. Ils ont l'air... perplexe. (Elle rouvrit les yeux.) Je croyais que tu l'avais eue au téléphone ?

— J'ai dit que je lui avais laissé un message. Elle n'a pas voulu me passer Jessica.

— Un message ? À qui ? Qui n'a pas voulu te la passer ?

— La fille qui a répondu au téléphone. Mais elle m'a promis de faire la commission. Je crois que c'était sa petite sœur.

19

00 h 00

DIRECTIONS

Le grillage surmonté de barbelés s'étendait à perte de vue dans les deux directions, scintillant d'un feu pâle sous la lune sombre. Jonathan se souvint de leur vol au-dessus du complexe d'Aerospace Oklahoma deux semaines plus tôt, de la frénésie de leurs poursuivants. Il avait failli perdre Jessica cette nuit-là quand il l'avait lâchée et qu'elle avait roulé dans la poussière. Un frisson le parcourut à ce souvenir.

Bien sûr, ces mêmes créatures redoutaient Jessica désormais, maintenant qu'elle avait découvert son talent. Même aussi près du désert, ils n'avaient pas vu l'ombre d'un grouilleur.

— Ça te revient ? demanda-t-il.

Jessica acquiesça, en tendant le doigt vers l'est.

— Je me souviens du grillage sur notre gauche, ce qui veut dire que nous roulions par là.

— Oui, c'est logique. Cette route mène au Creux des Bruissements.

— Super ! (Elle sourit, avec un geste dans la direction opposée.) Donc, la maison de Constanza doit se trouver de ce côté-ci.

Jonathan respira un grand coup. Ils n'y arriveraient jamais.

— Je croyais que tu avais dormi là-bas.

— Une seule nuit, d'accord ? Constanza m'a ramenée direct après les cours. Je n'ai pas fait attention à la route.

— Sans blague.

— J'avais d'autres trucs en tête, figure-toi. J'étais sur le point de découvrir ma destinée mystique et tout ça, tu te souviens ?

— Ça va, je suis désolé. (Génial, il allait encore s'excuser toute la nuit.) Allons-y.

Ils se prirent la main et s'élancèrent au-dessus de l'autoroute déserte, dévorant la distance à bonds de géant. Les barbelés défilèrent sur leur droite avec des reflets menaçants à mesure qu'ils prenaient de la vitesse.

— Je ne comprends pas comment Rex a pu s'imaginer que je saurais retrouver la maison de Constanza. Je ne suis dans cette ville que depuis un mois. (Elle soupira.) Même si ça m'a paru des siècles.

— C'est pas grave, Jess. On finira bien par trouver.

Jonathan aurait préféré qu'elle se concentre sur le vol. Un faux rebond et ils retomberaient en tournoyant au sommet du grillage – la rencontre des barbelés à près de cent kilomètres heure ne serait pas belle à voir.

— J'aurais pu appeler Constanza pour lui demander l'adresse, mais Beth ne m'a transmis le message qu'après en avoir terminé avec sa copine de Chicago. La peste.

Jessica se mura dans le silence, les traits crispés. Beth se montrerait-elle aussi pénible si sa grande sœur ne lui jouait pas de vilains tours comme l'enfermer dans son placard ? Jonathan se posait la question. Quelques bonds plus tard, ils s'écartaient du périmètre d'Aerospace Oklahoma et les barbelés diminuèrent derrière eux. Enfin.

— Écoute, Rex et Mélissa vont sans doute très bien. Je te parie qu'ils voulaient juste nous montrer quelque chose. Qu'a dit ta sœur, exactement ?

Jessica attendit pour répondre qu'ils touchent le sol et s'envolent de plus belle, par-dessus une vieille Coccinelle Volkswagen figée sur l'autoroute.

— Elle a dit : « Rex et Mélissa sont chez Constanza. Ils ont besoin de toi. » Ça avait l'air sérieux.

Jonathan renifla. Cela ressemblait surtout à Rex et sa manie de donner des ordres.

— Allez, tu sais à quel point Rex est prudent. Il ne s'enfoncerait jamais aussi loin à minuit sans emporter tout un armement. Peut-être que Dess est avec eux.

— J'espère que tu as raison. Dépêchons-nous quand même de les rejoindre là-bas.

— Ça nous aiderait si nous savions où c'est, *là-bas*.

— Je fais de mon mieux, d'accord ?

Ils survolèrent une passerelle, et Jonathan poussa un gémissement. L'autoroute allait en direction du désert, avec encore une douzaine de sorties jusqu'à la limite du comté de Bixby, menant chacune à un grand lotissement de pavillons. En temps normal, on les voyait scintiller jusqu'aux montagnes le long de la rivière d'asphalte, avec les halos des lampadaires et des lampes de jardins. Mais à minuit, seule la lune sombre brillait. La maison de Constanza pouvait se trouver n'importe où dans l'immensité bleue du désert.

Si frustrant que ce soit, ils volaient – c'était déjà ça. Jonathan n'était plus enroué, sa cheville avait cessé de le tourmenter et la nuit dernière, il avait commencé à éclaircir les choses entre Jessica et lui. Sans le petit message énigmatique de Rex, le moment aurait été idéal pour passer un peu de temps sur le sommet d'un bâtiment, seul avec elle.

Merci, Rex et Mélissa.

Jonathan aurait bien voulu savoir comment s'y prenaient ces deux-là pour se retrouver dans les ennuis, quarante-neuf heures après leur dernier accrochage. Cherchaient-ils à se faire tuer ? La Mélissa de la nuit dernière avait paru différente, comme si le calme et l'équilibre de Rex finissaient par déteindre sur elle. Mais peut-être que l'inverse était vrai aussi, que la folie de Mélissa gagnait Rex à son tour.

Depuis que Jonathan l'avait touchée, qu'il avait ressenti ce qu'elle vivait, il se demandait si au cœur de son amertume il n'y avait pas un réel désir de mort, une envie d'échapper définitivement à l'invasion mentale qu'elle subissait chaque jour.

Une idée soudaine lui traversa l'esprit.

— Decatur Street ? murmura-t-il.

— Oui ! s'écria Jessica. C'est ça ! Je m'en souviens à présent. C'est la sortie qu'elle a prise.

— Bizarre.

— En fait, tu savais où elle vivait depuis le début !

— Moi ? (Jonathan s'esclaffa.) Bien sûr. Je passe ma vie en compagnie des pom-pom girls.

Il tendit le doigt vers la droite, en entraînant Jessica vers une sortie. Ils bondirent par-dessus quatre stations-service disposées autour d'un carrefour et retombèrent au milieu d'un terrain en friche, parsemé de cactus arc-en-ciel, tels des ballons de basket hérissés de pointes. Jonathan ralentit l'allure. Il avait marché sur un cactus, une fois, durant l'heure secrète – aussi coupant que des barbelés, avec ce désagrément supplémentaire des aiguilles qui se brisaient et restaient plantées dans la chair.

Au sommet de leur bond suivant, Jonathan aperçut un groupe de maisons dans le lointain.

— Tu reconnais ?

— Oui. Je crois que c'est son quartier. Ce n'est pas qu'une pom-pom girl, tu sais.

— Désolé, marmonna Jonathan. C'est juste que je n'avais aucune idée de l'endroit où elle pouvait habiter. Je ne m'étais même jamais posé la question avant ce soir.

— Mais, tu viens de dire…

— Je sais.

Il sentit les derniers bonds s'inscrire dans son esprit, comme les angles le faisaient toujours. Mais cette familiarité n'avait aucun sens. Curieusement, il percevait l'approche de la maison de Constanza de manière aussi claire que le trajet qui l'amenait chaque nuit chez Jessica – chaque terrain vague, chaque toit, tous les points de rebond entre ici et la maison à un étage dressée sur le jardin le plus vaste du lotissement.

Sauf qu'il n'était encore jamais venu ici. Pas une seule fois.

Un brouillard se dessina à l'horizon, colonne sinueuse pareille au tourbillon de poussière qu'ils avaient vu trois nuits plus tôt. Mais celui-ci était beaucoup plus grand, et en mouvement : un nuage de grouilleurs dont les formes noires tournoyaient au-dessus de la maison.

— Ouais. On dirait qu'ils avaient vraiment besoin de nous.

— J'espère qu'on n'arrive pas trop tard.

Jessica sortit sa lampe torche et la porta à ses lèvres. Jonathan l'entendit murmurer « Démonstration » par-dessus les cris.

L'essaim obliqua devant eux, commença à se répandre en direction du désert, dans un froissement d'ailes membraneuses semblable à cent drapeaux qui claquent au vent. Il se demanda si les darklings avaient déjà battu en retraite, s'ils avaient pu sentir l'approche du porte-flambeau et se montrer assez malins pour prendre la fuite.

— Heu, Jonathan… tu veux bien ? demanda Jessica en lui présentant son poignet.

Il sourit et dit « Acariciandote », lentement et clairement, devant le bracelet.

— Merci, dit-elle. J'apprendrai. Je te promets.

— Je te donnerai des cours.

Jonathan fit passer sa chaîne par-dessus sa tête et murmura « Baguenauderie ». Mieux valait être prêt, même s'il n'en aurait sans doute pas besoin avec Jessica à ses côtés.

Au sommet de leur bond suivant, elle alluma sa lampe torche et fendit le nuage de grouilleurs avec le pinceau lumineux. Jonathan ferma les yeux en grimaçant, aveuglé par cette intrusion stupéfiante de lumière blanche dans la fraîcheur bleutée, éternelle, de l'heure secrète. Des hurlements épouvantables s'élevèrent autour de lui, tandis qu'une image demeurait gravée sur sa rétine : des grouilleurs s'embrasaient au contact de la lumière, traçant un arc de feu sur l'horizon noir. La lune elle-même semblait pâle au regard de la puissance du porte-flambeau. Puis l'odeur de chair grillée parvint à ses narines.

Secoué d'une quinte de toux, Jonathan s'obligea à rouvrir les yeux.

Heureusement, Jessica avait coupé sa Démonstration. La nuée de grouilleurs, tranchée par le rayon, s'éloignait en deux masses chaotiques à travers le désert. Des particules cendreuses flottaient à l'endroit où la lumière avait fendu l'essaim, pareilles aux lambeaux de fumée qui succèdent au bouquet final d'un feu d'artifice.

Jonathan cligna des paupières pour se débarrasser des points noirs qui dansaient devant ses yeux.

— Tu pourrais me prévenir, la prochaine fois ?

— Désolée.

Elle lui pressa la main. Il remarqua ses yeux fous, ses cheveux électrisés par la force qui l'avait traversée. Il ressentit un picotement dans la main au point de contact de leurs paumes.

Il battit des cils : à son poignet, les petites breloques d'Acariciandote brillaient comme des diamants.

Ils se posèrent sur la pelouse de la grande maison. Des grouilleurs morts gisaient tout autour d'eux, parmi divers débris métalliques. Jonathan s'agenouilla et ramassa une perceuse électrique à la mèche noircie.

— Ils ont dû opposer une sacrée résistance, en tout cas.

— Rex ! appela Jessica. Mélissa ?

Un sifflement leur répondit, un son mouillé et frémissant qui roula sur la pelouse accompagné d'une odeur pestilentielle. Une forme imposante se traîna hors de l'espace qui séparait la maison de Constanza de la maison voisine, une masse de pattes qui s'agitaient dans toutes les directions tandis que la chose tentait de se remettre debout.

Jonathan, pris de haut-le-cœur, sentit ses yeux s'humecter en découvrant le monstre.

Celui-ci avait été une mygale il y a peu, son corps bulbeux l'attestait. Mais il s'efforçait en vain de se transformer, de rentrer ses pattes dans sa masse, de s'allonger, en se tortillant comme un gigantesque lombric velu. Une aile luisante émergeait de son dos, difforme, répugnante.

Le darkling siffla de nouveau dans leur direction, et un jet de liquide visqueux sortit de sa bouche pour éclabousser le sol à quelques pas de Jessica.

Il était mourant.

— Ferme les yeux, dit Jessica.

— Pas de problème.

Il y eut un cri assourdissant ; puis Jonathan entendit un crépitement de flammes et reçut une bouffée d'air chaud en plein visage, comme devant un feu de joie dans le désert. Il retint sa respiration pendant une éternité, avant d'être contraint d'inspirer à pleins poumons l'odeur du vieux darkling à l'agonie.

Quand il rouvrit les yeux, toussant et cherchant son souffle, il vit qu'il n'en restait plus rien, sinon une plaque de gazon roussi où brillait un reflet métallique. Jonathan avait les yeux mouillés de larmes.

Un enjoliveur trônait dans l'herbe, là où s'était trouvé le darkling.

— C'est ça qui l'a blessé, dit-il.

— Blessé ? s'indigna une voix. Je dirais que c'est mon Appropriation Fanatiquement Injustifiable qui l'a tué.

Mélissa et Rex émergèrent de derrière la maison, le visage et les mains noircis aux endroits où leurs armes improvisées avaient craché une flamme bleue.

— Ce n'est pas parce que tu es arrivée à la fin pour incinérer les restes que tu peux t'attribuer tout le mérite, Jess.

Mélissa avait les yeux brillants, la voix au bord du rire. Son visage en sueur luisait comme une lame.

Rex paraissait sur le point de vomir.

— Plus jamais, souffla-t-il en s'asseyant lourdement sur la terrasse. (Il leva vers eux un regard las.) Je vois que tu as fini par avoir mon message.

Jessica fit oui de la tête.

— Tout juste. Pense à donner l'adresse, la prochaine fois.

Rex réfléchit une seconde, puis dit :

— Oh.

— On n'aurait jamais trouvé, si Jonathan ne s'était pas rappelé la rue au dernier moment.

— Je ne la connaissais pas, avoua Jonathan.

Mélissa le dévisagea, les yeux plissés, adoucissant quelque peu son expression égarée.

— Et le nom t'est venu comme ça, d'un coup.

Il lui rendit son regard et acquiesça. Elle savait ce qui s'était produit dans sa tête.

— Qu'est-ce que vous fichiez là, de toute façon ? demanda Jonathan.

— Nous avons passé la journée à filer Constanza, répondit Rex, à essayer d'en apprendre un peu plus au sujet d'Ernesto. Mais sans résultat, alors nous avons décidé d'essayer pendant l'heure secrète.

Jonathan fronça les sourcils.

— Tu peux vraiment faire ça ? demanda-t-il à Mélissa. Lire dans l'esprit des gens pendant qu'ils sont figés ?

— Il n'y a pas de meilleur moment, dit-elle doucement. (Son sourire donnait froid dans le dos.) En fin de compte, Ernesto est son cousin. C'est tout ce que j'ai pu tirer d'elle avant que les choses ne tournent au vinaigre. Et au venin.

— En parlant de venin, est-ce qu'il va falloir nettoyer tout ça ? s'inquiéta Jessica.

Les carcasses de grouilleurs et les restes du darkling s'étalaient en taches noires aux alentours. L'odeur avait été détruite en grande partie par Démonstration, mais le gazon demeurait poisseux sous les semelles.

Rex lâcha un petit rire sec.

— Ça va s'évaporer tout seul avec le retour du temps normal. La lumière de la terrasse devrait venir à bout du plus gros. Les premiers rayons du soleil feront le reste.

Jonathan leva les yeux vers la lune.

— Ah oui, le temps normal. On devrait peut-être discuter de ça demain. Il me reste moins d'un quart d'heure pour ramener Jessica chez elle puis rentrer.

Rex approuva de la tête.

— Au déjeuner, dans ce cas. Même si j'ai une interro d'histoire juste après.

— Comme si tu avais besoin de réviser, s'esclaffa Mélissa.

Jonathan l'examina de plus près. Au contraire de Rex, elle vibrait d'énergie, comme si elle avait apprécié l'affrontement. Même les soubresauts du darkling agonisant ne semblaient pas l'avoir affectée. Elle évoluait de jour en jour. Se pouvait-il que ses pouvoirs se développent ?

Il fit un pas vers elle, baissa la voix.

— J'ai reçu des choses dans mon cerveau en venant ici. Des indications. Sinon, nous ne serions jamais arrivés à temps.

— Je sais, déclara-t-elle d'un ton plat.

— C'est toi qui me les as envoyées… (Jonathan marqua un temps d'arrêt. À ce moment-là ils se trouvaient à des kilomètres de distance.) Tu m'as adressé un message mental, pas vrai ?

Mélissa secoua la tête avec lenteur, l'expression radoucie, comme si elle était perdue dans ses pensées.

— C'est ça le plus dingue, l'homme volant, murmura-t-elle. Je l'ai senti, mais ça ne venait pas de moi.

20 00h16

RUE DE LA MÉMOIRE

Dess se pencha en avant sur son vélo, espérant que la pile de son phare ne s'épuiserait pas avant qu'elle n'arrive chez elle. La petite tache de lumière vacillante commençait à pâlir, comme la lumière de la fée Clochette après que celle-ci a bu le poison. Elle aurait dû rentrer depuis des lustres ; ses parents allaient pousser les hauts cris en la voyant revenir après minuit.

Elle avait bien travaillé aujourd'hui, cependant. Dess tapota la bosse que faisait Géosynchrones sous son manteau. Pour la première fois de la semaine elle avait l'esprit clair, enfin débarrassé de rêves confus. Au moins les équations avaient-elles rempli leur contrat, se résolvant en autant de règles, de schémas et de solutions. Encore une fois, son cerveau lui avait apporté les réponses.

Un pli soucieux barra le front de Dess. Les réponses... Elles lui semblaient floues désormais. Elle se souvenait d'une sorte de grille tendue à travers Bixby, un truc en base soixante, en rapport avec les minutes et les secondes. Mais que diable fichait-elle dehors sur son vélo à minuit passé ?

Le sourire lui revint. Pas d'inquiétude ! Ce sentiment familier d'avoir triomphé une fois de plus lui gonflait la poitrine. Elle ne se souvenait pas avec certitude de ce qu'elle avait pu faire après le lycée, mais cela n'avait rien d'étonnant. Elle s'était immergée dans le monde des mathématiques pures. Et les réponses étaient floues parce que, parfois, les solutions les plus compliquées demandaient un certain temps pour être assimilées par le cerveau.

Quel était le truc, déjà ? *Ah oui, voilà...*

— Lovelace, dit-elle à haute voix.

Une porte s'ouvrit dans son esprit, et le goût amer du thé au lait lui revint sur la langue. Elle se remémora...

La maison délabrée tapie au cœur de la zone morte, la vieille dame, l'histoire secrète de Bixby qu'elle lui avait racontée pendant le coucher du soleil. Mais comme tout bon secret, Dess devait le cacher aux autres, en particulier à Mélissa.

Elle frissonna alors, gagnée par le froid, en se rappelant ce qui l'avait ennuyée, la raison pour laquelle elle avait refoulé ses souvenirs dix minutes plus tôt.

Si Madeleine avait d'abord paru grognon et peut-être un peu folle, elle était progressivement devenue plus effrayante, presque... Mélissaesque.

Non, ce n'était pas juste. Même si son récit avait flanqué une énorme frousse à Dess, la vieille dame ne ressemblait en rien à Mélissa. D'une part, naître à Bixby n'avait pas fait d'elle une attardée mentale. Elle avait réussi à grandir sans perdre la raison. Elle était parfaitement équilibrée.

Enfin… *Parfaitement* n'était peut-être pas le mot. Restait cette histoire d'air conditionné. Concernant la télévision, Dess pouvait comprendre – Madeleine ne serait pas la première personne âgée à l'accuser de tous les maux. D'ailleurs, Dess fronça les sourcils en se demandant si la maison possédait le câble ou non. Un autre frisson la parcourut – coincée chez soi pendant quarante-neuf ans sans même recevoir Discovery Channel !

Cinglée ou non, au moins Madeleine parlait par expérience. Elle était là, en chair et en os, quand les darklings avaient éliminé une génération entière de midnighters. Si elle voulait blâmer l'air conditionné… Pourquoi pas ?

Les phares d'une voiture se rapprochaient, et Dess se mit à pédaler plus fort. Elle n'empruntait que des rues secondaires en évitant de se faire repérer. Pas tellement à cause du couvre-feu, mais plutôt en raison de la dernière partie du récit de Madeleine…

Quand la voiture s'éloigna, Dess poussa un soupir de soulagement. Son propre phare n'éclairait presque plus ; peut-être ferait-elle mieux de l'éteindre. L'invisibilité constituait peut-être sa meilleure protection.

La vieille dame avait observé Rex et Mélissa pendant seize ans, et Dess pendant quinze ans, sans cesser de s'étonner que les darklings les laissent en paix. Ce n'était pas leur indifférence de bêtes sauvages, ni le fait qu'aucun d'eux n'ait jamais représenté une menace – pas jusqu'à l'arrivée de Jessica, en tout cas. Les midnighters étaient bons à manger, après tout.

Mais Madeleine avait compris que les darklings tenaient à conserver des midnighters à proximité, tant que ces derniers restaient isolés, désorganisés, et ignoraient tout de leur histoire. S'il arrivait quelque chose à leur précieuse hybride, les midnighters pourraient s'avérer utiles. Il serait temps de les cueillir.

Une autre paire de phares apparut au loin. Celle d'une fourgonnette blanche sans aucune inscription, le genre de véhicule anonyme qu'on loue pour un kidnapping. Alors qu'elle se rapprochait, le vent glacial forcit, s'engouffra sous les manches de Dess et s'enfonça jusqu'aux os dans ses bras hérissés par la chair de poule.

L'une des vitres s'abaissa…

La fourgonnette croisa Dess en rugissant. Dans son dos, une cannette de bière vide roula sur l'asphalte avec fracas.

— Loupé ! lança-t-elle entre ses dents serrées. Bande d'abrutis !

Son pouls s'apaisa peu à peu, et elle tendit le bras pour couper son phare. Mieux valait rester dans le noir après tout. Elle se rappelait maintenant pourquoi elle voulait attendre d'être rentrée pour repenser à tout cela. Se trouver seule sur la route en pleine nuit était trop effrayant.

Elle murmura l'autre partie de sa formule mentale :

— Ada.

La porte de sa conscience commença à se refermer, sur un ultime souvenir : alors qu'elle prenait congé de Madeleine, la vieille dame lui avait touché la joue en lui demandant de prononcer le nom d'un personnage historique important à ses yeux. Et Dess avait ressenti une force gigantesque traverser son esprit.

Une porte. Voilà ce que c'était – une barrière, afin de protéger ce qu'elle venait d'apprendre de toute indiscrétion de Mélissa. Car ce que Mélissa découvrirait, les darklings l'apprendraient bientôt. Ils se percevaient trop bien à travers le désert.

Puis la porte acheva de se refermer, occultant ces pensées terribles à propos de cueillette, de vieilles dames solitaires et d'air conditionné, n'autorisant qu'une instruction impérative : *Ne laisse pas Mélissa te toucher.*

Dess s'esclaffa. *Ben voyons.* Comme si Mélissa risquait de toucher qui que ce soit.

Elle continua à pédaler dans le noir un moment. D'autres voitures la croisèrent mais elle les ignora, toute à la satisfaction des calculs bien faits, des équations résolues.

Une branche morte craqua sous sa roue avant, et elle lâcha un juron. Pourquoi roulait-elle dans le noir, au fait ?

Elle alluma son phare. Il était faible, mais c'était toujours mieux que rien.

21 — 11 h 16
ILLUMINATIONS

— Si bien qu'à notre arrivée il devait y avoir un bon millier de grouilleurs dans le ciel. Et cet horrible vieux darkling. (Jessica sentit son estomac se nouer en se remémorant la puanteur de la chose à l'agonie.) Mélissa l'avait déjà bien arrangé avec son enjoliveur, mais c'est moi qui l'ai achevé.

— Ah, mon redoutable Appropriation Fanatiquement Injustifiable a enfin été mis à contribution, se réjouit Dess.

Elle s'adossa au casier voisin de celui de Jessica, un grand sourire aux lèvres.

— Oui, la bestiole était mal en point, reconnut Jessica.

Elle baissa les yeux sur sa paume qui la picotait encore. Toute la matinée, elle avait senti comme des décharges dans le bras. Le contrecoup de Démonstration… Au cours des nuits qui avaient suivi la découverte de son talent, elle avait procédé à toutes sortes d'expérimentations avec des briquets, un flash d'appareil photo ou des fusées de détresse, mais rien qui puisse se comparer au frisson d'un vrai combat.

Elle respira profondément, et le couloir bondé du lycée retrouva sa netteté.

— Dis donc, tu n'aurais pas un autre nom de lampe torche pour moi ? s'enquit-elle. Quelque chose qui évoque… l'éclaircissement ?

Dess ferma un œil, le temps de réfléchir une microseconde à la question.

— Que dirais-tu de Déforestation ?

Jessica gloussa.

— Pas dans ce sens-là, idiote. Plutôt dans le genre… luminescence. Hé, ça marche, ça ?

— Non. Seulement douze lettres. Coronographie ?

— Qui veut dire… ?

— C'est une technique d'astronomie. Ça permet de reproduire une éclipse.

Jessica haussa les sourcils.

— Comment se fait-il que tu saches ça ?

— J'écoute, je lis, je regarde Discovery Channel, et les décatrigrammes me… sautent à la figure, en quelque sorte.

— Hmm. Coronographie ? Je ne sais pas, j'hésite. (Jessica ouvrit son casier et contempla sa pile de livres d'un air maussade.) Pas le temps pour la trigo, aujourd'hui. J'ai promis à Rex d'interroger Constanza sur sa famille.

Elle prit son manuel d'histoire. Peut-être pourrait-elle faire croire à son amie qu'elle préparait un devoir sur l'histoire de la région.

— Demande-lui si elle a des parents à Broken Arrow.

Jessica leva la tête.

— Pourquoi ?

Dess haussa les épaules.

— Une idée comme ça. Si Mélissa n'a capté aucune de leurs pensées toutes ces années, c'est probablement qu'ils vivent en dehors de la ville.

— Pourtant la fosse aux serpents est le quartier général des darklings, et c'est bien à Broken Arrow, non ?

— Dans le comté de Broken Arrow, oui. La ville proprement dite se trouve plus à l'est, juste au-delà de la limite de l'heure secrète. La cachette idéale pour des adorateurs de darklings.

— D'accord, je lui demanderai. (Jessica sourit.) Hé, on dirait que tes histoires de cartes commencent à porter leurs fruits.

Dess lui rendit son sourire.

— Tu serais surprise. (Elle regarda par-dessus l'épaule de Jessica et fronça les sourcils.) Ada.

Jessica se retourna.

— Qui ça ?

— Je voulais dire, Rex et Mélissa.

Tous deux approchaient le long du couloir, Mélissa avec ses écouteurs mais l'œil plus vif que jamais. Rex paraissait reposé, mille fois plus en forme que la nuit précédente.

— Tu pars à la bibliothèque ? s'enquit-il.

— Oui, dit Jessica. Je vais retourner chaque pierre du cerveau de Constanza.

— Ça ne devrait pas prendre plus de cinq minutes, grommela Mélissa.

Rex leva les yeux au ciel en manière d'excuse.

— Au fait, on vous a remerciés hier soir ? Tu sais, pour nous avoir sauvé la vie ?

Jessica haussa les épaules.

— D'une certaine façon, oui – en n'étant pas morts. On est désolés d'avoir un peu traîné en chemin.

— Bah, vous êtes arrivés à temps. (Il jeta un coup d'œil vers Mélissa.) Même si je me demande comment.

— Oh, c'est vrai. (Jessica se tourna vers Dess.) Ç'a été le moment le plus bizarre de toute la soirée. On cherchait la maison de Constanza, et Jonathan et moi avons eu tous les deux une espèce de flash mental… Soudain, on savait exactement où elle se trouvait. Un truc très aléatoire.

— Aléatoire ?

Dess prit un air perplexe, comme si elle avait une remarque sur le bout de la langue. Jessica craignait de se faire sermonner pour avoir commis le péché mortel d'employer un terme mathématique à mauvais escient.

Mais Dess dit :

— Illuminations Imprévisibles.

— Pardon ?

— Le nouveau nom pour ta lampe torche.

Sans se départir de son expression perplexe, Dess sourit, comme à une plaisanterie qu'elle était seule à pouvoir comprendre.

— Tu ne croiras jamais ce qui s'est passé la nuit dernière.

Devant les yeux brillants de Constanza, Jessica se découvrit incapable de résister.

— Encore un acte de vandalisme satanique ?

Constanza ouvrit grand la bouche. La referma. La rouvrit.

— Qui t'a raconté ?

Jessica haussa les épaules.

— J'ai deviné. Ou peut-être que j'en ai entendu parler entre deux portes ?

Constanza secoua la tête.

— Aucune chance. Je n'en ai parlé à personne. Sauf à Liz. Et Maria. Bref, impossible.

— Attends une seconde. (Jessica s'appliqua à écarquiller les yeux.) Ne me dis pas que c'est arrivé chez toi ?

Constanza regarda des deux côtés dans le couloir, désert à l'exception de quelques secondes en route vers la bibliothèque.

— D'accord, Jessica, promets-moi de garder le secret.

— Je serai muette comme une tombe.

— Donc, mon père se réveille la nuit dernière parce qu'il a senti un truc vraiment bizarre, et en se levant, il découvre qu'on a fouillé son bureau. Alors il fait le tour de la maison en allumant toutes les lumières et il découvre la cuisine en pagaille, et tous ses outils répandus dans le jardin. Avec le gazon brûlé, comme si on y avait fait du feu, et par-dessus tout ça, une odeur abominable de rat crevé.

— Berk, fit Jessica avec une grimace.

Après l'excitation de la nuit dernière, elle ne s'était pas demandé ce que cela ferait de se réveiller au milieu du désordre. Et elle ne se doutait pas que Rex et Mélissa avaient inspecté le bureau. Cela dit, en quoi était-ce pire que de fouiller dans l'esprit d'une personne ?

— Et devine à quel moment ça s'est passé ? continua Constanza.

Jessica battit des cils.

— Tu plaisantes.

— Oh, non. À minuit pile.

La sonnerie retentit, faisant sursauter Constanza.

— Mesdemoiselles ? les appela Mme Thomas depuis la bibliothèque. Si vous ne vous décidez pas à entrer, vous allez être en retard.

Constanza soupira, avec un regard vers la longue table où l'attendaient ses amies.

— J'ai promis à ma mère de ne pas mettre tout le lycée au courant, parce que cette histoire pourrait faire perdre de la valeur à la maison. Mais je ne vois pas comment je vais pouvoir éviter le sujet. Je veux dire, Liz et Maria sont là, et elles meurent d'envie d'en parler.

— Eh bien, suggéra Jessica, tu pourrais m'aider pour un truc à la place. (Elle agita son manuel.) Tu connais un peu l'histoire de ta famille ?

— Si je comprends bien, les Grayfoot vivaient à Bixby jusqu'à ce qu'ils en soient chassés ?

— Oui, c'est comme ça que mon père le raconte. (Constanza jeta un regard vers la grande table, s'assurant pour la centième fois que Liz et Maria n'étaient pas en train de propager des rumeurs à propos de la veille au soir. Elle se retourna vers Jessica.) Mon grand-père refuse catégoriquement de s'approcher de Bixby. Il ne veut même pas y passer en voiture. Quand il doit se rendre dans l'ouest, il fait un détour par Tulsa.

— Tu habites là, toi, pourtant.

Elle renifla.

— Oh, mon père est revenu s'installer ici à ses dix-huit ans par pur esprit de contradiction. Son vieux et lui se disputaient sans arrêt, alors il a déménagé pour lui échapper. Grand-père ne lui a plus adressé la parole pendant des années, jusqu'à ma naissance, en fait. Aujourd'hui encore, mon père se plaint d'être exclu des affaires familiales. Mes cousins sont beaucoup plus au courant que lui. Tous des fayots, qui ne mettent jamais les pieds à Bixby eux non plus.

Jessica hocha la tête. Rien d'étonnant à ce que les membres du clan connaissant l'existence de l'heure secrète se méfient des télépathes et préfèrent rester en dehors de la ville. Elle se demanda quel âge pouvait avoir le grand-père de Constanza, et comment il avait découvert le temps bleu.

— C'est l'inconvénient d'être né riche. (Constanza soupira.) Il faut filer droit, sans quoi on se fait jeter. C'est pour ça que je veux devenir actrice. Pour ne dépendre de personne.

— Ça remonte à quand, cette histoire ? Je veux dire, le départ des Grayfoot ?

— Des lustres. Au moins à l'adolescence de mon grand-père. Je ne sais pas, cinquante ans ? On pouvait faire fortune dans le pétrole à cette époque, et les Blancs ne tenaient pas à partager le gâteau avec les Américains d'origine. Je ne sais pas ce qui s'est passé exactement, mais mon grand-père en est resté traumatisé. Il n'en parle jamais.

Jessica prit une profonde inspiration. Une cinquantaine d'années – soit la période où l'on perdait toute trace de l'ancien savoir.

Bien sûr, le récit de Constanza se tenait aussi. Rex répétait souvent que l'histoire de l'Oklahoma consistait en un long processus d'appropriation. Le pays entier y avait déporté sa population indigène dans des réserves, alors que cette région n'était encore qu'une cuvette de poussière sans intérêt. Et puis, à l'instant où les Blancs avaient convoité les terres, les traités s'étaient envolés en fumée et le dernier territoire des Américains d'origine était devenu le quarante-sixième État. La découverte du pétrole n'avait fait qu'aggraver les choses pour les tribus.

La vérité se situait probablement à mi-chemin entre les deux versions. Jessica se demanda si la ligue féminine anti-ténébrescence avait jamais invité des Américains d'origine à ses foires aux crèmes glacées. D'après l'ancien savoir, les tribus locales affrontaient les darklings depuis des milliers d'années mais peut-être avaient-elles été écartées de la société secrète après l'arrivée des colons blancs. À en croire

Rex, c'était souvent ainsi que les choses se déroulaient à l'époque.

L'ancien savoir avait-il pris fin, Bixby avait-il perdu tous ses midnighters pour de simples questions de violation de traités, en règlement de vieux comptes ?

— Pas gai, tout ça, commenta Jessica. Mais passionnant. Je te remercie.

Constanza souleva le livre de Jessica.

— Dis donc, c'est de l'histoire générale ton bouquin. Rappelle-moi pour qui tu fais ce devoir ?

Jessica jeta un coup d'œil à son livre. Une carte du monde s'étalait sur la couverture. On ne voyait le drapeau de l'Oklahoma nulle part.

— Heu, ce n'est pas vraiment pour un devoir, en fait. Disons que ça m'intéresse parce que j'ai rencontré un type… enfin, pas vraiment rencontré. Il ne se souvient sûrement pas de moi. Mais je crois qu'il était de ta famille…

— Qui ça ?

— Heu, tu n'aurais pas un cousin qui s'appelle… Ernesto ?

Constanza éclata de rire.

— Ernesto ? Quoi, il t'a draguée ?

— Non !

Jessica se sentit rougir. *Draguée, non. Seulement poursuivie avec son appareil photo.*

— Oh, ne te sens pas gênée. (Constanza gloussa.) Il drague tout ce qui bouge, mais il n'est pas méchant. Si tu veux que je te le présente, il doit passer me prendre au lycée aujourd'hui.

— Ah oui ?

— Oui, on part tous à Broken Arrow pour quelques jours chez grand-père. Le pauvre, il est encore plus secoué que mes parents par ce qui s'est passé la nuit dernière. Ça lui rappelle de mauvais souvenirs.

— Je comprends. Ernesto doit venir ici ?

— Oui, il vient quelquefois à Bixby, pour me rendre visite. Il a même acheté une maison à… (L'expression de Constanza devint songeuse.) Las Colonias ! Drôle de coïncidence, non ?

— Si.

Jessica se renversa en arrière sur sa chaise, gagnée par une sensation désagréable. Son voyeur allait venir ici, au lycée.

— Alors, tu veux qu'on te ramène ? Il va te plaire. Il est trop mignon !

— Heu, non merci. Jonathan doit me raccompagner.

Pourvu qu'il ait la voiture de son père…

— Où as-tu rencontré Ernesto, d'ailleurs ? Et pourquoi cet intérêt soudain ?

Jessica haussa les épaules.

— Ça devait être à Broken Arrow, ou peut-être à Tulsa ? Il… prenait des photos, et j'ai entendu quelqu'un l'appeler par son nom. Je me suis promis de te poser la question.

— Sur l'histoire complète de ma famille ? (Constanza

secoua la tête en riant.) Tu es décidément pleine de surprises, Jessica Day. (Elle lui adressa un clin d'œil.) Je lui dirai qu'il a une admiratrice secrète.

— Super.

Jessica afficha un sourire forcé.

22

12 h 11

TUMULTE

La cantine répercutait dans sa tête une sorte de vacarme incessant, pareil au bruit d'une scie circulaire s'enfonçant dans un carton rempli de rats. Mélissa croyait entendre le chuintement du disque métallique, le bruit du carton déchiqueté et les piaillements des petits mammifères en train de grimper les uns sur les autres. Curieux – il y avait pourtant du pudding au chocolat en dessert, ce qui tempérait d'ordinaire le désespoir ambiant jusqu'à la libération du sucre. C'était sans doute le foie de poulet, grisâtre, visqueux, qui inspirait ce sentiment d'impuissance.

Encore huit mois à devoir bouffer cette merde! percevait-elle de tous côtés.

Mélissa eut beau augmenter le volume de ses écouteurs, les guitares saturées ne firent qu'empirer les choses. Elle ferma les yeux, visualisa une barrière protectrice autour de son esprit, mais celle-ci s'effondra bientôt sous une nouvelle vague d'angoisse: on allait manquer de pudding au chocolat.

Elle avait baissé la garde ces derniers temps, comme si les choses allaient devenir plus faciles, comme si le contact avec Rex allait la sauver du lycée de Bixby. Voilà ce qu'il en coûtait de laisser entrer quelqu'un dans votre esprit – tout le monde cherchait aussitôt à l'imiter.

Bien sûr, l'inverse pouvait peut-être fonctionner aussi...

Mélissa serra les dents et coupa son MP3. Au début, sans le filtre de la musique, le vacarme dans sa tête ne fit que redoubler. Mais Mélissa respira bien à fond et cessa de lutter contre la cacophonie. C'était la solution qu'elle avait fini par trouver avec Rex : se laisser submerger par ce flot de pensées étrangères, se fier à sa propre conscience pour être encore là quand le silence retomberait.

L'espace d'un instant épouvantable elle se sentit emportée, balayée par la foule, noyée dans ces querelles mesquines de sièges au premier rang ou de pudding au chocolat. Et puis, peu à peu, comme quand Rex et elle se touchaient, elle redevint elle-même, reprit pied au milieu de la tempête.

Mélissa ouvrit les yeux et leva la main devant elle. Elle tremblait à peine, même si les jointures blanchies rappelaient la violence avec laquelle elle crispait le poing l'instant d'avant. Elle reprit sa respiration et, pour la première fois de sa vie dans la cantine, ôta ses écouteurs.

Personne n'y fit attention. Ils étaient tous pendus aux lèvres de Jessica.

— Les autres membres de sa famille ne viennent jamais en ville. Le grand-père de Constanza a menacé de les rayer de son testament si jamais ils posaient le pied à Bixby. Ils n'osent même pas y passer en voiture !

Bravo, songea Mélissa, *notre Jessica a enfin trouvé le courage de poser deux ou trois questions à Constanza Grayfoot. On l'applaudit bien fort.*

— Ils habitent tous à Broken Arrow, poursuivit Jessica, avant de jeter à Dess un regard perplexe. Comme tu l'avais suggéré…

Même à travers le tumulte de la cantine, Mélissa sentit une réaction étrange se former dans le cerveau de Dess – le plaisir d'avoir eu raison, suivi d'une confusion passagère. Puis ces pensées retombèrent dans la masse.

Intéressant.

Jessica poursuivit :

— Mais le plus frappant, c'est la chronologie. Son grand-père a quitté Bixby il y a une cinquantaine d'années, pile au moment où l'ancien savoir a disparu.

Elle s'interrompit et se tourna vers Rex, radieuse, extrêmement fière d'avoir remarqué cette évidence. Au moins, dans le brouhaha, Mélissa n'avait pas à subir son enthousiasme. La nuit dernière, la saveur métallique du porte-flambeau avait dépassé toutes les bornes, suffoquant cette dernière comme si elle avait avalé une pleine bouchée de petite monnaie. En fait, tout minuit en avait frémi, jusqu'aux anciens esprits fétides terrés dans les montagnes.

Les darklings avaient bien raison d'avoir peur de Jessica Day : son talent déchirait la trame même de l'heure secrète. Et elle en éprouvait une satisfaction indécente. Ses yeux verts brillaient encore tandis qu'elle leur énumérait ses inestimables découvertes.

— Depuis qu'il a déménagé ici, son père ne sait pas grand-chose des affaires de la famille. Il n'y a qu'un seul autre Grayfoot qui vient régulièrement de Broken Arrow. Et devinez comment il s'appelle ?

Ils la dévisagèrent avec, sur le visage, une expression stupide.

— Ernesto ? hasarda timidement l'homme volant.

Comme c'était mignon, ces petits couples où chacun terminait les phrases de l'autre. Et Jessica ? Qu'est-ce qui lui prenait ? Elle palpait Jonathan comme une guenon épouille un congénère. L'embarras du pauvre garçon ne s'élevait pas au-dessus du vacarme, mais on pouvait le lire sur son visage.

— Exactement.

Jessica se renversa en arrière et posa une main possessive sur l'épaule de Jonathan.

— Eh bien, tout ça tient la route, approuva Rex. Mais le père de Constanza n'est pas totalement à côté de la plaque. J'ai trouvé un truc intéressant sur son bureau.

Il sortit le dossier qu'il avait subtilisé et entreprit d'expliquer la vision que Mélissa avait extraite de la tête d'Angie.

Mélissa cessa d'écouter et se demanda si quelqu'un poserait enfin la vraie question à propos de la nuit dernière : comment Jonathan et Jessica avaient-ils trouvé la maison de Constanza ?

Mélissa les avait sentis tous les deux filer au-dessus de l'autoroute, incertains, frustrés, comme deux nouveaux qui, un jour de rentrée, cherchent le chemin des préfabriqués au lycée de Bixby. Et puis soudain, tout s'était mis en place, et elle les avait sentis pleins d'assurance et de détermination. Un flash jailli de nulle part avait lâché l'information dans leurs têtes.

Quel que soit l'auteur de ce flash, il n'avait pas laissé de traces mais pendant une fraction de seconde Mélissa avait cru percevoir quelque chose de nouveau...

Absorbée par ce souvenir troublant, elle baissa ses défenses et le brouhaha de la cantine la submergea pendant quelques secondes abominables. Elle s'efforça de se détendre et se laissa emporter par la vague.

Quand elle retrouva le contrôle d'elle-même, Dess était en train de dire :

— Il n'y a aucune piste sur mes cartes.

— Elle n'existe pas encore. (Rex haussa les épaules.) Je ne sais même pas où elle doit se construire.

— Hé ! ma mère en aura peut-être une idée, intervint Jessica. Elle fait partie d'un groupe de travail à son boulot.

— Mais quel rapport entre cette piste et le voyeur de Jessica ? demanda Jonathan. Ou bien l'hybride, d'ailleurs ?

— Pour l'instant on l'ignore, admit Rex. Mais il semble évident que les Grayfoot s'intéressent aux trois.

— Alors que fait-on ? voulut savoir Dess.

— Jessica devrait essayer de cuisiner sa mère à propos de cette piste, répondit Rex. Il va aussi falloir retourner chez

Constanza. Il y a une tonne de papiers que je n'ai pas eu le temps d'examiner. Ainsi que des cartes et d'autres trucs qui parleraient peut-être plus à Dess qu'à moi.

— Chez Constanza ? protesta Jessica. Quoi, le désastre de la nuit dernière ne t'a pas suffi ?

— Sans compter que les darklings nous attendront de pied ferme, renchérit Dess. Et que les Grayfoot vont se méfier maintenant, grâce à vous deux.

— D'accord, d'accord, reconnut Rex. Ce n'était pas très malin d'y aller à deux. Mais cette fois-ci, nous y retournerons tous les cinq. Les darklings n'oseront rien tenter avec Jessica sur le coup de minuit. Et à nous tous, nous pourrons fouiller plus vite, sans mettre la maison sens dessus dessous.

— Que veux-tu dire par « sur le coup de minuit » ? demanda Jessica. Il faut un moment pour voler jusque là-bas.

— Voler prendrait trop de temps, dit Rex. Aussi près du désert, nous avons besoin de toi là-bas à minuit pile si nous voulons éviter d'autres ennuis.

— Tu ne vas pas me demander de passer la nuit chez Constanza, quand même ? se récria Jessica. (Sa crainte des Grayfoot était perceptible à travers le tumulte de la cantine. Elle avait une saveur de lait caillé.) Ils ne dorment même pas chez eux en ce moment, tellement vous leur avez fichu la frousse.

— Pas de problème, dit Rex. Tu n'auras qu'à aller chez

Dess. Mélissa et moi passerons vous prendre avant minuit, et nous irons là-bas en voiture.

— Et moi ? demanda Jonathan.

À l'idée de rester en arrière, c'était lui qui maintenant se cramponnait au bras de Jessica.

— Rejoins-nous en voiture ou en volant. (Rex haussa les épaules.) Comme tu veux.

Personne n'émit de remarque. Mélissa percevait leurs doutes à tous, mais ils redoutaient encore plus de ne rien faire. Ils commençaient à éprouver une certaine paranoïa vis-à-vis des adorateurs des darklings.

— Très bien, donc on dit vendredi ? conclut Rex avec un sourire. Tous les cinq réunis de nouveau à minuit ?

Il n'y eut pas de protestation.

— Hourra ! murmura Mélissa, mais au milieu du vacarme personne ne l'entendit.

Alors que Mélissa et Rex partaient en cours d'histoire, le maelström retomba derrière eux, et Mélissa retrouva un peu de sérénité. Comparé à la cantine, le reste du lycée était un océan de calme, et ses perceptions s'affinaient à chaque pas.

Mélissa avait lu un graffiti un jour sur le mur des toilettes d'une station de bus : *Ce qui ne me tue pas me rend plus fort.* La phrase l'avait marquée, surtout parce que c'était la chose la plus stupide qu'elle ait jamais lue. Ce qui ne vous tuait pas pouvait vous mutiler, vous laisser aveugle et sourd, vous rendre cinglé. Rien qu'on puisse vraiment considérer comme « plus fort ». Pourtant, le gars des toilettes n'avait pas tout à fait tort. Le fait de survivre, de ne pas se laisser annihiler par toutes ces années de tumulte mental du lycée par exemple, finissait parfois par payer. Accompagner la vague à la cantine au lieu de la combattre lui avait éclairci les idées, et Mélissa devait admettre qu'elle se sentait un peu plus forte.

En marchant, elle perçut une pointe de nervosité chez Rex.

— Relax, beau gosse. Depuis quand tu t'en fais pour une interro d'histoire ?

— Je vais la plier, ton interro, assura-t-il. C'est plutôt le manque de temps qui m'inquiète.

— Le manque de temps ? Pour quoi faire ?

— Nous avons fichu une belle pagaille chez Constanza. J'en ai entendu parler toute la journée. Les Grayfoot doivent se douter que nous sommes sur leur piste. Ils vont prendre des mesures contre nous.

— Peut-être, admit-elle. Dans ce cas on retourne la maison de Constanza de fond en comble, comme tu l'as dit.

Il s'arrêta pour la dévisager.

— Tu écoutais ?

Elle sourit.

— J'écoute toujours. J'essaie, en tout cas. Tu crois qu'on aura du mal à découvrir ce qu'ils nous mijotent ?

— Oh, oui. (Rex soupira.) On ne sait pas ce qu'on cherche, et les Grayfoot auront peut-être déjà fait le ménage à Bixby. Si nous ne trouvons rien vendredi, nous n'aurons plus qu'à nous rendre à Broken Arrow, où l'heure secrète ne nous protège plus. Et comme les parents de Jessica sont hyper sévères en ce moment, on ne peut pas l'emmener avec nous dans le temps réel.

— C'est une chose qui peut s'arranger, Rex.

Il secoua la tête.

— Non. On en a assez fait comme ça.

Mélissa perçut la saveur acide de la culpabilité chez Rex – l'illustration parfaite qu'une expérience, sans vous tuer, pouvait vous laisser dans un triste état.

— D'accord, si tu veux. Dess pourra peut-être nous aider. J'ai l'impression qu'elle est au bout de son fameux projet. Son ébullition cérébrale de ces derniers jours a été remplacée par un fort sentiment de satisfaction. Elle va bientôt chercher à se faire les dents sur autre chose. On pourrait lui montrer ce qu'on a trouvé dans la tête d'Angie.

— Oui... mais est-ce que ça ne va pas t'obliger à... ?

Elle la sentit de nouveau, cette émotion écœurante qu'elle avait perçue chez lui avant le combat de la nuit dernière, où se mêlaient ressentiment et possessivité.

Elle ralentit le pas, tressaillit et porta la main à son front.

— Rex, arrête.

Des élèves les dépassaient, en la bousculant au passage.

— Désolé.

Il l'entraîna loin du flot et l'adossa contre le mur.

Elle ouvrit les yeux, le souffle court.

— Comme si j'avais envie de faire ça.

L'idée de sentir les petits calculs de Dess bourdonner à l'intérieur de son cerveau la rendait malade.

Pourtant Rex se tenait là, à se mordre la lèvre si fort qu'elle en ressentait une souffrance.

— Et si c'était la seule manière de lui montrer ce que tu as trouvé ? insista-t-il.

Mélissa s'appuya de tout son long contre les casiers. Elle aurait bien voulu qu'il se débarrasse de cette obsession. Son cerveau retombait sans arrêt dans les mêmes ornières, comme s'il avait passé une nuit entière à mémoriser une formule. Elle se concentra sur la pression douloureuse du casier au creux de son dos.

— Pas uniquement les images, continua Rex, mais tout ce qui pourrait lui servir. Je suis incapable de retenir tous ces chiffres par cœur. Il y a surtout des symboles mathématiques dont je ne connais même pas le nom. Tu seras peut-être obligée de la toucher pour…

— Arrête ça ! s'écria-t-elle.

Les émotions de Rex l'étouffaient, lui écrasaient la poitrine à la manière d'un boa constrictor. Mélissa avait du mal à respirer. Le tumulte mental de sa jalousie était tout aussi fort que celui de la cantine, aussi envahissant, mais beaucoup plus personnel. Secouée de haut-le-cœur, elle sentit le monde s'estomper un moment.

Elle vit alors ce qui se cachait dans l'esprit de Rex, si profond que lui-même n'en avait pas conscience. Cela ne concernait pas vraiment Dess mais cette nuit, deux semaines auparavant, où elle avait pris la main de Jonathan. Ç'avait été atroce – elle sentait encore la surprise de l'acrobate à se retrouver en elle, la pitié qu'il avait éprouvée durant leur vol. Mais pour Rex, cela se résumait à une seule chose : avant de l'admettre dans son esprit, Mélissa s'était partagée avec l'homme volant, dont l'existence même constituait un affront permanent à son autorité.

Quand elle rouvrit les yeux, Rex la tenait dans ses bras, la tête tournée afin d'éviter le contact de sa joue. Le couloir s'était vidé, mais il restait encore quelques lycéens, qui les regardaient d'un drôle d'air.

Mélissa le repoussa. Elle avait les joues humides.

— Je ne te ferais jamais ça, Rex. Ça a été suffisamment horrible comme ça avec Jonathan.

— Tu n'auras peut-être pas le choix.

Elle regarda Rex dans les yeux, laissant ses émotions la traverser sans résistance. Savait-il combien de fois elle avait attrapé la migraine à cause d'une stupide querelle d'amoureux qui dégageaient cette même sensation de futilité, d'obsession et de vanité ? Mélissa avait encaissé plus que son compte de jalousie dans ces couloirs, et depuis des années. Elle ne tenait surtout pas à en supporter davantage de la part de Rex. Ne savait-il donc pas que si elle avait appris une chose depuis seize ans qu'elle explorait la tête des autres, c'est bien que trahir ses amis était un jeu de dupes ?

La sonnerie retentit. Rex était en retard pour son interrogation écrite.

— Tu n'auras peut-être pas le choix, répéta-t-il.

Elle secoua la tête.

— On a toujours le choix.

23 18h28

TRANSORBITAUX

La grande soirée spaghettis de Beth fit un retour inopiné.

À Chicago, Beth avait préparé le dîner tous les vendredis soir pendant quatre ans. Depuis l'âge de neuf ans, elle cuisinait la même sauce, utilisait la même taille de spaghettis (n° 18), et faisait respecter une règle simple : les membres de la famille étaient admis dans la cuisine, mais elle seule avait le droit de toucher à la nourriture avant le repas.

Quand l'arôme familier des tomates en train de mijoter s'infiltra dans la chambre de Jessica, celle-ci contempla avec stupéfaction le calendrier sur son bureau, puis jeta ses livres de physique et courut dans le couloir. Sa petite sœur se détourna de ses casseroles et lui lança un regard sévère pour l'avertir que la règle tenait toujours.

Jessica s'adossa au montant de la porte et sourit. La grande soirée spaghettis de Beth faisait partie de ces petites choses importantes égarées lors du déménagement, comme la notice du magnétoscope ou le gratte pare-brise de son père, et presque oubliées.

Mais au fond d'elle, Jessica s'aperçut soudain que ce rendez-vous lui avait manqué.

— Ça sent bon, dit-elle.

— *C'est* bon, rétorqua Beth.

Jessica aurait voulu traverser la cuisine et serrer sa sœur dans ses bras, mais les odeurs et cette vision de Beth au travail lui parurent trop fragiles pour être dérangées. Par ailleurs, s'approcher trop près des fourneaux risquait d'être interprété comme une infraction à la règle.

— Ne fais pas semblant d'être de mauvaise humeur, Beth.

— Ce n'est pas le cas.

— Tu ne fais pas semblant, ou tu n'es pas de mauvaise humeur ?

— Ni l'un ni l'autre.

Beth glissa un regard vers Acariciandote au poignet de Jessica, comme pour lui rappeler que cuisiner ses pâtes ne signifiait en rien qu'elle avait pardonné l'incident du placard.

Jessica soupira.

— Je t'ai dit que j'étais désolée.

Beth ne répondit pas. Ses seules représailles pour cette nuit-là avaient été deux jours de mutisme, mais ce traitement commençait à peser à Jessica. C'était l'atout suprême des petites sœurs braillardes : leur silence n'en devenait que plus terrifiant.

Un instant plus tard, cependant, Beth se retourna et proposa l'impensable :

— Tu veux goûter ?

Jessica demeura d'abord paralysée. Mais quand sa petite sœur tendit le bras, elle n'eut d'autre choix que de traverser la cuisine, en se demandant si la cuillère avait été trempée dans du Tabasco, de l'acide de batterie ou pire encore. Elle souffla dessus doucement ; une minuscule goutte rouge se décrocha pour s'écraser sur le carrelage blanc. L'aspect, l'odeur étaient bien ceux de la sauce à spaghettis. Jessica ferma les yeux et referma la bouche autour de la cuillère en bois.

La sauce n'était pas encore tout à fait prête, mais la saveur des oignons réduits l'emplit de soulagement. Il ne s'agissait donc pas d'une vengeance élaborée avec soin.

— Délicieux.

Beth hocha la tête.

— Je te l'avais dit. (Elle retourna à ses casseroles.) Bon, quand est-ce que tu me présentes ton copain ?

Jessica battit des cils.

— Jonathan ?

— Qui d'autre ?

— Heu, je ne sais pas. J'aurais pu aujourd'hui. Il m'a raccompagnée après le lycée.

Ces dernières paroles ravivèrent le souvenir d'Ernesto Grayfoot, mais Jessica le chassa de son esprit. Elle ne voulait pas gâcher ce moment.

— La prochaine fois, dis-lui d'entrer cinq minutes. Si je ne suis pas enfermée dans un placard ou ailleurs.

Jessica sourit.

— D'accord, Beth.

Enfin pardonnée.

Un tintement de clés leur parvint de l'entrée, et elles laissèrent tomber le sujet. Mais il continuait à flotter entre elles, comme un secret partagé.

Les bruits de pas s'interrompirent à la porte de la cuisine, et Jessica se retourna pour savourer l'expression stupéfaite de sa mère. Un sac d'épicerie battait contre sa hanche, et d'après les branches de céleri qui en émergeaient, on devinait que celle-ci allait devoir renoncer en toute hâte à son projet de dîner.

— Oh… j'avais acheté…

— Pas sur le plan de travail !

Jessica arracha des mains de sa mère les provisions de la discorde et les emporta en sécurité dans le salon.

— Maman, est-ce que je pourrais dormir chez Dess vendredi ?

— Qui est Dess ?

Beth leva le nez.

— Tu as une amie qui s'appelle Dess, Jess ?

— Quel stress, hein ? dit-elle avec un large sourire. En fait, elle s'appelle Desdémone. Elle est dans mon cours de trigo, et ce serait vraiment super si on pouvait passer une soirée ensemble, tu sais, pour réviser ?

Jessica posa les coudes sur la table et sourit, se demandant si elle n'avait pas un peu trop insisté sur ce dernier mot. Ce prétexte lui semblait le plus approprié pour jouer sur la culpabilité de sa mère. Après tout, ç'avait été son idée d'inscrire sa fille à ces cours supplémentaires à la suite du déménagement.

Mais l'esprit cartésien de l'ingénieur Day prit le dessus.

— Je croyais que tu avais déjà passé le dimanche à réviser avec Rex ?

— Bah, c'est de l'histoire ancienne.

— Peut-être, mais tu as quand même pris ton jour de permission pour y aller, Jessica.

— Non, je veux dire que c'était la semaine dernière.

— Je croyais que ton père avait dit que ça compterait pour cette semaine.

Elle indiqua le calendrier accroché au mur de la cuisine, sur lequel les semaines commençaient le dimanche et s'achevaient le samedi.

Jessica le fixa d'un air étonné.

— Jamais de la vie ! Dimanche fait partie du week-end, la *fin* de la semaine, là, on parle de la semaine *suivante*.

Sa mère ouvrit la bouche mais il n'en sortit qu'un soupir. Elle écarta les mains.

— Très bien. C'est d'accord.

Jessica ressentit une secousse, comme à bord d'une voiture en train de piler, ses arguments venant s'entasser tels des gamins sans ceinture sur la banquette arrière. (Première loi du mouvement, l'informa son nouveau lobe cervical de la physique.) Beth releva la tête de sa casserole d'eau frémissante pour leur jeter un regard acéré. Jamais leur mère n'aurait capitulé avec un tel argument à Chicago, avant que ses longues journées à Aerospace Oklahoma ne commencent à l'user. Au lieu d'exulter, Jessica se sentit désolée pour sa mère.

Elle s'efforça de sourire.

— Oh ! Super, c'est cool ! Et sinon, ton travail ?

Mme Day soupira.

— Ça va.

— Quoi, c'est tout ? Allez, maman. Tu y passes près de douze heures par jour. Tu dois forcément avoir des trucs à nous raconter. (Jessica haussa les épaules.) Votre nouvelle piste s'annonce bien ?

Sa mère la dévisagea d'un air perplexe.

— Notre nouvelle piste ?

— Oui, tu ne faisais pas partie d'un groupe de travail ? (Jessica tâcha de prendre une voix naturelle, comme si elles discutaient souvent de pistes d'atterrissage d'urgence.) J'ai entendu des élèves en parler au lycée. (Ce qui n'était pas tout à fait un mensonge.) Il paraît que certains s'opposeraient à sa construction ?

Sa mère acquiesça avec lassitude, puis se renversa en arrière la tête contre le mur de la cuisine.

— Au lycée aussi ? Seigneur. J'ai dû me battre toute la journée pour ce projet. On dirait que la ville entière est devenue folle. Et moi qui pensais que ce serait de la rigolade.

— Allez, raconte-nous.

— Eh bien… (Mme Day fronça les sourcils.) Je t'ai déjà parlé de l'inversion de poussée, je crois ?

— Oui, juste après l'histoire des bébés qui naissent dans les choux ou les roses, intervint Beth.

— Bien sûr, maman, répondit Jessica sans faire attention à sa sœur. C'est ce ronflement terrifiant qu'on entend juste après que l'avion touche le sol. Les réacteurs renversent leur poussée vers l'avant pour freiner l'appareil.

— C'est ça. Eh bien, et ne commencez pas à m'en faire toute une montagne parce que ça n'arrive pratiquement jamais...

— L'avion est plus sûr que la voiture. Pas vrai, maman ?

Mme Day ignora Beth.

— Bref, il arrive que le mécanisme d'inversion tombe en panne en plein ciel. Un voyant le signale en cabine, donc l'équipage est prévenu avant l'atterrissage et peut dérouter l'avion vers une piste spéciale – très, très longue. Il en existe à travers tout le pays mais surtout dans le centre. Et on en construit de nouvelles parce que cela pourrait devenir vital si... enfin... s'il fallait tout à coup faire atterrir tous les avions qui sont en vol. Vous comprenez ?

— Oui, maman, répondit Jessica sur un ton rassurant. Beth et moi sommes au courant pour les garçons, nous sommes au courant pour la drogue et nous sommes au courant pour le terrorisme.

Sa mère eut un sourire las.

— Alors, c'est bien. Tant que vous dites non aux trois.

— À deux des trois, marmonna Beth.

Jessica lui lança un regard noir mais l'eau s'était mise à bouillir dans la casserole, et Beth allait être occupée pendant les cinq prochaines minutes avec les spaghettis. Elle se retourna vers sa mère.

— Qui peut bien s'opposer à un projet pareil ?

— Au début, personne. Et puis d'un coup, on a vu s'enchaîner les annonces hostiles dans le *Bixby Register*. On pense que le mouvement a été initié par une famille de producteurs pétroliers de Broken Arrow qui voudrait bien forer à cet endroit. Ils doivent être cinglés. (Elle allongea un coup de pied à sa serviette en cuir posée par terre à côté d'elle.) D'après nos géologues, aucun endroit dans ces plaines salées ne vaut la peine d'être foré, miné, ni même examiné.

Le regard de Jessica dériva vers la serviette.

— Des rapports géologiques ? Cool.

— Je te demande pardon ?

— Je veux dire, heu, ça doit être intéressant à lire. (Pas pour une personne normalement constituée, peut-être, mais Dess aurait donné n'importe quoi pour un brouillon de carte avec des chiffres en rapport avec la piste. Elle passait ce soir avec Jonathan. Elle aurait une heure entière pour les compulser.) Vu que tout le monde en parle au lycée. Je pourrais peut-être faire un exposé là-dessus ?

Sa mère rit, avec un nouveau coup de pied dans sa serviette.

— Si le cœur t'en dit, bonne lecture ! Remarque, à en croire les Grayfoot, ça n'aurait rien à voir avec le pétrole. Ils harcèlent la mairie avec des histoires de bangs soniques et de crashs expérimentaux, comme si on construisait cette piste pour tester des vols transorbitaux.

— Oui, il me semble avoir entendu ça aussi. Heu... transorbitaux ? répéta doucement Jessica, en levant les doigts de la table l'un après l'autre.

Sa mère hocha la tête.

— Oui, je t'en ai déjà parlé. Des appareils qui volent en orbite basse, tu sais ? Ils peuvent relier New York à Tokyo en moins de…

— Treize !

— Quoi ?

Le sourire triomphant de Jessica s'effaça. Beth s'était retournée elle aussi pour la dévisager.

— Hum, rien, c'est juste qu'il y a, heu… treize lettres dans « transorbitaux ».

— Hein ? s'exclamèrent ensemble sa mère et sa sœur.

— Quelle est cette odeur fantastique ? tonna Donald Day depuis le seuil de la cuisine, en lâchant son sac de golf sur le sol dans un grand bruit de ferraille.

— Je vais mettre la table, s'empressa d'annoncer Jessica. Laisse-moi te débarrasser.

Elle souleva la lourde serviette et l'emporta dans le salon, à côté des commissions indésirables dans leur sac en plastique. Elle nota l'emplacement pour plus tard, en espérant que sa mère ne travaillerait pas ce soir en l'honneur de la première grande soirée spaghettis de Beth à Bixby.

24

15 h 48

UNE TASSE DE THÉ

— Ada, dit Dess.

Elle *vit* la connaissance disparaître. L'instant d'avant, la vieille bicoque recelait autant de fascination que de promesses et sa seule vision suscitait en elle un frisson de conspiratrice. Quelques secondes plus tard ce n'était plus qu'une maison comme une autre, dont les fenêtres masquées par des rideaux n'avaient aucune signification particulière, semblable aux vingtaines d'habitations tout aussi délabrées qu'elle avait longées en venant sans leur accorder un regard.

Elle avait beau ne rien se rappeler, Dess s'intéressa malgré tout à celle-ci. La géométrie précise de ses feuilles mortes et de sa terrasse branlante déclencha en elle un besoin soudain, inexplicable, de prononcer un nom à voix haute.

— Lovelace, murmura-t-elle.

La porte de son esprit se rouvrit, et Dess chancela. L'histoire secrète de Bixby lui revint d'un coup en mémoire – la voyante kidnappée, les survivants cachés, la convolution crépusculaire et la bataille perdue contre l'air conditionné – avec le souvenir des cartes et des graphiques qu'elle avait étudiés ici même, tout ce qu'elle avait appris dans ces archives. Et de ce flot de connaissances émergeait le plaisir de se rappeler que tout cela lui avait été révélé à elle, et à elle seule.

Dess sourit. Ouvrir et fermer la porte de son esprit était plutôt cool. Peut-être qu'un jour...

— Arrête ce petit jeu ! Tu me donnes mal à la tête.

Dess sursauta en s'entendant interpeller ainsi depuis la maison. Fallait-il vraiment que les télépathes soient tous aussi grognons ?

Elle remonta l'allée jonchée de feuilles et poussa la moustiquaire sans frapper. Se faire aboyer dessus valait bien une invitation à entrer.

— Attention à ta tête, prévint Madeleine en tirant sur une corde qui pendait du plafond.

L'escalier du grenier descendit dans un grincement de ressorts rouillés, telle la passerelle d'une soucoupe volante en fin de vie. Quand il toucha le sol, la vieille dame gravit les marches d'un pas vif et assuré.

Dess contempla d'un air dubitatif le plateau de thé qu'elle tenait à la main.

— Viens donc ! Ça va refroidir. Si je peux monter là-haut, une jeunette comme toi doit pouvoir y arriver.

Dess fronça les sourcils devant cette remarque injuste. Elle n'avait pas vu Madeleine porter quoi que ce soit de plus encombrant qu'un rouleau de papier. Néanmoins, elle posa le pied sur l'escalier, arrachant une protestation aux vieux ressorts. Une autre marche lui permit de trouver son équilibre. La vaisselle sur le plateau tressautait comme un dentier mécanique sur pattes.

— Allez, ma fille ! Ne traîne pas.

Quel était l'intérêt d'un grenier ici, en Oklahoma ? Dess aurait bien voulu le savoir. Ce devait être un four en été, et un piège à poussière toute l'année. Elle continua à monter marche après marche et parvint tout en haut, avec juste un moment de frayeur aveugle quand son centre de gravité faillit basculer et que le plateau la repoussa en arrière avant de la laisser poursuivre.

Une fois qu'elle eut franchi la trappe, Madeleine lui retira le plateau des mains en disant :

— Voilà très, très longtemps que je n'avais plus pris mon thé ici.

— On se demande pourquoi, marmonna Dess.

Mais quand elle découvrit le grenier, son agacement se changea en surprise. Dess s'attendait à un fouillis sans nom, comme dans le reste de la maison mais en pire. Pourtant l'endroit était quasiment vide, sans le moindre mobilier, sans rien à l'exception d'un tas de coussins dans un coin. Quelques rayons de soleil, qui tombaient en biais des petits vasistas, révélaient la poussière en suspension. Les poutres de la charpente se rejoignaient au-dessus de leurs têtes, leur laissant à peine la place de se tenir debout.

Courbée en deux, Madeleine emporta le plateau de thé près des coussins et entreprit de disposer la vaisselle.

— Ça devrait t'aider à mieux comprendre.

Elle lança le rouleau de papier à Dess.

En le déroulant, celle-ci reconnut aussitôt les plans de la maison, une élévation dessinée avant que la bâtisse ne commence à s'affaisser. Comme sur la carte de Bixby que lui avait montrée Madeleine, on y retrouvait les courants et les tourbillons de minuit, mais à une échelle permettant de distinguer le moindre détail. Dess sortit Géosynchrones pour vérifier chaque chiffre, convertissant les pieds et les pouces de l'ancien plan en mètres et centimètres de l'appareil moderne.

Elle réexamina le grenier. Ses dimensions lui apparaissaient clairement à présent, et son regard tomba sur le coin occupé par le plateau de thé. Bien sûr, juste là, à l'endroit où Madeleine avait placé son propre coussin…

— C'est d'ici que vous pratiquez votre télépathie ! s'écria Dess.

— Je savais que ta maîtrise des évidences ne te ferait pas défaut.

Dess ignora le sarcasme et scruta le diagramme, en s'immergeant dans sa géométrie. Rien d'étonnant à ce qu'on ait construit un grenier dans cette maison ! C'était le point précis d'où la convolution crépusculaire s'ouvrait sur le reste de minuit, un miroir sans tain derrière lequel Madeleine pouvait tout observer sans se montrer, et peut-être même…

— Dites, vous n'auriez pas donné un petit coup de pouce à mes amis avant-hier soir ? En leur glissant quelque chose dans la tête ?

Madeleine, en train de servir le thé, s'interrompit pour lui lancer un regard froid.

— Je n'ai pas eu le choix.

Dess haussa les sourcils.

— Oh, je crois qu'ils ont plutôt apprécié. Ou qu'ils l'auraient fait, s'ils avaient compris ce qui se passait. Sans l'arrivée de Jess, Rex et Mélissa étaient fichus.

— Nous sommes d'accord. Viens t'asseoir. (Madeleine emplit une deuxième tasse.) Du lait, sans sucre, c'est bien ça ?

— Tout à fait, répondit Dess.

Elle rejoignit les coussins en courbant la tête. L'odeur du breuvage lui retourna l'estomac. Vous parlez d'une télépathe ! Madeleine n'avait toujours pas compris qu'elle détestait le thé, même ici dans cet éden télépathique, ce saint des saints, ce sanctuaire psychique. Mais peut-être qu'en cet endroit l'esprit de Dess lui devenait inaccessible, justement. L'idée avait quelque chose de réconfortant.

— Avoir émis aussi loin, en plein minuit… (Madeleine secoua la tête.) Ils l'ont forcément senti.

— Mélissa, oui. Jonathan et Jessica aussi.

— Pas eux, idiote. Les anciens dans le désert.

— Oh, pardon.

Elle était de plus en plus grognon, décidément.

— Ils vont se lancer sur mes traces à présent.

Madeleine leva la tête et croisa son regard, la mine grave.

Dess acquiesça. Pas étonnant qu'elle soit de si méchante humeur. Le petit cafouillage de Rex et Mélissa chez Constanza lui avait coûté sa couverture psychique. Quarante-neuf ans de clandestinité fichus en l'air parce qu'ils n'avaient pas pris la peine de laisser un message plus détaillé au téléphone.

— Oui, ces deux-là n'ont pas les idées trop claires en ce moment, avoua Dess. Ils sont en plein déballage psychique et ça les fait agir de manière un peu… bizarre.

Madeleine lui jeta un regard noir.

— Je suis au courant. Et se figurer qu'il est mal de se toucher pour deux midnighters est d'une bêtise sans nom. Au contraire, ça aide Mélissa à mieux se contrôler. (Elle secoua la tête.) Si seulement j'avais pu les guider, ils auraient pu commencer depuis longtemps.

Dess fronça les sourcils, en se rappelant que Madeleine l'avait touchée elle aussi, quand elle était repartie le mardi soir. Un simple contact du bout des doigts sur sa joue lui avait suffi. C'est ainsi qu'elle avait installé la porte mentale qui protégeait les connaissances de Dess contre Mélissa.

Dess observa le tourbillon du lait dans son thé – la collision de deux galaxies, l'une claire, l'autre sombre.

— Oui, sauf que vous étiez trop occupée à vous cacher pour guider qui que ce soit.

Elle leva les yeux, se préparant à essuyer une repartie cinglante.

— C'est vrai, reconnut Madeleine.

Dess prit un peu de thé : une gorgée âcre adoucie par un arôme floral troublant. Elle plissa les lèvres. Pourquoi se retrouvait-elle chaque fois à boire ce truc infâme ? Encore cette satanée éducation.

Madeleine tourna sa cuillère dans son thé, et un tintement de métal et de porcelaine résonna à travers le grenier.

— Vous allez devenir beaucoup plus dangereux à leurs yeux s'ils soupçonnent que vous n'êtes plus orphelins. Ils risquent d'avancer leurs pions plus tôt que je ne craignais.

— Avancer leurs pions, répéta Dess d'un ton sec.

Rex n'arrêtait pas d'employer cette image lui aussi, comme si tout cela n'était qu'une vaste partie d'échecs.

— Oui, c'est pour ça que je t'ai appelée aujourd'hui.

— Vous m'avez appelée… ? ricana Dess. Tiens, je pensais que venir ici était mon idée.

La nuit dernière, Jessica et Jonathan s'étaient présentés durant l'heure secrète avec un monceau de rapports géologiques d'Aerospace Oklahoma, incluant une carte détaillée du projet de piste d'atterrissage. En étude ce matin-là, Dess avait soudain réalisé qu'elle pourrait croiser les renseignements de Jessica avec les archives de Madeleine.

Mais peut-être que c'était Madeleine qui le lui avait suggéré à distance, tout comme elle avait soufflé à Jonathan le chemin de la maison de Constanza.

Dess fronça les sourcils. S'il s'agissait d'une partie d'échecs, elle avait l'impression d'être un simple pion. Ce qui était nul. Si elle avait travaillé si dur sur les coordonnées de minuit, c'est parce qu'elle voulait posséder son propre truc, une part de minuit distincte des leurs, tout comme les autres avaient leurs propres réalités de couples.

Elle prit une grande gorgée de thé. L'amertume du breuvage convenait à merveille à son état d'esprit.

— Les télépathes sont-ils tous aussi manipulateurs ?

Madeleine haussa un sourcil.

— Manipulateurs ?

— Ben, oui. Peut-être que les darklings vous ont complètement oubliée. Peut-être que vous restez cachée là parce que vous aimez tirer les ficelles dans l'ombre. Et de temps en temps – quand vous y êtes obligée –, vous sortez du bois pour nous aider.

— Vous aider ? Je ne me contente pas de vous aider, jeune fille. Je vous ai *créés*.

Dess battit des cils.

— Redites-moi ça ?

Madeleine reposa sa tasse et sa soucoupe sur le plateau, avec une expression si intimidante que Dess se tortilla sur son coussin. *Une télépathe peut-elle vraiment agir sur vous rien qu'en vous touchant ?* se demanda-t-elle. Madeleine avait implanté un blocage mental dans son cerveau d'un simple frôlement ; lui suffirait-il de tendre le bras pardessus le plateau et d'appuyer sur la touche « effacer » pour la transformer en légume ? Dess crispa les doigts, chercha le poids rassurant de Géosynchrones dans la poche de son blouson.

— Combien y a-t-il de secondes dans une journée, Dess ? demanda Madeleine d'une voix douce.

— Quatre-vingt-six mille quatre cents, répondit-elle machinalement. Quand même.

— Et combien de nouveaux ont débarqué au lycée de Bixby durant les trois dernières années ?

Dess haussa les épaules.

— Je ne sais pas... dix ?

— Et parmi eux, combien étaient des midnighters ?

Dess eut alors un terrible choc. *Deux... Jessica et Jonathan.*

— Oh, mince.

Son cerveau s'emballa, se mit à calculer les probabilités. Tout dépendait de savoir avec quelle marge d'erreur il fallait naître à minuit pile pour voir l'heure secrète. Mais quand bien même il suffirait de venir au monde à moins d'une minute près, cela ne concernait qu'une personne sur sept cent vingt, pas deux sur dix. Et si la naissance devait avoir lieu à une seconde près, la cote s'envolait à près de quarante mille contre un, ce qui mettait les chances de voir débarquer deux midnighters coup sur coup à un virgule six milliard contre un. Autrement dit, deux sur dix représentaient... une grosse, grosse improbabilité.

Dess comprit avec une horreur croissante qu'elle avait commis une erreur impardonnable ; elle haïssait ce comportement, elle le critiquait tous les jours, auprès de qui voulait l'entendre...

Elle n'avait rien calculé.

— Au temps pour ma fameuse maîtrise des évidences, maugréa-t-elle.

Elle songea à la mère de Jessica et au poste inespéré qu'elle avait obtenu chez Aerospace Oklahoma, au père de Jonathan et à ses ennuis avec la police, qui l'avaient contraint à quitter Philadelphie... comme si quelqu'un de sensé viendrait s'installer à Bixby pour être loin des flics.

Elle lança un regard irrité à la vieille dame par-dessus le plateau de thé.

— Vous manipulez tout le monde depuis le début.

Madeleine sourit.

— Et nous trois? continua Dess. Tous nés à Bixby à moins d'un an d'intervalle? Ça doit demander une sacrée anomalie stochastique, du même calibre que l'aplatissement des dinosaures par une météorite!

— À minuit, je dois rester très discrète, dit Madeleine d'une voix douce. Mais voilà bien des années, je pouvais encore utiliser mon talent librement durant le reste de la journée. Une femme qui accouche devient très vulnérable aux suggestions. Il lui suffit de pousser au bon moment...

Dess sentit la nausée monter en elle. Le mot *pion* était encore trop gentil. Elle retira toutes les méchancetés qu'elle avait pu dire sur Mélissa parce que ici même, en cet instant précis, elle était en train de prendre le thé avec la pire reine des garces de tous les temps.

— Ça ne fonctionne qu'une fois sur cent, admit Madeleine. Chacun de ces succès me laissait à bout de forces.

— Mais Jonathan et Jessica sont nés à des centaines de kilomètres... Ne me dites pas que vous pouvez influencer des gens jusqu'à Chicago?

— Depuis cette contorsion, je peux sentir les midnighters potentiels à travers tout le continent. J'ai tout de suite su que Jessica serait spéciale. Et à mon âge, je n'ai plus besoin d'être en contact avec un diurne pour orienter ses pensées. Mais c'est ici, à Bixby, que j'ai accompli le gros du travail, en veillant à ce que certains dirigeants d'Aerospace Oklahoma développent une excellente opinion de la mère de Jessica.

Dess plissa les yeux.

— Ce ne serait pas plus ou moins au même moment que son père s'est fait licencier ?

— Il l'aurait été tôt ou tard. (Madeleine renifla.) Pas besoin d'être télépathe pour couler une société qui s'appelle Cyberwinners.

Dess en avait la chair de poule. L'idée d'avoir été manipulée ainsi... *créée* par cette vieille dame, lui donnait envie de dévaler l'escalier et de s'enfuir loin de cette maison. Mais il lui restait une question à poser.

— Pourquoi avoir fait tout ça ?

— Pour Rex, pour sauver l'ancien savoir.

— Comment ça, pour Rex ?

— Il est plus vieux que Mélissa et toi. Et il est né à minuit tout seul, sans mon intervention. L'arrivée d'un voyant m'offrait l'occasion de reconstituer une nouvelle génération. Seul, il aurait sans doute sombré dans la folie. Il avait besoin d'un groupe à diriger, qui puisse également le défendre contre les ténèbres.

Dess se souvint de Rex lui parlant des marques qu'il était seul à voir, de sa conviction qu'il était fou et que le monde bleu immobile n'était qu'un rêve. Elle se remémora son propre sentiment d'isolement avant que Mélissa ne finisse par la trouver. Une vie entière de midnighter solitaire lui aurait été insupportable.

Bien sûr, Madeleine savait mieux que quiconque ce qu'on éprouvait à affronter l'heure secrète toute seule...

— Alors, vous nous avez tous réunis uniquement pour Rex ?

— Les télépathes ont toujours recruté des midnighters de très loin, Dess. Et depuis des milliers d'années. Les anciennes tribus envoyaient leurs guerriers kidnapper les jeunes enfants doués d'un talent. Au siècle dernier, on se contentait d'un télégramme sous forme d'offre d'emploi. Ma propre mère a débarqué ici en tant qu'institutrice alors que j'étais encore un bébé. Nous sommes dans une cuvette de poussière, Dess. L'endroit n'a jamais attiré grand monde.

— Oh. (Elle but une petite gorgée de thé. Son cerveau continuait à tourner à plein régime.) Je n'avais pas... calculé tout ça.

Un long silence s'ensuivit, durant lequel Dess s'efforça de réprimer cette sensation d'être un pantin. Bixby était une toute petite ville – bien sûr qu'il fallait chercher des midnighters à l'extérieur. Sans quoi, il n'y en aurait guère eu qu'un toutes les deux ou trois décennies, à déambuler seul à travers l'heure secrète, sans jamais vraiment savoir si elle était réelle ou non.

Perdue dans ses pensées, Dess se sentit gagnée par l'éventualité, faible mais perceptible, qu'elle puisse commencer à apprécier le thé au lait. Elle se demanda si Madeleine n'était pas en train de jouer avec son esprit en ce moment même, à reconfigurer ses neurones un à un, jusqu'à ce que ses papilles gustatives donnent la réponse adéquate.

À moins qu'il ne se produise avec le thé la même chose qu'avec les découvertes les plus terribles, ou l'accumulation de mauvaises nouvelles, à savoir qu'on finissait par s'y habituer.

— Très bien, que devons-nous faire pour nous en sortir vivants? demanda Dess au bout d'un moment. Je ne voudrais surtout pas voir vos seize années d'investissement s'envoler en fumée.

— Surtout pas, approuva Madeleine. Ce que je vous demande est très simple : il faut mettre un terme à la menace que représentent les Grayfoot.

Dess renifla.

— Oh, rien que ça...

— C'est plus facile que tu ne l'imagines, Desdémone. Anathéa s'étiole.

— Pourquoi? Elle ne vit qu'une heure par jour, ces cinquante dernières années ont dû lui en paraître deux, non?

— Ils l'ont kidnappée trop jeune. La part humaine de son corps se fait dévorer par la part darkling. Elle morte, les darklings n'auront plus aucun moyen de communiquer avec leurs alliés humains. Et avec la présence du porte-flambeau, ici, à Bixby, ils n'oseront plus s'en prendre à nous. Je serai enfin libre.

Dess écarquilla les yeux. Peut-être était-ce la vraie motivation de Madeleine depuis toujours. Non pas sauver

Rex, mais lever sa propre armée afin de la délivrer de sa contorsion crépusculaire.

— Donc, il nous suffit d'attendre la mort de l'hybride ?

Madeleine secoua la tête.

— Ils en engendreraient un autre avec mon Rex. Il faut faire en sorte d'empêcher cela une fois pour toutes.

Dess frissonna.

— Comment ?

Madeleine inclina la tête en arrière, les yeux clos. Pendant un moment elle ressembla à Mélissa en pleine projection télépathique – même expression sensuelle et, cependant, inhumaine et lointaine.

— Fusionner un humain et un darkling est une affaire délicate. Le lieu de la transformation d'Anathéa est certainement spécial, aussi unique que celui où nous sommes en ce moment. Vous devrez y conduire Jessica et le raser jusqu'au sol grâce au pouvoir du porte-flambeau. Une fois balayé par la lumière blanche, il sera hors d'usage. (Elle rouvrit les yeux.) Ils ne pourront plus jamais créer d'hybride.

— D'accord, dit Dess. Indiquez-moi l'endroit.

Madeleine haussa les épaules.

— J'ai bien peur qu'il ne figure pas sur les anciennes cartes. Vous allez devoir le trouver par vous-mêmes.

Dess se mordilla la lèvre, en se rappelant les cartes et documents que Jessica et Jonathan lui avaient apportés la nuit précédente, la trace noire de la piste d'atterrissage qui barrait le désert, brisant les courants et tourbillons de minuit par sa géométrie toute simple. Et soudain, sans savoir précisément où se trouvait leur objectif, Dess comprit ce qui engendrait une telle panique chez les darklings.

— Vous êtes au courant, pour la piste ? s'enquit-elle.

Madeleine hocha la tête en souriant, avec l'air majestueux d'un chat.

— Bravo, Desdémone. N'est-ce pas un sentiment délicieux de découvrir que ta maîtrise peut aussi s'étendre au-delà des évidences ?

Sur le chemin du retour, Dess se demanda pourquoi elle aidait Madeleine.

La vieille dame l'avait baladée comme un chien en laisse, en manipulant ses rêves sans lui demander la permission. Elle avait isolé une portion de la mémoire de Dess et l'avait bouclée à double tour afin de se protéger des darklings. Et elle avait influencé la mère de Dess au moment où celle-ci était la plus vulnérable, en lui donnant une petite poussée pour qu'elle accouche à minuit pile.

Phénomène qu'elle avait d'ailleurs reproduit des centaines de fois, en déclenchant d'innombrables naissances aux alentours de onze heures cinquante-neuf ou minuit une – légèrement en dehors de la fourchette visée –, tout cela pour constituer un groupe à l'intention de son Rex chéri.

Une voiture passa, chassant un peu de gravier qui vint tinter contre le vélo de Dess. Son ombre s'étendait loin devant elle ; les derniers rayons du soleil cesseraient bientôt de lui chauffer le dos. Elle allait encore rentrer chez elle dans le noir et dans le froid.

En pensant à sa maison, Dess se demanda un moment ce qu'aurait été sa vie si elle était née à onze heure cinquante-neuf au lieu de minuit. Serait-elle aussi à l'aise avec les chiffres ? Les polymathes étaient peut-être doués pour les maths de toute manière, quelle que soit l'heure de leur naissance. Mais ça n'aurait pas été pareil. Bien sûr, elle aurait toujours pu bâtir des ponts, concevoir des jeux informatiques ou lancer des fusées dans l'espace, mais hors de l'heure secrète, les maths n'étaient qu'un outil d'ingénieur. Même s'il s'agissait d'un magnifique outil, une musique immobile de valeurs, de ratios et de schémas.

Alors que dans le temps bleu, les maths, *c'était du pur plaisir.*

Ç'aurait été nul de naître sans cela. Elle n'aurait été qu'une gosse de plus vivant à côté d'un parc de caravanes. D'accord, elle aurait aligné les A en trigonométrie et toujours su qu'un jour elle quitterait ce trou paumé pour faire fortune à la Bourse ou ailleurs.

Mais elle n'aurait jamais forgé une arme telle que Resplendissantes Illustrations Méningitiques, ni tué un darkling avec. Dans le monde diurne, il n'y avait plus de créatures à combattre.

Peut-être était-ce pour cette raison qu'elle aidait Madeleine. La vieille dame avait beau être une garce manipulatrice, Dess n'imaginait pas vivre dans une autre réalité que celle créée par ces manipulations. En un sens, Dess lui était redevable.

De sa vie, telle qu'elle la connaissait.

C'est pourquoi à la porte, quand Madeleine lui avait demandé si elle pouvait la toucher de nouveau, Dess avait dit oui.

— Rien qu'une petite information, une protection au cas où Mélissa essaierait de t'atteindre. Un truc à lui jeter à la figure.

Dess cessa de pédaler. Son vélo s'arrêta de lui-même tandis qu'elle fixait le sol en respirant fort, tâchant de maîtriser les soubresauts de son estomac. Mais en fin de compte, elle laissa tomber le vélo sur l'asphalte et courut sur le bas-côté vomir son déjeuner.

Avaient-ils vraiment fait ce que prétendait Madeleine ? Alors qu'ils n'avaient que douze ans ?

Dess secoua la tête, arracha une poignée d'herbe et s'essuya la bouche. Elle n'avait plus grand-chose dans l'estomac mais ne voulait pas ramener ce goût à la maison. Il faisait presque nuit à présent, et le vent se levait.

— Ada, dit-elle.

Le souvenir s'effaça sans peine. Elle le sentait encore à portée de main, cependant, prêt à l'usage le jour où elle aurait besoin de descendre en flammes Rex et Mélissa.

25

20 h 44

LE DOMAINE DES ARAIGNÉES

— Tiens, papa. Tes médicaments.

Rex s'agenouilla près de son père, tenant à deux mains le minuscule godet en papier contenant ses pilules. M. Greene leva de la télé des yeux vitreux, emplis comme toujours d'anxiété et de suspicion. Mais il prit le godet d'une main tremblante, le porta à ses lèvres et le renversa en arrière. Rex se fit la réflexion qu'avaler ses pilules à sec était l'une des rares choses que son père avait apprise depuis l'accident.

— C'est parfait, papa.

Un souci de moins dans l'immédiat. Mélissa devait passer le prendre à dix heures pour se rendre chez Constanza, et avec la pilule jaune supplémentaire qu'il avait glissée dans le mélange, son père resterait bien tranquille jusqu'à minuit et après. Rex n'aimait pas modifier les prescriptions de son père, mais il y avait plus de risques à le laisser seul à la nuit tombée qu'à lui administrer un sédatif supplémentaire.

— Tu n'as pas vu mes… ? Mes… ?

— Elles ne doivent pas être loin, dit Rex, qui se releva et quitta la pièce.

Daguerréotype l'attendait devant sa gamelle dans la cuisine et se frottait le menton sur le coin du plan de travail.

— Gros malin, murmura Rex. (Le bruit des boîtes de pilules qu'on ouvrait ne manquait jamais de faire accourir le vieux matou.) Tu as raison, papa a été servi, c'est ton tour maintenant.

Il ouvrit une boîte de sardines. Quand il sentit l'huile et le poisson, le chat se mit à tourner en rond. Rex préleva une sardine dégoulinante dans la boîte et l'agita par la queue. Daguerréotype leva la patte sans enthousiasme, puis miaula fort avec un regard de reproche en direction de sa gamelle.

— Tu n'as pas envie de jouer, hein, mon vieux Daggy ?

— Miiiaou, lui répondit le chat.

Le repas était une affaire sérieuse.

Rex enfourna la sardine dans sa propre bouche et renversa les six autres, qui s'écrasèrent dans la gamelle avec un « splatch » huileux. Il contempla un moment le carnage qu'en faisait le chat puis s'essuya les mains, décrocha le téléphone et composa un numéro.

— Oui ?

— Est-ce que Dess est là ? demanda-t-il.

— C'est moi, Rex. Le chien de chasse est dans la place.

— Quoi ?

Dess soupira.

— Jessica est là depuis cet après-midi. On sera prêtes toutes les deux à dix heures et demie, arsenalisées jusqu'au bout des ongles, comme on avait dit. Tu as besoin de parler à Jess ? Parce qu'on travaille sur un truc, là.

— Non, c'est bon. On se voit dans…

Il tourna son poignet pour noter l'heure exacte.

— À tout à l'heure, Rexou.

Elle raccrocha. Rex soupira. Cette expédition chez Constanza lui avait paru excitante sur le moment – se réunir tous à minuit pour la première fois depuis que Jessica avait découvert son talent. Mais là, le soir venu, Rex ne songeait plus qu'aux cinq personnalités avec lesquelles il allait devoir jongler toute la nuit, tout en veillant à ce que personne ne se fasse tuer.

— Pourquoi n'es-tu pas né à minuit, Dag ? Tu aurais pu me remplacer.

Le chat s'interrompit pour le regarder, puis replongea le museau dans sa gamelle.

Le coup de téléphone, c'était réglé. Il avait déjà prévenu Mélissa et ne voyait pas l'intérêt d'appeler Martinez. Sachant que Jessica courait un danger, Jonathan serait là à l'heure, voire en avance.

Il passa dans sa chambre pour se préparer.

Dess apporterait les armes, aussi Rex évita de trop remplir son sac à dos. Il y glissa juste le dossier subtilisé au père de Constanza, une boussole, des piles de rechange, un billet de vingt dollars tout froissé pour l'essence, et un anti-venin (inefficace contre les grouilleurs, mais très utile en cas de morsure de serpent). Enfin, il fourra une lampe torche supplémentaire dans la poche de son blouson – surtout pour s'éclairer, mais sur laquelle était tout de même écrit INTERPOLATION en lettres majuscules, au cas où Jessica aurait à s'en servir.

Déchiffrer l'ancien savoir ou voir les signes de minuit n'était rien, songea Rex. Sa vraie mission tenait là : s'assurer que quelqu'un ait pensé à tout. Il rajouta dans son sac un flacon d'alcool à quatre-vingt-dix et des pansements.

Il entendit un véhicule s'arrêter devant chez lui. Il fronça les sourcils. Il n'attendait pas Mélissa avant une bonne heure, et ce n'était vraiment pas le soir pour l'une des visites surprises de sa mère. Il arrivait qu'elle descende de Norman certains week-ends, pour lui donner des conseils (et parfois de l'argent, plus utile) et se persuader qu'elle n'avait pas totalement abandonné le navire après l'accident de papa.

Rex reprit en silence le couloir obscur jusqu'au salon. Son père ne dormait pas encore – ses yeux laiteux brillaient à la lueur vacillante de la télé – mais la pilule jaune faisait déjà son effet et il ne fit aucune allusion à ses araignées. Rex frôla de l'épaule le terrarium vide, imaginant des formes grouillantes derrière le verre rayé. Il nota distraitement que le salon semblait plus sombre que d'habitude.

Il alla jeter un coup d'œil à la fenêtre, en priant pour ne pas découvrir la Cadillac rose Mary Kay de sa mère dans l'allée.

Deux fourgonnettes étaient garées le long du trottoir. Leurs portes coulissantes vomissaient des silhouettes en habits noirs, six ou sept, qui se déployèrent en un temps record sur le gazon pour encercler la maison.

Rex observa la scène, pétrifié. Trop tard, il comprit pourquoi il faisait si sombre dans le salon. Il y manquait le carré de lumière blanche qui se déversait d'ordinaire par la fenêtre de façade. Le lampadaire était cassé.

Il s'arracha non sans mal à la vision stupéfiante de ses assaillants. Tout en remontant le couloir – d'abord lentement, puis au pas de course –, Rex admit peu à peu que ce qu'il avait vu par la fenêtre n'avait rien d'imaginaire. Ces gens venaient vraiment pour lui.

Il aurait dû s'y attendre. Mélissa l'avait prévenu que l'hybride était en train de s'affaiblir ; les darklings devaient en créer un autre avant qu'elle ne meure, sous peine de perdre à tout jamais le lien avec leurs agents humains. Sans doute aurait-il préféré se débarrasser de Jessica avant de lui envoyer leurs adorateurs, mais Rex leur avait compliqué la tâche en leur chipant des dominos. Et maintenant, désespérés, ils n'avaient plus qu'une seule solution : emporter Rex Greene dans le désert pour le transformer sans plus attendre.

Dans sa chambre il enfila son manteau, attrapa son sac à dos, éteignit la lampe sur son bureau et fit deux pas vers la porte avant de réaliser qu'il était pieds nus. Il balaya du regard la pièce plongée dans la pénombre, cherchant ses bottes parmi les piles de livres, de documents et de vêtements sales.

Pas ici. Exact, il les avait laissées devant la porte de derrière.

Il courut dans la cuisine en catimini, guettant les pas de ses agresseurs. Le plus terrible, c'est que l'on n'entendait pas un bruit, pas une voiture dans la rue, pas même le gémissement du vent dans les arbres. Rex éteignit dans la cuisine et regarda par-dessus ses lunettes. Même dans l'obscurité, ses bottes se détachaient, soulignées par l'Empreinte des grouilleurs qu'il avait piétinés chez Constanza.

Il s'assit par terre, dos à la porte, pour les enfiler.

Il était enfin prêt à courir.

Rex resta assis, se demandant jusqu'où il pouvait espérer aller. Il était déjà essoufflé, alors que les silhouettes aperçues par la fenêtre se déplaçaient avec tant d'assurance. Il se souvint de la recommandation de Mélissa : *Procure-toi du poison.* Sur le moment, il avait pensé qu'elle dramatisait. Mais, insidieusement, l'idée s'imposa à lui qu'il aurait mieux fait de l'écouter…

La nuit était silencieuse, à peine troublée par le bourdonnement léger d'un match de basket à la télévision. Au moins, le père de Rex devait être en train de s'assoupir.

La maison se trouvait plongée dans l'obscurité. Le seul atout de Rex était sa photophobie de midnighter. Il pouvait voir dans le noir.

Un son parvint enfin à ses oreilles. On frappait à la porte.

Rex ferma les yeux. Les coups reprirent, plus forts, et son père émit un vague grognement irrité : *Quelqu'un pourrait-il se décider à ouvrir ?*

Pourquoi frappaient-ils ? Pendant un instant, Rex s'efforça de se convaincre qu'il se montrait inutilement paranoïaque. Peut-être s'agissait-il de deux fourgonnettes de touristes égarés, qui voulaient demander leur chemin ? Il lutta contre l'envie d'aller ouvrir. Il lui serait si facile de faire comme s'il ignorait qui étaient ces gens, pourquoi ils étaient là. De se contenter de leur ouvrir la porte.

Personne ne saurait qu'il avait baissé les armes.

Rex se releva doucement et jeta un coup d'œil par la fenêtre de la cuisine. Le jardin paraissait vide, hormis son tas habituel de ferraille rouillée. Un mouvement retint l'attention de Rex. Le pneu de sa vieille balançoire, qui oscillait au gré du vent.

Ils l'attendaient aussi de ce côté-là.

D'autres coups retentirent à la porte. Impatients.

Rex décrocha le combiné du téléphone et le colla à son oreille. Pas de tonalité ; ils avaient non seulement cassé le lampadaire, mais aussi coupé la ligne.

Il s'accroupit de nouveau, passant en revue les innombrables fois où il avait tenté d'échapper à la colère de son père, les ruses qu'il employait avant l'accident. Il savait autrefois grimper sur le toit par la fenêtre de sa chambre, mais celle-ci était désormais obstruée par des étagères de livres. La cachette sous l'évier était toujours là, mais après quatre ans de croissance, il était trop grand pour s'y glisser.

Puis Rex se souvint du vide sanitaire sous la maison, où son chien Magnétosphère avait l'habitude de se réfugier en été pour trouver un peu de fraîcheur, et où il avait fini par mourir. Le souvenir de ce renfoncement froid et humide lui donna la chair de poule. Comment l'atteindre, de toute manière ? Il devait d'abord sortir de la maison.

C'est alors qu'il repensa à la fenêtre de la salle de bains.

Rex se repliait souvent dans cette pièce quand son père commençait à se mettre en rogne. C'était le seul endroit de la maison qui comporte un loquet, et la fenêtre était tout juste assez grande pour permettre à un enfant de se faufiler au-dehors. Mais cela remontait à quatre ans. Rex se demanda s'il pourrait encore passer par là.

Ses agresseurs l'attendraient-ils dans le passage étroit le long de la maison ? Aucune porte ne donnait de ce côté, ni aucune autre fenêtre.

Il se leva en refoulant le souvenir de ses peurs enfantines. C'était sa seule chance. Et Rex était trop grand désormais pour s'effrayer des mensonges de son père : il savait fort bien que les araignées ne sortaient pas de sous la maison.

Rex ne se déplaçait plus à pas de loup. Ses bottes résonnaient dans le couloir et faisaient grincer les lattes du plancher. Il redevint silencieux sur le carrelage de la salle de bains et s'arrêta pour tendre l'oreille. Les coups à la porte avaient cessé.

Un raclement métallique lui parvint alors depuis le salon. On essayait de crocheter la serrure. Ce bruit lui fit grincer des dents ; Rex regretta presque qu'ils ne se contentent pas d'enfoncer la porte au lieu de prendre leur temps.

Mais bien sûr, ils l'avaient encerclé, coupé de toute possibilité d'appeler à l'aide. À quoi bon se presser ?

Il débloqua la fenêtre de la salle de bains et la souleva avec lenteur, en s'appliquant à ne pas faire de bruit. Contracté par le froid automnal, le bois coulissa sans résistance. Un pied sur le siège des toilettes, Rex se hissa et passa la tête à l'extérieur.

Le passage entre les deux maisons était désert. Les adorateurs des darklings avaient dû se poster devant et derrière. Ils ne s'attendaient sûrement pas à voir Rex se glisser sous la maison. Rex entendit gronder le chien des Gudderson derrière la porte voisine, et sourit. Bien sûr que ses assaillants préféraient rester à bonne distance du vieux rottweiler. L'animal guettait toujours la moindre occasion d'aboyer comme un fou.

En se hissant plus avant, il découvrit que ses épaules s'encadraient dans l'ouverture à condition de se placer en diagonale. Le reste de son corps passerait sûrement ? Il se vit rester coincé au niveau de la taille, mais chassa cette image de son esprit.

Il se repoussa à l'intérieur, fit passer son sac à dos par la fenêtre et le lâcha doucement dans l'herbe. Puis, les deux pieds sur le siège des toilettes et les mains sur le rebord, il hésita…

Les dominos, les symboles de l'ancien savoir dérobés dans le manoir aux darklings – il n'avait vu aucune raison de les emporter avec lui ce soir, et ils étaient restés sur son bureau, bien en vue. Même s'il parvenait à s'échapper, les adorateurs des darklings les récupéreraient. Ils auraient de nouveau le symbole du porte-flambeau, et pourraient se lancer sur les traces de Jessica. Elle avait toujours été leur cible, après tout.

Il hésita encore quelques secondes, guettant d'autres sons que ceux qui provenaient de la télé. Ses assaillants étaient-ils déjà à l'intérieur ? Ou bien avait-il le temps de retourner chercher les dominos ? La salle de bains jouxtait sa chambre ; cela lui prendrait à peine trente secondes.

Rex soupira. Il ne pouvait pas mettre Jessica en danger pour se sauver. Il se laissa redescendre avec prudence jusqu'au sol, un pied après l'autre.

De retour dans le couloir obscur, il ne vit rien. Mais son père émit un petit cri, qu'il reconnut aussitôt, habitué depuis des années à interpréter ses grognements : il traduisait la perplexité suscitée par un visage inconnu. Ils étaient à l'intérieur.

Rex couvrit les quelques pas qui le séparaient de sa chambre, en grimaçant à chaque grincement du plancher. Il rafla les dominos sur son bureau puis hésita de nouveau devant Interpolation Sacrificielle Machiavélique, un coupe-papier que Mélissa lui avait offert le mois dernier. En tant qu'arme diurne, il était inutile. Mais s'il était capturé ce soir, il pourrait peut-être transmettre un message…

Il saisit le coupe-papier et pressa le métal froid contre son front, en tâchant d'y mettre toute la terreur et l'angoisse qu'il éprouvait. Il se vit déshabillé de force, mutilé, sa chair fusionnée avec celle d'un darkling, asservi mentalement à ses ennemis.

Puis il posa la pointe du coupe-papier contre le bois tendre du bureau et l'y enfonça de toutes ses forces, au point que la poignée vibrait comme une flèche quand il ôta sa main.

Un bruit lui parvint depuis le salon, une protestation étouffée. Rex avala sa salive. Ils n'allaient tout de même pas faire du mal à son père ? Bien sûr, ils ignoraient qu'il était drogué, totalement incapable d'alerter qui que ce soit.

Rex refoula toute préoccupation concernant le sort de son père. S'ils voulaient perdre quelques instants à maîtriser le vieux salopard, tant pis.

Il se glissa hors de sa chambre et fit deux pas dans le couloir. Il n'était plus qu'à une foulée de la salle de bains quand sa cheville heurta une masse tendre et plaintive.

— Mrrrraou ?

Rex s'arrêta devant la salle de bains.

— Chut, Dag, murmura-t-il.

Un bruit de pas s'éleva derrière lui, à l'autre bout du couloir. Rex ne se retourna pas. Avec la fenêtre ouverte à la clarté lunaire, il savait qu'il se découpait dans l'encadrement de la porte.

— Rex Greene ? appela une voix.

L'heure n'était plus à la discrétion.

Il s'avança, claqua la porte de la salle de bains derrière lui, tira le loquet puis bondit sur le siège des toilettes et enfonça la tête et les bras dans la gueule béante de la fenêtre.

À moitié sorti, Rex parvint à un point d'équilibre douloureux, le ventre coupé par le rebord de la fenêtre et le sang qui lui montait à la tête tandis qu'il oscillait dans le vide. Le moment se prolongea, sans que la gravité parvienne à le résoudre... Ses hanches étaient coincées.

Rex sut soudain pourquoi : ses épaules passaient tout juste en diagonale, mais il se trouvait maintenant de face en travers de la fenêtre. Il s'efforça de se tortiller sur le côté, de tourner d'un quart de tour afin de pouvoir glisser à l'extérieur, mais ses mouvements ne firent que débloquer la fenêtre qui retomba sur lui, en le coinçant encore plus.

Un craquement sourd retentit à ses oreilles – on venait d'enfoncer la porte de la salle de bains. Ses agresseurs aussi avaient renoncé à la discrétion.

Rex sentit une main lui empoigner la cheville et décocha des ruades en cherchant désespérément une prise sur la cloison en aluminium de la maison. L'une de ses bottes toucha quelque chose, et un grondement horrible jaillit de la fenêtre. Le choc lui procura les quelques centimètres d'élan qui lui manquaient, et ses hanches se libérèrent.

Le sol se rapprocha à toute vitesse...

Une vive douleur explosa dans son épaule, et le monde se troubla tandis qu'il tombait en basculant. Un moment désorienté, Rex se retrouva sur le dos, le souffle coupé. Il se redressa sur un coude pour regarder autour de lui. Pas de silhouettes noires en vue, aucun bruit hormis le cliquetis métallique de la chaîne du chien dans la maison voisine.

Puis une voix s'écria par la fenêtre :

— Il est dans le passage le long de la maison ! Par ici !

Ils ne pouvaient pas le suivre par la fenêtre, mais ils le voyaient. Et ils le verraient ramper sous la maison. Sauf qu'ils n'auraient peut-être pas le temps d'aller le chercher là-dessous, surtout s'il réveillait tout le quartier...

Il frappa à grands coups de bottes la palissade qui séparait sa maison de celle des Gudderson, en martelant le bois à quelques centimètres de la tête du rottweiler. Des aboiements féroces s'élevèrent aussitôt, comme si le chien n'avait attendu que ce prétexte pour se mettre à hurler.

Rex se recula pour se hisser dans l'espace étroit entre le sol et la cloison en aluminium, plongeant le haut de son corps dans le monde froid et humide sous la maison. Ç'avait longtemps été la menace de son père, d'exiler le jeune Rex dans cet endroit lugubre où le vieux Magnétosphère avait rampé pour mourir, où les mygales s'accouplaient et se multipliaient dans les ténèbres.

Il se sentait tout nu, comme s'il allait refermer la main sur une grosse araignée velue et venimeuse à chaque poignée de terre. Même sa vision de midnighter était impuissante à percer le noir absolu. Des choses mortes et cassantes le griffaient au visage, des branches, des feuilles chassées par le vent, qui pourrissaient là-dessous. Il avait presque entièrement disparu sous la maison. Ils ne perdraient pas leur temps à le suivre avec ce chien qui aboyait comme un fou juste à côté... si ?

Il sentit alors des mains vigoureuses lui empoigner les chevilles.

Rex se mit à ruer, tenta de se dégager. Mais d'autres mains se joignirent aux premières, deux sur chaque jambe, pour le tirer en arrière si brutalement que son manteau et sa chemise lui remontèrent sur le menton tandis que son ventre nu frottait dans la poussière. Ses ongles ripèrent en vain sur le sol dur. Il se retourna à demi pour tenter de se retenir aux poutres sous le plancher mais, couvertes d'une moisissure humide, elles étaient plus glissantes que les pierres moussues d'une rivière.

S'avouant vaincu, il plongea les mains dans ses poches pour en sortir les dominos qu'il éparpilla dans le noir.

Puis il se retrouva à l'air libre, sous les visages en sueur de ses assaillants éclairés par la lune, au moins quatre, dont un qui tendait la main vers son visage. Le chien des Gudderson continuait son raffut. Peut-être qu'il lui suffirait d'un hurlement à glacer le sang pour réveiller ses voisins.

Rex respira à fond.

Une senteur chimique lui emplit les poumons – une odeur de cabinet de dentiste ou de pompes funèbres qui le submergea, tua son cri dans l'œuf et lui donna le tournis. Mais dans le laps de temps entre la panique totale et l'inconscience, Rex éprouva une satisfaction légère et médicamenteuse : ils ne retrouveraient pas leurs dominos. Jessica pouvait dormir tranquille. Nul autre que lui n'oserait ramper dans cet espace étroit hanté par le fantôme de Magnétosphère, le domaine froid, humide et répugnant des araignées…

26 21 h 54

INTERPOLATION SACRIFICIELLE MACHIAVÉLIQUE

Mélissa avait hâte d'arriver chez Rex et de retrouver sa présence apaisante. Le vendredi soir était le meilleur moment pour rouler en direction du désert, laisser derrière soi la frénésie de Bixby, tous ces gens en train de se demander pourquoi ils ne s'amusaient pas. Au moins, les soirs d'école, la plupart se trouvaient déjà au lit à cette heure, et non en train de rouler à moitié saouls à la recherche de distractions inexistantes.

Mais en se garant devant la maison, elle ne sentit pas Rex à l'intérieur.

Elle jeta un coup d'œil à sa montre et klaxonna.

— Allez, beau gosse. Il ne fait pas si froid que ça.

Il l'attendait d'ordinaire devant chez lui, qu'elle ait cinq minutes d'avance ou non.

Rien ne bougea dans la masse noire inerte de la maison.

Elle klaxonna de nouveau. *Oh la la ! ce qu'il fait sombre dans cette rue.*

La lune scintillait sur le toit mais il n'y avait pas une seule lumière allumée dans la maison, et un abruti avait dû dégommer le lampadaire avec une pierre. Rex se serait-il endormi ?

— Gros naze, marmonna-t-elle.

Elle coupa le contact et ouvrit la portière. En remontant l'allée, elle remarqua la lueur bleutée d'un écran de télé dans le salon. Super, son père ne dormait toujours pas. Elle avait cru que Rex le droguerait, comme il le faisait d'habitude quand ils partaient pour une expédition importante. Des voyeurs, de mystérieuses pistes d'atterrissage, l'hybride – ils avaient déjà suffisamment de soucis sans se préoccuper d'un vieux cinglé par-dessus le marché.

Au moment d'appuyer sur la sonnette, elle hésita. Le bouton de porte était à moitié arraché, comme si la maison avait enfin rendu son dernier souffle et qu'il n'en restait plus qu'une carcasse délabrée. Il tournait sans résistance, et la porte s'ouvrit en grinçant à la première poussée.

Mélissa sentit un frisson glacé lui parcourir l'échine. Le métal froid du bouton dégageait encore une excitation nerveuse, aussi âcre que la fumée d'un barbecue arrosé d'alcool à brûler.

— Il y a quelqu'un ?

Ses yeux de midnighter y voyaient comme en plein jour à la lueur de la télé. Le père de Rex était affalé dans son fauteuil, la bouche ouverte, la bave aux lèvres. Une odeur étrange émanait de lui – une vraie, pas une odeur mentale, âcre et chimique comme celle du White Spirit. On entendait le vieil homme ronfler.

Mélissa passa sans s'attarder et se rendit dans la chambre de Rex, en gardant ses mains dans ses poches. La fenêtre de la salle de bains était restée ouverte à l'autre bout du couloir, laissant entrer une fraîcheur humide et la lueur glaciale de la lune.

— Rex ? appela-t-elle d'une voix hésitante.

Si le vieil homme n'avait pas été assommé de médicaments, elle ne tenait pas à le réveiller. Mais elle aurait voulu recevoir une réponse, entendre du bruit à l'intérieur avant d'ouvrir la porte de la chambre de Rex. Elle ne parvenait toujours pas à le sentir, ce qui n'était pas normal. Elle aurait dû avoir son goût sur le bout de la langue. Elle le captait toujours beaucoup mieux que les autres, comme s'il avait sa propre chaîne.

À moins qu'il ne soit profondément endormi, d'un sommeil sans rêves. Ou alors…

Mélissa repoussa du pied la porte de sa chambre, les poings serrés au fond de ses poches.

La pièce était un fouillis de formes sombres, piles de documents et monceaux de vêtements, avec des étagères de livres tapissant chaque mur.

Mais le lit était vide, les draps blancs en désordre brillaient dans le noir et le sac à dos de Rex ne se trouvait pas à l'endroit habituel, accroché au dossier de sa chaise devant son bureau.

Peut-être était-il déjà parti, peut-être avait-il essayé de la joindre alors qu'elle était en route. Mais quelle urgence aurait pu l'arracher à ce qui les attendait ce soir? Et dans quelle voiture?

Elle s'avança dans la pièce, mains en avant, les doigts écartés pour palper les résonances de l'endroit.

Un gémissement plaintif s'éleva sur le seuil dans son dos, masse de pensées indistinctes, légères et inquisitrices, où se mêlaient la faim et l'agacement.

— Approche, Dag.

Mélissa s'accroupit, dans la corolle de velours de sa robe longue, et tendit la main. Daguerréotype se rapprocha à pas feutrés et entreprit de lui lécher les doigts. L'esprit du chat paraissait troublé, comme si son minuscule univers avait connu une invasion récente dont il ne s'était pas encore remis.

Mélissa se releva, huma l'air. Une sensation d'angoisse cinglante lui parvint du bureau. Elle s'enfonça au milieu du désordre et en repéra la source qui scintillait dans une tache de lune.

Interpolation Sacrificielle Machiavélique l'attendait là, fichée dans le bois du bureau. Elle l'avait offerte à Rex la semaine précédant la rentrée des classes – un coupe-papier, ce croisement stupide entre un couteau et une fourniture de bureau.

Quand elle referma la main sur la poignée, une trace mentale de ce qu'il avait ressenti lui sauta à la figure – sensations de panique et de crainte, d'être traqué chez lui, assuré de connaître un sort épouvantable s'il se faisait prendre. Ils étaient là, dans la maison, à se glisser dans le noir pour l'encercler et le capturer. Ces restes d'émotion se diluèrent en une fraction de seconde et le coupe-papier redevint un simple morceau de métal froid, mais Mélissa n'avait aucun doute dans son esprit.

Elle retira sa main en gémissant.

Les adorateurs s'étaient emparés de lui, de son Rex, et cette nuit les darklings en feraient l'un d'entre eux.

27

22 h 19

ARMES DE DESTRUCTION MATHEUSE

— Rappelle-moi en quoi consiste la base soixante, exactement ?

— C'est comme la base dix, sauf que les uns vont jusqu'à cinquante-neuf et qu'une centaine correspond à trois mille six cents.

— Hein ?

— Trois mille six cents, répéta Dess. Soixante fois soixante, idiote.

Jessica baissa les yeux sur le bouclier, élégante spirale découpée sur le flanc d'une poubelle et formée de manière à s'enrouler autour du poignet. Il était destiné à Jonathan, une sorte d'aile pour l'aider à manœuvrer en plein vol. Son tranchant était bordé de chiffres, mais pas des chiffres arabes ordinaires : des symboles phéniciens, évoquant des I et des V penchés sur le côté et organisés selon un modèle que Dess appelait « base soixante ».

Jessica poussa un crayon dans sa direction.

— Contente-toi de me les écrire ; je les recopierai.

Dess leva les yeux au ciel mais prit le crayon. Les chiffres se succédèrent sur le papier, plus vite que les points sous l'aiguille d'une machine à coudre.

Jessica passa les doigts le long de l'aile, impatiente de se remettre au travail. Cet après-midi elle avait découvert qu'elle aimait la soudure, adorait voir la pointe incandescente du fer à souder transformer le fil en gouttes de métal fondu, et appréciait même cette odeur à mi-chemin entre le parfum de voiture neuve et la cendre tiède.

Elle s'amusait bien en compagnie de Dess.

En venant chez elle, Jessica appréhendait un peu de passer la soirée avec la polymathe. Les seuls moments qu'elles avaient partagés jusque-là étaient les périodes d'étude ou l'heure secrète. Elle n'avait aucune idée de la manière dont Dess employait son temps libre. Le trajet en bus avait pris une éternité, et le quartier dans lequel elle était descendue…

Le mot de « quartier » était peut-être usurpé. On y voyait surtout des caravanes, un peu comme les bâtiments temporaires au lycée, le modèle à double largeur qu'on croise sur l'autoroute avec le triangle orange avertisseur de danger. Mais posées sur des blocs de béton comme elles l'étaient, reliées à des tuyaux et à des câbles comme des patients à l'hôpital, il semblait peu probable qu'elles reprennent la route un jour.

Dess habitait une vraie maison, même si celle-ci semblait un peu fragile. Quand le vent soufflait, ce qu'il faisait en permanence dans cette région, le froid traversait les murs et la charpente craquait comme un navire sur une mer houleuse. Le plancher rendait un son caverneux sous leurs pas.

La chambre de Dess, néanmoins, se révéla fascinante. Dess fabriquait des choses. Des constructions métalliques s'entassaient partout ou pendaient au plafond, blocs de ferraille soudée chargés de punaises ou de trombones. Les murs violets étaient ornés d'aquarelles ainsi que d'un grand tableau couvert de calculs à la craie rouge.

— Hé, c'est toi ! s'exclama Jessica à son entrée.

Un autoportrait de Dess aux cheveux plus longs occupait l'un des murs – entièrement monté à partir de Lego noirs, blancs et gris.

— Ben oui.

Sur un long banc encombré d'armes en préparation et d'un fer à souder, Jessica remarqua une ballerine mécanique vêtue de noir, dont les rouages dépassaient du socle.

— Je te présente Ada Lovelace, dit Dess, avant de grimacer, comme si prononcer ce nom lui donnait mal à la tête. Elle fut la première programmatrice informatique, avant même l'invention des ordinateurs.

— Ça ne devait pas être évident.

Dess haussa les épaules.

— Les ordinateurs imaginaires sont les meilleurs,

de toute façon. J'ai essayé de travailler un peu sur ceux de l'école. Ils ne s'intéressent qu'à la ponctuation.

— Pas le mien, s'étonna Jessica en fronçant les sourcils.

Dess ouvrit de grands yeux.

— Tu possèdes ton propre ordinateur ?

— Bien sûr. Mon père en ramenait sans arrêt à la maison, quand il avait encore du travail.

— Waouh !

Dess secoua la tête, ébahie par cette révélation. Jessica éprouva la même sensation désagréable que le dimanche précédent, chez Rex – elle n'avait jamais eu l'impression d'être riche avant de déménager à Bixby.

Pour dissiper la gêne, elle ramassa le fer à souder.

— Alors, c'est là que la magie s'opère, hein ?

— Eh oui. (Dess sourit.) Rex et Mélissa ont brûlé toutes leurs armes l'autre nuit, et j'ai promis d'en refaire d'autres. Tu sais souder ?

Jessica secoua la tête. À ses débuts dans l'heure secrète, les trois midnighters lui avaient donné un cours de rattrapage sur le métal, les décatrigrammes, la télépathie et la numérologie anti-darkling. Mais elle ignorait pourquoi les angles d'une étoile à treize branches repoussaient les grouilleurs, ou de quels alliages les darklings avaient le plus peur, ou ce qui faisait la puissance d'une arme en dehors de son nom.

L'heure était peut-être venue d'en découvrir un peu plus sur le fonctionnement de tout ce fatras.

— Pas du tout. Montre-moi.

Elles avaient travaillé l'après-midi entier dans l'odeur de soudure et de tungstène, indifférentes aux parents de Dess de retour à la maison. Sa mère avait fini par frapper à la porte pour le dîner et elles avaient mangé vite et en silence, pendant que le père de Dess buvait sa bière en regardant la télé du salon par-dessus l'épaule de Jessica. On sentait que Dess n'avait qu'une envie, regagner sa chambre parmi les chiffres et ses assemblages de ferraille.

Mais tout en mangeant, Jessica avait remarqué la patte de Dess un peu partout dans la maison. Les lampes étaient équipées de variateurs, les prises électriques et téléphoniques abondaient dans toutes les pièces et les carreaux de la fenêtre de la cuisine s'ornaient de magnifiques motifs anti-darklings teints dans le verre. Après le dîner, le père de Dess lui avait posé une question à propos de leur dernière facture. Elle s'était lancée dans une longue explication sur des transferts de comptes qu'elle avait effectués, d'où il ressortait qu'ils n'auraient rien à payer avant le mois prochain.

Il avait souri et dit :

— Bravo, ma fille.

Dess était radieuse, aussi fière qu'une gosse qui ne ramène que des A à la maison. Et ses parents étaient partis se coucher très tôt.

— Ils travaillent le samedi, avait expliqué Dess.

— Ma mère aussi.

Elles se remirent à la soudure. On n'entendait plus un

bruit dans la chambre, hormis le grésillement du métal fondu. Rex appela vers neuf heures pour s'assurer que tout était prêt, mais Jessica était si absorbée par son travail qu'elle écouta à peine la conversation. Le bouclier de Jonathan prenait forme peu à peu. Elle le décorait en dessinant un motif que la lente répétition des formes minutieuses commençait à graver dans son esprit. Même cette histoire de base soixante ne lui donnait plus la migraine, tant qu'elle n'y réfléchissait pas trop.

Elle se trouvait toujours plongée dans les chiffres quand, près d'une heure plus tard, le téléphone sonna de nouveau.

— Mince, Rex, tu vas réveiller mes parents, commença Dess en décrochant, avant de prendre une expression perplexe. Mélissa… ?

S'ensuivit une longue pause, et Jessica put entendre la voix de leur amie à l'autre bout de la ligne, frénétique et trébuchante, comme si elle débitait une histoire en toute hâte.

Cela ne ressemblait pas du tout à Mélissa.

— D'accord, on s'en occupe. À tout de suite.

Dess raccrocha le combiné, abasourdie.

Jessica éloigna le fer à souder, dont la fumée lui piquait les yeux.

— Qui c'était ?

— Mélissa. Appelle Jonathan, et dis-lui de ramener ses fesses ici vite fait. (Dess lui tendit le téléphone.) Oh, nom de Dieu !

— Quoi ?

Dess secoua la tête, comme si elle ne parvenait pas à croire à ce qu'elle disait :

— Rex a disparu.

— Comment ça, disparu ?

— Envolé. Sa porte a été forcée, et il est introuvable. Il a laissé un message à Mélissa : ils l'ont eu. (Elle pressa le téléphone entre les mains de Jessica.) Appelle Jonathan. On a besoin de lui tout de suite. Mélissa appelait d'une cabine. Elle est déjà en chemin.

— Mais qui…

— Appelle l'homme volant !

Jessica contempla le téléphone et marqua un temps devant la numérotation en base dix de ses touches. Elle composa le numéro de Jonathan d'un doigt tremblant.

Il décrocha à la première sonnerie.

— Retrouve-nous chez Dess… vite. Rex a disparu.

— Jessica ? Comment ça, disparu ?

— Enlevé.

Elle quêta une confirmation dans les yeux de Dess, qui lui retourna une mine catastrophée.

— Rex a été enlevé ? Mais par qui ?

— Ramène-toi ici, c'est tout. Vite. J'ai besoin de toi. Je t'en prie…

— D'accord. Je fais aussi vite que je peux.

Il raccrocha.

— Lovelace, marmonnait Dess. Lovelace. Jessica, tu

m'écoutes ? Je voudrais que tu fasses quelque chose pour moi à l'arrivée de Mélissa.

Jessica fixait le téléphone muet, incapable de réfléchir.

— Quoi donc ?

Dess l'empoigna par les épaules et lui parla en détachant les syllabes.

— Que tu lui expliques. Ils ont emmené Rex dans le désert, sur le site de la nouvelle piste. C'est le seul endroit où ils peuvent le transformer. Il faut qu'on aille là-bas et qu'on le délivre avant minuit. Tu voudras bien dire ça à Mélissa ?

Jessica avala sa salive.

— Bien sûr. Mais où vas-tu ?

— Nulle part, répondit Dess. Je serai là. Mais ce sera à toi de lui expliquer.

— Pourquoi ? Je veux dire, Mélissa t'écoute plus que moi. Elle me déteste. Et c'est toi qui maîtrises les cartes et tout ça.

Dess ferma les yeux en se mordillant l'ongle du pouce.

— Sauf que j'aurai oublié.

— Hein ?

— Je ne peux pas m'en souvenir, sinon Mélissa risque de découvrir... (Dess secoua la tête.) Oh non ! maugréa-t-elle. Je ne peux rien te dire non plus, sans quoi elle le sentira dans ta tête. Ça ne va pas marcher.

Elle entama un long chapelet de jurons d'une voix monocorde.

— Dess, que se passe-t-il ? Quel est le problème ?

— J'ai quelque chose dans la tête, un truc que je dois cacher à Mélissa. Mais je suis à peu près certaine de savoir où trouver Rex, d'accord? Quelque part sur le site de la future piste. C'est là qu'ils engendrent les hybrides, ils le conduiront forcément là-bas. Voilà pourquoi les darklings ne veulent pas de cette piste. Elle passerait au beau milieu de leur repaire!

Jessica sentit la nausée monter en elle en pensant à Rex. Au moins, les darklings qui s'efforçaient de la tuer ne voulaient pas la métamorphoser en quelque créature inhumaine. Elle pressa les paupières, fort, puis les rouvrit afin de dissiper cette image.

— Comment le sais-tu, Dess?

— Je ne peux pas te le dire, sinon Mélissa le lira dans ton esprit. Elle ne doit pas savoir d'où je tiens cette information, tu comprends?

— Heu, non.

— Écoute, les darklings sont bien plus à l'écoute de Mélissa que de nous autres. Il faut absolument garder le secret. D'accord?

— Quel secret?

Dess se recula, les mains tremblantes.

— Allô Jessica, ici la Terre: si je te le dis, ce ne sera plus un secret.

Jessica gémit et s'assit sur le lit en se tenant la tête à deux mains. Dess avait perdu la boule. Mieux valait ne pas imaginer dans quel état serait Mélissa. Jessica aurait bien voulu que Jonathan soit déjà là mais il habitait à des kilomètres, de l'autre côté de la ville.

— Écoute, insista Dess d'une voix plus mesurée, c'est comme pour la base soixante. Pas la peine que tu comprennes, contente-toi de suivre mes indications. (Elle rafla une feuille de papier et brossa un rapide croquis de la piste, marqué à chaque extrémité d'une rangée de chiffres jaillis de son crayon.) Demande-moi juste de vous conduire à la piste. Je saurai trouver le chemin parce que c'est toi qui m'as montré la carte ; pas elle.

— Qui ça, elle ? interrogea Jessica. Mélissa ?

— Non. Quelqu'un d'autre. (Dess écrivit REX en grosses lettres au milieu de la feuille et la tendit à Jessica.) Dis à Mélissa que c'est moi qui ai dessiné ça, et je confirmerai, parce que c'est vrai... je crois.

— Tu crois que c'est vrai que tu viens de dessiner ça ? demanda Jessica en laissant la feuille lui glisser des mains.

— Non, je veux dire que je saurai que... parce que je me souviendrai de l'avoir dessiné, et... Oh, laisse tomber. Dis-lui simplement de nous conduire à la piste !

Jessica ramassa le croquis sur le lit et l'étudia attentivement, avec ses chiffres cabalistiques. Dess devenait cinglée sans la présence de Rex, et d'après sa voix au téléphone, Mélissa ne valait pas mieux.

Jessica prit une grande inspiration, tâchant de retrouver ce qu'elle avait ressenti en braquant Démonstration sur les darklings, le sentiment de puissance qui l'avait traversée. Elle avait intégré beaucoup de choses depuis son arrivée à

Bixby – qu'une rangée de treize trombones pouvait la protéger, que l'histoire n'était pas ce qu'on en racontait dans les manuels, qu'une lampe torche pouvait lui sauver la vie. Et jusqu'à présent, elle ne s'en était pas si mal portée.

Elle pouvait bien se fier à Dess encore une fois, même si ses propos n'avaient ni queue ni tête.

— D'accord, promit Jessica d'une voix calme et ferme. Je dirai à Mélissa de nous emmener jusqu'à la piste. Puisque tu y tiens.

— Bon. Super.

— En attendant, si on terminait ces armes ? On risque d'en avoir besoin.

Et puis, cela aiderait Dess à s'occuper l'esprit pendant ce temps-là.

— Bien sûr. Juste un dernier détail...

— Oui ?

Dess fixa Jessica, les yeux brillants de panique.

— Essaie de ne pas penser à cette conversation quand tu la verras. Ne lui laisse rien flairer de ce que je t'ai dit. Si elle est mise au courant, les darklings le seront aussi. Ne... n'y pense pas.

— Entendu.

Jessica hocha lentement la tête avant de se pencher de nouveau sur son bouclier. *Au courant de quoi ?* Tout en se remettant au travail, Jessica se demanda comment faire pour ne pas penser à quelque chose, comment chasser une pensée de son esprit sans s'exhorter à ne pas y penser...

C'était là un casse-tête encore plus ardu que la base soixante.

Jessica s'appliquait encore à ne penser à rien quand la voiture de Mélissa vint se ranger devant la maison.

28 22 h 44

LES MYGALES

— Ada, murmura Dess, qui sentit la porte se refermer.

Elle oublia ce qu'elle savait mais la présence de Mélissa dehors, à les attendre, brouilla la transition. Ses souvenirs eurent beau s'effacer, l'angoisse qui l'habitait ne disparut pas tout à fait. Dess en resta troublée, pleine d'une inquiétude non résolue, tourmentée par l'appréhension et une vague incertitude.

— Qu'est-ce que… ? marmonna-t-elle.

— Elle est là, annonça Jessica en ramassant le bouclier de Jonathan. Je suis prête. Et toi ?

Dess baissa les yeux sur le banc devant elle, sur la pile de frisbees qu'elle avait confectionnés avec des couvercles de pots de peinture portant des multiples de treize en chiffres phéniciens.

— Heu, oui, répondit-elle sans réfléchir.

Pourquoi se sentait-elle ainsi, soucieuse, tendue ? Ah oui, bien sûr : Rex avait disparu. Les darklings avaient mis la main sur lui, et il était fichu à moins qu'ils ne le retrouvent avant minuit. Dess cligna des paupières, en se demandant pourquoi son esprit refusait de s'éclaircir.

Mince, se dit-elle, *il y a vraiment des fois où je m'oublie un peu trop dans le travail.* Pas étonnant que la moitié des génies de l'histoire des mathématiques aient été incapables de lacer leurs chaussures.

Elle entreprit de fourrer ses armes dans un sac de toile.

— Allons-y avant qu'elle se mette à klaxonner et à réveiller mes parents.

— On attend Jonathan, quand même ?

— Bien sûr. (Dess renifla.) Mais tu te charges de parler à Mélissa.

Jessica fronça les sourcils.

— C'est moi qui explique tout, si je comprends bien ?

Dess lui jeta un coup d'œil. De quoi parlait-elle ?

Elles achevèrent de remplir le sac, puis Dess glissa Géosynchrones dans sa poche. Elle ouvrit la fenêtre et l'enjambait tout juste quand Mélissa donna un long coup de klaxon. Des aboiements rageurs se propagèrent comme un feu de paille à travers le parc de caravanes.

— Bravo, Mélissa, grommela Dess.

Au moins était-on vendredi soir, ses parents s'attendaient sans doute à se faire réveiller plusieurs fois. Le week-end, à ces heures-là, on entendait toujours des bruits de bagarre ou de la musique forte dans le quartier.

Elles coururent jusqu'à la vieille Ford en faisant tinter leur sac de toile, ouvrirent la portière et se tassèrent à l'arrière. Dess mit un moment à réaliser que le siège à côté de Mélissa était vide.

Bien sûr – Rex montait toujours à la place du mort.

Elle avala sa salive. Hormis quelques rares occasions au lycée, elle ne souvenait pas avoir vu Mélissa sans Rex à ses côtés.

Les phalanges de la télépathe blanchissaient sur le volant. Sans se retourner, elle leur demanda d'une petite voix fragile :

— Et maintenant, que fait-on ?

Dess hésita. Où donc les adorateurs des darklings auraient-ils emmené Rex ? Chez eux, à Broken Arrow ? Elle se tortilla sur son siège, en s'efforçant de repousser le sac de toile. L'un des piquets de tente de son père, Triangulation, lui rentrait dans les côtes, et elle avait bien du mal à réfléchir.

— D'accord, déclara Jessica d'un ton calme et assuré, Dess pense qu'ils vont le conduire dans le désert. À l'endroit où doit se construire la nouvelle piste.

— Ah bon ? s'étonna Dess.

Jessica lui jeta un regard agacé.

— Oui, c'est ce que tu m'as dit. C'est pour ça que les darklings ne veulent pas de ce chantier, tu te souviens ? Parce qu'il va bétonner l'endroit où ils engendrent les hybrides.

Elle sortit un plan de sa poche et le colla sous le nez de Dess.

— Oh, oui. Ça.

Elle se souvint avoir tracé ce plan d'après les documents empruntés à sa mère par Jessica. Mais les adorateurs des darklings tenaient-ils vraiment à emmener Rex là-bas ?

— Peut-être bien… admit Mélissa depuis le siège avant. (Elle avait le front posé sur le volant.) La piste figurait bel et bien dans la tête d'Angie, et on aurait dit que c'était en rapport avec l'hybride.

Elle enclencha la marche avant.

— Arrête ! s'écria Jessica. Il faut qu'on attende Jonathan.

Mélissa abattit ses deux paumes contre le volant.

— On ne peut pas attendre. Je ne vais pas rester assise là sans rien faire.

— Il sera là dans dix minutes.

— Et alors ? Il ne nous sert à rien !

— Quoi ?

— Il ne peut voler qu'à minuit, expliqua Mélissa. Et nous devons absolument retrouver Rex avant.

La voiture s'ébranla.

— Hé ! cria Jessica. Je ne pars pas sans lui ! (Elle ouvrit grand sa portière.) Je vais l'attendre ici.

Mélissa enfonça l'accélérateur, et la voiture démarra dans un jet de gravier.

— Oh, non, pas question. On aura besoin de toi si on se retrouve coincés là-bas.

— Dans ce cas, on aura besoin de lui aussi !

— Pas le temps, répondit Mélissa.

La voiture bondit en avant, plaquant Dess contre la banquette. Jessica se tourna vers elle, l'air affolé. Elle gardait sa portière ouverte, comme si elle avait l'intention de sauter en marche. À l'évidence, l'idée de s'enfoncer dans le désert sans Jonathan et en compagnie d'une Mélissa hystérique ne l'emballait pas.

— Attention, Jess! (Dess se pencha pour lui attraper le bras. Par la portière ouverte, on voyait défiler l'asphalte et le gravier du bas-côté. Jessica voulut se dégager, et Triangulation fouailla les côtes de Dess.) Aïe! Arrête un peu ton cirque!

Jessica cessa de résister. La voiture roulait bien trop vite à présent.

— Dis-lui d'arrêter la voiture! chuchota Jessica d'une voix pressante. Sinon, je lui raconte tout!

— Hein?

Dess ne lâcha pas Jessica. Devenait-elle cinglée elle aussi?

— Si tu ne persuades pas Mélissa de s'arrêter, je lui raconte le truc auquel je ne suis pas censée penser!

— Mais de quoi tu parles? demanda Dess.

Elle pouvait comprendre que Mélissa soit bouleversée par la disparition de Rex, mais quelle mouche piquait Jessica?

— Je lui dirai tout! chuchota Jessica.

— Lui dire quoi?

La voiture s'immobilisa en dérapage, les projetant toutes les deux avec rudesse contre la banquette avant. Un nuage de poussière s'engouffra par la portière de Jessica avant que l'élan de la voiture ne la referme dans un claquement.

Mélissa coupa le moteur et se retourna lentement. Son regard se concentra sur Dess, et elle renifla l'air.

— Tu sais quelque chose à propos de Rex, dit-elle d'une voix douce. Un secret.

Dess plissa les yeux.

— Dites, vous êtes vraiment bizarres ce soir !

— Mais non, dit Mélissa. (Elle lança un coup d'œil vers Jessica qui restait assise à les dévisager, l'air furibond.) Tu en as parlé à Jessica. Elle se donne un mal de chien pour ne pas y penser.

— Parlé de quoi ? protesta Dess, luttant pour ne pas tousser en raison de la poussière. Tu es folle !

— Je le sens partout sur toi, dit Mélissa. Une odeur de... thé. (Elle fronça le nez.) De thé au lait.

Une douleur aiguë vrilla la tête de Dess.

— J'ai horreur du thé.

— J'ai déjà senti ça, murmura Mélissa ; puis ses yeux s'éclaircirent. L'autre nuit, quand Jessica et l'homme volant ont trouvé leur chemin comme par miracle. Tu sais quelque chose là-dessus, pas vrai ?

Dess croisa résolument les bras.

— Tu as perdu la boule, ma pauvre Mélissa.

— Non, je crois plutôt que je suis sur le point de la trouver. (Mélissa lâcha le volant et la fixa.) Comment as-tu appris où se trouvait Rex ? Réponds-moi.

— Tu penses que j'ai l'air d'un agent des darklings ? Je veux dire, Jessica a peut-être raison, mais que veux-tu que j'en sache ?

Mélissa ferma les yeux.

— Tu le sais, pourtant, au fond de toi. Mais ç'a été caché... et plutôt habilement. (Elle rouvrit les yeux, secoua la tête.) Rex avait prévu qu'il faudrait en arriver là. C'est dingue, quand on y réfléchit.

Elle commença à ôter l'un de ses gants, un doigt après l'autre.

Dess se recroquevilla sur son siège, gagnée par la nausée.

— Ne me touche pas.

Son estomac se tordait à cette idée.

— Je n'ai pas le choix, ma chérie, dit Mélissa. Ils tiennent Rex, tu comprends. Et puis, c'est mal de faire des cachotteries à ses amis.

— Ada, murmura Dess, sans savoir pourquoi ce nom lui était venu à l'esprit, exigeant d'être prononcé.

— Pas question de me retrouver seule de nouveau, dit Mélissa.

Elle n'avait plus son gant.

Dess sentit son estomac se contracter, et quelque chose lui revint en mémoire, un souvenir abominable, une chose qu'on lui avait donnée afin de se protéger.

— Détends-toi, fit Mélissa en allongeant le bras.

— Sinon quoi ? cracha Dess. Tu me feras la même chose qu'au père de Rex ?

La main de Mélissa se figea, et elle blêmit soudain. Ces mots jaillis de nulle part avaient fait mouche ; ils l'avaient stoppée net.

— Que… comment ça ? balbutia Jessica.

Dess revoyait le vieil homme à présent – les yeux vides, le filet de bave qui coulait sur son menton mal rasé. La vérité se fit jour en elle.

— C'est toi la responsable. Et Rex t'a aidée.

Mélissa se mordit la lèvre.

— C'était un accident.

— Un accident ? (Dess sentit sa voix monter dans les aigus – peu importe, pourvu que cela maintienne Mélissa sur la défensive.) Tu l'as transformé en légume par accident ?

Il y eut une pause.

— Plus ou moins. On ne savait pas vraiment ce qu'on faisait.

Jessica se recroquevilla sur son propre coin de banquette, les yeux écarquillés.

— Tu peux faire ça ? Vous ne m'en avez jamais parlé…

— Nous n'en avons parlé à personne. (Mélissa fixa Dess entre ses yeux mi-clos, en faisant jouer les doigts de sa main nue.) Pas même à notre petite Dess. Quelqu'un l'a mise au courant.

— Comment as-tu pu ? s'écria Jessica. Le père de Rex ?

— Ç'a été facile, rétorqua Mélissa. Tu aurais dû voir comment il traitait Rex.

— Mon Dieu, dit Dess. Je sais que c'était un salopard, mais quand même…

Mélissa secoua la tête avec lenteur.

— Je ne parle pas des corrections qu'il lui infligeait,

Dess. Moi-même, il y a des moments où j'ai envie d'assommer Rex. Ce sont les mygales qu'il ne supportait plus…

— Les quoi ? murmura Dess.

Elle se souvint du terrarium, qu'elle avait toujours vu vide. Elle croyait que les mygales n'existaient que dans l'esprit du vieil homme.

— Les araignées velues. Le père de Rex voulait faire de lui un homme, et non une chochotte plongée dans ses bouquins. Il forçait Rex à rester immobile pendant que les mygales lui grimpaient dessus. (Mélissa émit un petit bruit étranglé.) C'est la première image que j'ai reçue de lui, vous savez ? La première fois qu'on s'est touchés, alors qu'on avait huit ans. Les mygales. Elles l'obnubilaient. C'est pour ça que je n'ai plus jamais… qu'il m'a fallu si longtemps avant d'accepter qu'on se touche.

Un long silence s'abattit sur la voiture. Même les chiens à l'extérieur s'étaient calmés, comme s'ils tendaient l'oreille.

— Rex n'aurait pas survécu si nous n'avions pas fait ce qu'il fallait, déclara enfin Mélissa.

— Oh, mon Dieu, souffla Jessica.

Dess avait l'esprit vide. Elle ne parvenait pas à se représenter ce qu'elle entendait, ne voulait même pas essayer. Une obsession lancinante revenait sans arrêt sous son crâne, bloquant toute autre pensée : *Fais-la parler. Ne la laisse pas te toucher.*

— Et puis, j'étais jeune, poursuivit Mélissa. Je ne savais pas encore m'y prendre. Je ne te ferai pas de mal, Dess.

Sa voix était presque implorante.

— Mais je ne sais rien, protesta Dess en se tournant vers Jessica pour quêter son soutien.

— Arrête, Mélissa, dit Jessica. Elle ne veut pas. Tu ne peux pas l'obliger.

— Alors quoi, on laisse mourir Rex ? Ou même pire ? (Mélissa secoua la tête et saisit Dess par le bras avec sa main gantée. Elle approcha l'autre main de sa gorge.) Je suis désolée.

— Ada, répéta Dess, le souffle court, prononçant le nom malgré elle. Ne me touche pas.

— Mélissa ! s'écria Jessica, mais elle se recroquevilla encore plus loin, enveloppée dans son blouson, terrorisée à l'idée du contact de la télépathe. Allons-y tout de suite. Comme tu voulais. Pas la peine d'attendre Jonathan. Mais ne fais pas…

Mélissa secoua la tête.

— Elle sait où est Rex.

Quelque chose d'énorme monta en Dess et fit tressaillir ses membres, en la secouant comme une marionnette.

— Ada, Ada…

Puis, tout bascula : la main froide de Mélissa l'empoigna par le menton, et une vague d'émotions déferla en elle. Une panique, une angoisse à vous tordre le ventre, la crainte irrépressible de le perdre – son Rex, son beau gosse – et de se retrouver de nouveau seule, à tout jamais. Huit ans de solitude traversèrent Dess, seule face à l'invasion de dix milliers d'âmes… comme Mélissa avait souffert avant de remonter la piste de Rex dans les ombres de minuit, à arpenter les rues pieds nus dans son pyjama de cow-girl.

Au fond d'elle-même Dess sentit des résistances s'effondrer, des barrières céder sous l'assaut de Mélissa – la maison délabrée, le grenier vide, les vieilles cartes montrant les courants psychiques de Bixby… et, pour finir, Madeleine, avec son visage ridé auquel il lui était interdit de penser, lui ramenant en mémoire la saveur âcre du thé, aussi forte qu'une remontée d'acide… Un frisson la parcourut tout entière.

Tiens, Dess, accroche-toi à ça.

Une autre vague lui vint de Mélissa, mais de chiffres cette fois-ci… des rangées bénies de chiffres digitaux, huit de large, comme les coordonnées de Géosynchrones, qui lui procurèrent le même soulagement qu'un linge mouillé contre son front quand elle avait de la fièvre. Ils s'enroulèrent autour d'une vision de la piste d'atterrissage d'urgence, autour du nom d'Angie. Ils se mirent à danser, transformés par les mathématiques des minutes et des secondes, tandis que les fronces et les convolutions jouaient à travers l'esprit de Dess pris en otage.

C'est ça, trouve beau gosse. C'est la seule chose qui compte.

Dess trembla, dépouillée de ses secrets comme de sa volonté, et finit par bredouiller *Lovelace* en signe de capitulation. La dernière de ses barrières s'écroula.

Quelques secondes plus tard, elle terminait ses calculs…

Mélissa lui lâcha le menton. La télépathe s'écroula sur le siège avant, haletante.

Prise de haut-le-cœur, Dess se retint de vomir. Elle avait mal au ventre et, surtout, son esprit lui semblait souillé, sali par les craintes et la solitude de Mélissa, les scories de son existence misérable.

— Bon Dieu, souffla Mélissa depuis le siège avant. Tu n'as pas perdu ton temps.

— Je te déteste. Ça m'appartenait, tu n'avais pas le droit.

Jessica toucha la joue de Dess d'une main fraîche.

— Ça va aller ?

Elle ouvrit les yeux et plongea son regard dans celui de Jessica. Malgré la souffrance et la répugnance que lui avait inspirées cette épreuve, elle n'avait pas eu l'esprit aussi lucide depuis des jours et des jours. Toutes ces barrières que Madeleine avait érigées en elle… Mélissa les avait jetées bas. Dess avait retrouvé sa connaissance de l'histoire secrète, complète et sans entraves.

— Saletés de télépathes ! cracha-t-elle.

— C'est à moi que tu dis ça ? murmura Mélissa depuis l'avant. Alors qu'elle nous a laissés nous débrouiller seuls toutes ces années…

— Dess, ça va ? insista Jessica.

Ses mains fraîches lui faisaient du bien sur sa peau brûlante.

— Pas terrible, répondit Dess. (Elle prit une longue

respiration.) Mais je survivrai. Et je sais où ils ont emmené Rex. J'ai vu l'endroit exact dans la tête d'Angie.

— Je m'en doutais, dit Mélissa tout bas.

Des phares balayèrent la voiture, transformant la lunette arrière en un grand œil éblouissant.

— Oh non, juste après le couvre-feu, grommela Mélissa.

— C'est peut-être Jonathan, dit Jessica.

— J'espère, dit Mélissa. Si ce sont les flics, Rex est fichu.

29

23 h 07

RUES SOMBRES

La vieille Ford était immobilisée en travers de la route comme si elle avait effectué un tête-à-queue. Ses phares étaient coupés, son moteur, silencieux. Il ne distinguait personne à travers les vitres.

— Et merde ! jura Jonathan.

Il arrêta la voiture de son père et bondit dehors, convaincu d'arriver trop tard. Il y avait d'abord eu ce silence quand il était venu frapper à la fenêtre de Dess. Puis il avait repéré des marques sur la route gravillonnée, indiquant qu'une voiture avait démarré en trombe devant la maison.

Et maintenant, ceci. La voiture de Mélissa, abandonnée sur la route à moins d'un kilomètre.

Les adorateurs des darklings avaient eu tout le monde.

Mais en atteignant la Ford, Jonathan aperçut des silhouettes voûtées à l'intérieur. Mélissa était presque couchée en travers du siège du conducteur, la tête inclinée sur le côté. Jessica et Dess se recroquevillaient à l'arrière, dans les bras l'une de l'autre.

Et aucun signe de Rex. Avait-il réellement disparu ?

— Salut, l'homme volant, lui dit Mélissa en baissant sa vitre. (Son visage était pâle comme la mort.) Contente de te voir.

La portière arrière s'ouvrit, et Jessica sortit en trébuchant. Elle se jeta à son cou, les joues mouillées de larmes.

— Que s'est-il passé ?

— Petite dispute sur le chemin à prendre, expliqua Mélissa d'une voix tremblante. C'est réglé à présent.

L'autre portière arrière s'ouvrit, laissant descendre Dess qui lui lança un regard vitreux par-dessus le toit de la Ford.

— Je sais où est Rex. Allons-y.

Elle se dirigea vers sa voiture, les jambes flageolantes.

Les trois filles avaient l'air salement secouées.

— Allez, l'encouragea Jessica, en claquant sa portière derrière elle avant de l'entraîner vers la voiture de son père.

— L'une de vous ne devrait pas rester avec Mélissa ? Elle n'a pas l'air en grande forme.

— Contente-toi de remonter en voiture, et roule, gronda Dess.

Ils prirent la direction d'Aerospace Oklahoma, avec Mélissa qui les suivait et Dess à côté de lui, le regard fixé sur l'écran lumineux de son GPS. Assise à l'arrière, Jessica n'arrêtait pas de se pencher pour le toucher, se cramponner à lui comme s'il venait de l'arracher à une maison en flammes.

En chemin, Dess leur parla de Madeleine, la vieille télépathe qu'elle avait découverte à Bixby trois jours plus tôt. Jonathan trouva cela incroyable – qu'une autre midnighter se soit cachée en ville pendant tout ce temps. L'heure secrète réservait parfois de sacrées surprises. Flatland n'avait peut-être que deux dimensions mais au moins, les règles n'y changeaient pas toutes les dix secondes.

— Elle s'est terrée chez elle pendant cinquante ans ? s'exclama-t-il, horrifié, lui qui devenait fou à l'idée de garder la chambre une semaine quand il tombait malade.

— Quarante-neuf, corrigea Dess. Il lui arrivait de sortir, mais toujours déguisée. Si on l'avait reconnue, les Grayfoot auraient pu apprendre qu'elle était réapparue. Et puis, après la naissance de Mélissa, elle n'est plus sortie que pendant les heures de cours.

— Que va-t-il se passer maintenant ? s'inquiéta Jessica.

— Maintenant que la reine des garces est au courant ? (Dess secoua la tête, sans quitter des yeux son GPS.) Je ne veux même pas y penser. Dès que nous aurons sauvé Rex, il faudra prévenir Madeleine. À moins qu'elle n'ait déjà perçu ce qui se passait.

— Je croyais que les darklings ne pouvaient pas la trouver en raison de la situation de sa maison, dit Jessica.

— C'est vrai, mais je connais l'emplacement exact, dit Dess d'une voix sèche et lasse. De la même manière qu'Angie savait où trouver Rex, tu vois ?

Jonathan lança un regard à Jessica.

— Heu, pas vraiment.

— Les coordonnées sont une réalité pour moi, une réalité tangible, comme les émotions pour une télépathe, expliqua Dess. L'emplacement figure dans l'esprit de Mélissa à présent. Elle l'a arraché au mien. Et les darklings le prendront dans le sien, tôt ou tard.

Jonathan fit la grimace.

— Le plus tard possible, espérons-le.

— Oh, fit remarquer Dess, il suffirait d'éclater la cervelle de Mélissa avant minuit et la question serait réglée.

Il y eut un long silence. Jonathan sentit les bras de Jessica se resserrer autour de sa poitrine, et il se concentra sur les lignes blanches de la route.

— Pas de volontaires ? (Dess soupira.) Allez, ça va. Je plaisantais.

Jonathan avala sa salive. Elles ne lui avaient pas raconté comment les choses s'étaient déroulées dans la voiture, ni pourquoi celle-ci avait effectué ce tête-à-queue à moins d'un kilomètre de la maison de Dess. Seulement que Mélissa avait touché Dess, et récupéré dans son cerveau les coordonnées de l'endroit où se trouvait Rex. Et aussi, que son contact avait révélé cette sombre histoire avec Madeleine.

Il y a sûrement autre chose là-dessous, se dit Jonathan. Il frissonnait encore en se rappelant le jour où il avait tenu Mélissa par la main. Dess n'avait pas dû être enchantée par cette fusion des consciences, et Jessica n'avait sans doute pas apprécié le spectacle non plus.

Sans compter que Rex en ferait une maladie.

Pour peu qu'ils réussissent à le délivrer à temps.

Jonathan consulta sa montre : vingt-trois heures trente-trois. Ils n'étaient même pas en vue d'Aerospace Oklahoma. En volant, il aurait traversé la ville en quelques minutes. Mais ils ne pouvaient pas se permettre d'arriver après minuit, pas si les darklings devaient s'en prendre à Rex.

— Tourne là, dit Dess.

Jonathan ralentit et scruta la nuit. On ne voyait aucun lampadaire nulle part.

— Heu, où ça ?

— Juste là. (Elle indiqua le désert.) Il faut aller dans cette direction.

— D'accord, mais par la route ce serait mieux.

Dess siffla entre ses dents.

— D'après les cartes de la mère de Jessica, il devrait y avoir une voie d'accès… là. (Elle geignit.) Ou peut-être qu'il y en aura une. Peut-être qu'elle n'est pas encore construite.

Jonathan arrêta la voiture pour scruter le désert sans lumière qui s'étendait devant eux.

— Écoute, sur la plaine salée je te dirais « pas de problème ». Mais là, c'est de la broussaille, du sable et des cactus. Tu veux courir le risque de nous ensabler ?

Dess réfléchit un moment en silence. Les phares de Mélissa s'approchèrent par-derrière, éclairant l'intérieur de la voiture.

— Continue à rouler, trancha Dess, mais tourne dès que tu le pourras.

30

23 h 46

LA PREMIÈRE LOI DU MOUVEMENT

— Là ! s'écria Jessica en pointant le doigt.

La route apparut, guère plus que deux sillons de gros pneus dans la poussière. Ils avaient enfin trouvé un chemin à travers le désert. Elle enserra Jonathan au niveau des épaules quand il prit son virage, heureuse encore une fois qu'il les ait rejointes au bon moment. Il était parfois un peu pénible dans Flatland, mais c'était également l'unique midnighter qui soit sain d'esprit – le seul auprès de qui elle se sente en sécurité. Ces instants qu'elle avait vécus dans la voiture, piégée en compagnie d'une Mélissa folle furieuse et d'une Dess schizo, à foncer sans lui dans l'inconnu, avaient achevé de l'en convaincre.

La palissade grillagée d'Aerospace Oklahoma se trouvait maintenant à plusieurs kilomètres derrière eux, ainsi que les chantiers de construction tout illuminés, qui se voyaient de très loin dans la nuit. Ils avaient dû rouler jusque-là avant de découvrir cette route.

— Attention aux agents de surveillance, prévint Jessica. Ils travaillent sur des projets top secret là-dedans.

— Des vigiles, maintenant, bougonna Jonathan. Manquait plus que ça.

La voiture s'engagea en cahotant sur la route inégale, et Jessica lâcha Jonathan pour se carrer dans la banquette. Elle jeta un coup d'œil aux phares de Mélissa, espérant à moitié que la vieille Ford serait restée embourbée dans le sable mou. Mais elle les suivait toujours, de près, avec l'acharnement d'un chien de chasse qui a reniflé une piste.

Jessica leva les yeux vers Dess, à l'avant, le visage à peine éclairé par l'écran de son appareil. Elle n'avait pas dit grand-chose depuis le récit de sa rencontre avec Madeleine. Jessica aurait voulu lui parler, s'assurer qu'elle allait bien. Bon, avec deux télépathes qui venaient de semer la pagaille dans son cerveau, *bien* n'était peut-être pas le mot. Mais dès qu'elles se retrouveraient seules toutes les deux, Jessica lui avouerait à quel point elle était désolée. C'était elle qui avait dévoilé son secret. Et ensuite, elle était restée là sans rien faire, trop effrayée pour intervenir, pendant que Mélissa…

La voiture dérapa avec force sur le côté, et le moteur rugit tandis que les pneus perdaient toute adhérence sur le sable. Des cailloux crépitèrent sous le châssis. Jonathan se débattit avec le volant, et ils repartirent de plus belle.

Dess n'avait pas quitté son GPS des yeux un seul instant.

— On devrait atteindre la plaine salée, dit-elle.

— Je la vois, annonça Jonathan.

Un moment plus tard, la voiture cessait de tanguer et se mit à filer sans heurt comme sur une route goudronnée.

— Bienvenue sur la piste d'atterrissage d'urgence de Bixby, extrémité sud, déclara Dess.

Jonathan écrasa le pied sur l'accélérateur, projetant Jessica au fond de la banquette. Une vaste plaine baignée de lune s'étalait devant eux, révélant les vestiges salés d'une ancienne mer intérieure, aussi plate qu'un parking.

La voiture de Mélissa gronda derrière eux, puis les rejoignit. Par la lunette arrière, Jessica voyait les énormes panaches de poussière soulevés par les deux voitures côte à côte, blancs et cristallins, scintillant sous la lune.

— Il a une horloge, ton machin ? lança Jonathan à Dess.

— Précise à la milliseconde, répondit-elle.

— Parfait. Tu me diras quand freiner. Je n'ai pas envie de passer à travers le pare-brise.

Jessica avala sa salive.

— Hein ?

— On ignore ce qui se passerait si nous roulions à pleine vitesse à minuit pile, expliqua-t-il. Peut-être que nous conserverions notre élan alors que la voiture se figerait. Ou peut-être pas.

— Aucun d'entre nous ne s'est jamais proposé pour mettre la théorie à l'épreuve, dit Dess d'un ton sec.

— Toujours cette fichue première loi du mouvement ! geignit Jessica. À quelle distance sommes-nous encore de Rex ?

Dess procéda à un rapide calcul.

— Huit kilomètres, alors qu'il nous reste trois minutes et vingt secondes. Il faudrait faire du cent quarante-quatre kilomètres à l'heure.

Il y eut un silence, puis Jonathan annonça :

— J'ai le pied au plancher et on dépasse à peine le cent dix.

— Il va nous manquer deux kilomètres sept cents, calcula Dess. Et mon appareil ne fonctionnera plus dans l'heure secrète.

— Oui, mais nous ne serons plus très loin, insista Jonathan, et je pourrai voler.

Dess regarda par la vitre.

— On dirait que la reine des garces a flairé l'odeur du sang.

Jessica suivit son regard. Mélissa était en train de les distancer.

Dess décompta à partir de dix

— Neuf… huit…

Jessica vérifia une fois de plus sa ceinture de sécurité, déplorant qu'ils roulent ainsi jusqu'à l'extrême limite. Ils ne seraient plus très loin et, quels que soient les projets des darklings vis-à-vis de Rex, il leur faudrait du temps pour les mener à bien. Pourtant, Dess et Jonathan avaient insisté pour se rapprocher le plus possible avant la venue de l'heure secrète.

Et elle devait admettre qu'à cent dix à l'heure la distance se réduisait beaucoup plus vite qu'ils ne pouvaient espérer voler avec Jonathan.

— Trois… deux… un… *freine* !

Elle se sentit partir en avant tandis que la voiture dérapait dans un long crissement. Sa ceinture lui rentra dans l'épaule, et un gigantesque nuage de poussière s'éleva autour d'eux, masquant la lune. La voiture pivota comme un tourniquet jusqu'à ce que le nuage emplisse tout le pare-brise – ils avaient décrit un large demi-tour.

Avant même que la voiture s'immobilise, une autre secousse eut lieu, aussi soudaine que si les pneus s'étaient pris dans de la colle. Une vague de bleu recouvrit l'étendue blanchâtre, la ceinture de Jessica lui cisailla les chairs et sa tête heurta la banquette avec violence.

Puis, tout devint calme. Un silence absolu s'abattit sur le rugissement du moteur et le crissement des pneus.

— Aïe ! s'écria Jessica.

— Quoi ? s'étonna Jonathan en se retournant. Je n'ai rien senti.

— Tu rigoles, gémit Jessica.

Elle avait la sensation qu'un piège à ours s'était refermé sur son épaule.

— Ça doit être un truc d'acrobate, dit-il.

— Ils ne valent pas mieux que les télépathes, grommela Dess en se détachant, avant de se masser la nuque et les épaules.

Ils descendirent de la voiture. En traversant le nuage de

poussière qui s'élevait des pneus aplatis de la voiture, Jessica toussa avec, dans la bouche, un goût de sel. Elle aperçut un autre nuage immobile plus loin, là où la voiture de Mélissa s'était heurtée au mur de minuit.

— Tu peux nous prendre toutes les deux, j'espère ? demanda Dess en jetant sur son épaule son sac de toile plein de ferraille.

— Ce ne sera pas aussi rapide, prévint Jonathan.

— On a besoin de Dess, insista Jessica. (Il n'était pas question d'abandonner qui que ce soit dans cet endroit.) Attrape sa main gauche.

Avec Jonathan au milieu, ils se placèrent face à la direction dans laquelle ils roulaient. Leur premier bond se déroula mal : Jessica avait poussé trop fort, ce qui fit tournoyer les deux filles en orbite autour de Jonathan. Le trio retomba en trébuchant dans la plaine salée.

— Commençons plus doucement, suggéra Jonathan.

Jessica se souvint de ses débuts, quand elle avait appris à voler, à petites foulées d'abord avant de bondir par-dessus les maisons.

Ils s'élancèrent de nouveau, pour un saut d'une dizaine de mètres à peine, puis doublèrent la distance la fois suivante. Bientôt, ils filaient à travers le désert en direction du nuage immobile au-dessus de la voiture de Mélissa.

— Pas bon, dit Jonathan avec une grimace.

Jessica scruta les ténèbres.

— Quoi donc ?

— Son panache de poussière est deux fois plus petit que le nôtre, répondit-il. On dirait qu'elle n'a pas…

Il n'acheva pas sa phrase. Leur bond suivant les avait précipités en plein dans le nuage de sel, cascade d'épingles cuisantes qui les obligèrent à fermer les yeux et la bouche. Quand ils l'eurent franchi, Jessica découvrit la voiture, silhouette noire qui se découpait sur l'immensité bleue.

— Elle n'a pas… confirma Dess.

— Pas quoi ? s'inquiéta Jessica.

— Freiné à temps.

Un cône scintillant se déployait vers l'avant de la voiture, giclée d'éclats de verre arrachés à un trou béant dans le pare-brise.

Une vingtaine de mètres plus loin, une forme gisait sur le sol.

31 | 00 h 00

COMMOTION

Minuit ne lui avait pas apporté le soulagement habituel.

En guise de silence majestueux, elle avait eu droit à un fracas assourdissant et ressenti une douleur effroyable qui l'avait laissée là, à dériver dans les ténèbres.

Mélissa se souvint qu'elle roulait vite, un œil sur sa montre, et qu'elle avait levé le pied pour ralentir en attendant le moment de freiner à l'ultime seconde.

Ah, oui. Surtout, ne pas oublier de freiner...

Elle ouvrit les yeux au prix d'un gros effort. Des étoiles scintillaient devant elle, petits points de lumière dansant dans un ciel noir.

Ne te laisse pas distraire. Pense à freiner...

Mélissa bougea un bras endolori pour ramener son poignet devant ses yeux. Elle dut lutter pour faire le point sur le cadran.

Le verre de la montre était fissuré, les aiguilles bloquées à huit secondes avant minuit.

Elle laissa retomber son bras dans le sel, comprenant enfin.

— Saloperie de montre à quartz… marmonna-t-elle.

Sa tête se mit alors à cogner. Mélissa en connaissait un rayon sur les migraines. Elle ressentait les siennes et celles de tous les autres depuis le jour de sa naissance. Au total, elle avait dû passer plusieurs années de sa vie à souffrir de migraines. Mais celle-ci… c'était la pire de toutes.

Elle continua un moment à patauger dans les ténèbres, pendant que la douleur s'étendait comme un bleu jusqu'au bout de ses doigts. Puis elle entendit un bruit de course sur la croûte du désert.

— Mélissa !

Satané porte-flambeau qui ne pouvait pas s'empêcher de faire du boucan. Le cerveau de Jessica grésillait comme une pile de neuf volts sur la langue de Mélissa.

— La ferme, ordonna-t-elle, en se demandant si ses yeux étaient bien fermés : en tout cas, elle continuait à voir des étoiles.

Une vraie sirène d'alarme.

— Ne la déplacez pas.

On aurait dit la voix de Jonathan. Ses effluves d'homme volant flottaient dans les parages.

Mélissa se décida à rouvrir les yeux. Les voix ne s'en iraient pas tant qu'elle n'aurait pas lancé à leurs propriétaires un regard mauvais. Toiser les gêneurs était un bon moyen de leur fermer la bouche.

Le visage soucieux de Jessica se précisa lentement.

— Je vais bien.

Tout allait bien... hormis ses vertiges, son envie de vomir et son mal au crâne. Heureusement qu'elle gardait toujours un tube d'aspirine dans sa boîte à gants. Où était sa voiture, d'ailleurs ? Elle souleva la tête pour la chercher. Bon Dieu, elle se trouvait à des kilomètres.

— Reste tranquille, l'avertit Jessica.

Oh, et moi qui comptais esquisser quelques pas de danse, songea Mélissa.

Une bribe de souvenir lui tomba alors du ciel étoilé – la raison pour laquelle elle conduisait si vite. Et même si parler était douloureux, elle dit :

— Allez donc chercher Rex, bande de crétins !

Ils se dévisagèrent tous les trois, sans que personne n'exprime ce qu'ils pensaient tous, pendant que de précieuses secondes s'envolaient.

Finalement, Dess déclara :

— C'est bon. Je reste avec elle.

Mélissa ferma les paupières. Pauvre Dess, toujours la cinquième roue du carrosse. Incapable de voler, incapable de jouer les lance-flammes. Ils pouvaient bien s'en aller tous les trois, l'abandonner aux darklings. Se faire dévorer ne pouvait pas être pire que cette migraine.

Mais discuter lui aurait fait mal aussi.

Leurs voix et leurs pensées augmentèrent encore de volume. Dess répétait ses indications à Jessica. L'homme volant était impatient de repartir, et soulagé de n'avoir plus qu'une passagère à traîner. Et pendant ce temps, à environ un kilomètre, des choses sombres au goût amer se rassemblaient.

— Allez-y, bredouilla-t-elle.

Si Rex se trouvait là-bas, il devait être inconscient ; Mélissa ne le sentait pas. Mais en chemin, elle avait humé une présence familière. Angie était tout près, son arrogance temporairement bâillonnée par minuit.

Oh, si seulement Mélissa avait pu ramper sur ce kilomètre, elle aurait su s'occuper d'Angie. Le père de Rex aurait dansé la tectonique autour d'elle après le traitement qu'elle lui aurait réservé.

Mais mieux valait ne pas bouger. Elle décida de rester tranquille un petit moment.

— Réveille-toi.

Il ne restait plus que Dess à présent. Les deux autres s'étaient estompés, enfin en route pour aider Rex. Des pensées de polymathe emplirent l'air tandis que Dess plantait des pieux dans le sol, en signe de protection contre les choses sombres qui les entouraient.

— Réveille-toi ! Tu as une commotion. Si tu t'endors, tu risques de mourir.

— Ça me va, grommela Mélissa.

— Quelle coïncidence. Ça me va aussi.

Elle ouvrit les yeux et regarda la pauvre petite Dess, amère comme du caoutchouc brûlé. Qui estimait avoir été spoliée de son amie secrète. Ne voyait-elle pas clair en Madeleine ? Ce qu'elle leur avait infligé à tous ? Elle les avait abandonnés. Elle avait fait d'eux de pathétiques orphelins, alors qu'elle connaissait tous les trucs.

Quoi qu'il en soit, Mélissa n'avait pas eu le choix.

Elle s'humecta les lèvres. Elle aurait donné n'importe quoi pour un verre d'eau.

— Je regrette de t'avoir touchée, Dess. Mais ils avaient emmené Rex… J'avais besoin de savoir où.

Pas de réponse, sinon le choc sourd des pieux dans le sol. Chaque impact résonnait en Mélissa comme un coup de pic à glace dans le cerveau.

Le martèlement finit par s'interrompre.

— Ils sont au courant pour elle, maintenant. N'est-ce pas ?

— Ils l'étaient déjà.

Mélissa referma les paupières. Ici, à demi consciente au milieu du désert, elle baignait dans les pensées des darklings. Leurs rythmes lents étaient autrement plus faciles à supporter que le brouhaha frénétique, vertigineux, des humains. Ce n'était pas la première intervention de Madeleine quand elle avait soufflé leur itinéraire à Jonathan et Jessica. Au fil des ans, les darklings avaient fini par flairer son existence. Ils pouvaient difficilement rater l'afflux soudain de midnighters à Bixby. Et les plus anciens, les plus paranoïaques, avaient toujours soupçonné que quelqu'un avait survécu.

L'évidence la frappa alors de plein fouet.

— C'est pour ça qu'ils nous ont laissés vivre, croassa-t-elle.

Le martèlement s'arrêta.

— Hein ?

Parler faisait mal mais, au moins, Dess ne plantait plus de piquets de tente pendant qu'elle écoutait. Mélissa redressa la tête et roula sur le flanc, en s'appuyant sur son épaule meurtrie et ses mains écorchées.

— Nous n'étions pas une menace, pas avant l'arrivée de Jessica. Alors, les darklings se sont montrés malins : ils nous ont permis de vivre. Pour remonter jusqu'à Madeleine.

Et donner à Rex le temps de grandir, songea-t-elle. Ils avaient capturé Anathéa trop jeune ; voilà pourquoi elle se mourait au bout de deux ans à peine dans le temps bleu.

Alors que Rex pourrait être leur esclave pendant des siècles…

Mélissa geignit, et laissa retomber la tête dans le sel.

— Peux-tu la sentir ? demanda Dess.

Mélissa soupira. Chercher aussi loin lui donnerait encore plus mal au crâne, comme tout le reste. Elle sentait un peu de sang couler sur son visage, avec lenteur, comme un filet de goudron. Mais elle devait bien cela à son amie.

Elle se projeta mentalement au-delà du désert dans la ville silencieuse, à la recherche de la zone morte découverte par les chiffres de Dess, cachée derrière les contorsions de minuit.

Juste à temps, Mélissa sentit qu'on l'observait et réalisa ce qu'elle avait failli faire. Les darklings les encerclaient, à distance respectueuse de la barrière établie par Dess mais en les scrutant. Elle les avait presque conduits jusqu'à Madeleine.

Avec un sourire, Mélissa laissa le savoir qu'elle tenait de Dess s'éparpiller comme du verre de sécurité. L'avantage d'avoir traversé un pare-brise, c'est qu'il devenait facile de ne penser à rien. Ils finiraient bien par trouver la cachette de Madeleine dans les replis de son cerveau, mais pas ce soir, pas avec cette commotion qui lui vrillait le crâne.

— Madeleine va bien, assura-t-elle.

Pour l'instant.

Dess se remit à planter ses piquets. Ces précautions ne seraient peut-être pas nécessaires – les darklings avaient d'autres chats à fouetter. Ils bouillonnaient en masse sombre à proximité, tout excités par une présence dans leurs rangs…

— Non, murmura Mélissa, dont la tête bascula en arrière contre le sol dur.

Elle se laissa emporter, sombrer dans le sommeil miséricordieux qui risquait de la tuer, sachant que la conscience était trop douloureuse à supporter.

Bien sûr, elle aurait dû rappeler à Dess la voiture tapie à une vingtaine de mètres. Elle était figée pour l'instant, mais la vieille Ford filait encore à plus de soixante à l'heure, droit vers elles, sans personne au volant.

Mais cette mise en garde ne put émerger de la confusion qui régnait dans son cerveau. Car dans la masse des darklings elle venait de percevoir une saveur troublante, la plus familière qu'elle connaisse… mais différente, à présent.

Non loin d'ici, Rex se réveillait.

32 00h00

SANS DÉFENSE

Le monde basculait autour de lui, son cœur battait à un rythme affolé. Il aurait voulu s'enfuir mais ses jambes lui faisaient l'effet d'être prises dans une gangue, épaisse et d'un froid cruel. Il se souvint alors qu'il était trop tard – ils l'avaient déjà capturé.

Rex remua faiblement les mains, griffa le mur qui l'écrasait. Puis tout bascula de nouveau et il comprit qu'il s'agissait en fait du sol. Il était couché de tout son long, face contre terre. Ses poumons se gonflaient avec difficulté, comme si quelque masse inerte et gigantesque l'aplatissait sous son poids.

Et il était aveugle.

Il toussa, sentit un goût de sel et de sang dans sa bouche. Respirer lui était pénible ; quel que soit le produit utilisé par ses agresseurs pour l'endormir, il lui donnait encore le tournis.

Rex tâcha d'ouvrir les yeux, mais une sorte de boue collante recouvrait son visage. Il en avait aussi sur la poitrine, et jusqu'entre les doigts. Des filaments tièdes et visqueux lui collèrent aux lèvres quand il les écarta pour émettre un gémissement, comme s'il était plongé dans une fosse remplie d'entrailles fraîches à la sortie d'un abattoir.

Des visions d'araignées l'assaillirent, et Rex se remémora le vieux darkling chez Constanza, crachant un mucus fumant lors de son agonie. Son cœur s'emballa de nouveau et, pris de panique, il se gratta les membres à l'aveuglette. *Mais les vraies mygales ne lancent pas de toile*, se souvint-il.

Il ramena une main pesante vers son visage et la sentit traîner dans du sable fin. Tourner la tête lui était impossible – elle semblait prise dans un étau – mais avec ses doigts, il parvint à dégager son œil droit et put entrouvrir les paupières.

Rex distingua une lueur bleue et, pour la première fois, remarqua le silence. Il n'entendait que le martèlement de son pouls dans ses oreilles. Il avait dû rester inconscient plusieurs heures. C'était le temps bleu.

Un frisson d'espoir le traversa. Ses kidnappeurs ne pouvaient avoir qu'une connaissance imparfaite de l'heure secrète. Ils n'avaient jamais étudié l'ancien savoir des midnighters mais seulement obéi aux ordres de leurs « esprits », sans réelle compréhension. Peut-être n'avaient-ils pas réalisé que Rex resterait conscient pendant qu'ils seraient figés. Peut-être avaient-ils commis une erreur.

Mais il ne devait pas rester là, il fallait qu'il se lève. Le temps bleu pouvait tout juste commencer ou être sur le point de s'achever. Et cette substance poisseuse qui le recouvrait n'augurait rien de bon…

Rex se racla le visage à deux mains, arrachant la boue collante jusqu'à ce qu'il parvienne à ouvrir les deux yeux. Un sol sablonneux emplit son champ de vision ; il ne pouvait toujours pas tourner la tête. Il s'efforça de se redresser, mais put seulement décoller le torse de quelques centimètres au-dessus du sol avant de s'écrouler de nouveau. Il enfonca les doigts dans la poussière, se débattit pour tenter de se retourner, mais le poids qui l'écrasait le maintint cloué au sol, presque paralysé, à bout de souffle en raison de ses efforts. Il ne sentait pas ses jambes.

Qu'avait-il donc sur le dos ?

Le visage plaqué au sol, Rex sentit un goût de sel. Il se trouvait dans la plaine salée, réalisa-t-il. On l'avait abandonné dans le désert, à des kilomètres de la première habitation. Même si minuit venait à peine de tomber, les autres seraient bientôt là.

Puis il entendit quelque chose, un cri étouffé.

Il tendit l'oreille, et d'autres sons lui parvinrent de tous côtés, stridents, inhumains. Il se nettoya les oreilles avec peine.

Et soudain, le vacarme devint assourdissant. Seules ses oreilles bouchées avaient pu lui faire croire au silence.

Ils étaient déjà là, tout autour de lui.

Rex retint son souffle et chercha d'un geste machinal Glorification à son cou. Mais les maillons d'acier avaient disparu, tout comme sa chemise et son blouson. Il n'avait rien d'autre sur la peau que cette vase gluante et ce poids qui l'enfonçait dans le sel.

Une forme noire et sinueuse vint lui boucher la vue.

Une tête étroite se dressa devant lui, à quelques centimètres de son visage. Un grouilleur, aux yeux d'un noir d'encre qui le fixaient avec curiosité.

Tout en fouillant sa mémoire en quête d'un décatrigramme, il se demanda ce qu'on éprouvait à se faire mordre l'œil.

— Décompression, grimaça-t-il.

Un poing invisible s'enfonça au creux de son ventre, chassant le peu d'air qu'il avait dans les poumons, comme si le désert se cabrait sous lui.

Le grouilleur s'éloigna en toute hâte. Encouragé par cette petite victoire, Rex fit une nouvelle tentative pour se redresser.

Le poids qui l'accablait disparut soudain et il se releva d'un coup. Il battit des bras, mollement, en vacillant sur ses membres ; l'horizon bleu oscilla.

À travers sa vision brouillée il distingua des araignées, des vers, des serpents géants et des tigres à dents de sabre, et d'autres encore qu'il ne connaissait pas, créatures de cauchemar où se mêlaient le reptile, le mammifère et le rapace. Plus de darklings qu'il n'en avait jamais imaginés, flétris et incroyablement anciens. À ses pieds le sol était tapissé de grouilleurs, qui serpentaient entre les chevilles de trois êtres figés. Rex reconnut les traits d'Angie et Ernesto Grayfoot avec son appareil photo.

Un bruit humain lui parvint parmi le brouhaha des darklings, comme les pleurs d'un enfant.

Plissant les yeux, il aperçut une jeune fille parmi les formes sombres. Recroquevillée sur le sol, nue, elle poussait des sanglots étranglés.

Une autre victime comme lui, abandonnée en plein désert.

Mais Rex n'avait pas de métal sur lui, ni d'arme d'aucune sorte, pas même des habits, rien d'autre que des mots pour se défendre. Il prit une respiration douloureuse.

— Magnification.

Un autre coup le plia en deux et il tituba en arrière, chancelant, comme un amateur sur des échasses. Il parvint néanmoins à recouvrer l'équilibre et remarqua alors les deux grandes ailes qui le tenaient droit, en brassant l'air de part et d'autre de lui. Une humeur brillante, visqueuse, en dégouttait encore.

Il laissa retomber ses paupières, comprenant enfin : qui était la fille ; ce qu'il était devenu.

— Décomposition, souffla-t-il.

La douleur aiguë, déchirante, le secoua de nouveau, comme s'il vomissait une masse énorme hérissée de piquants. Bien sûr que les mots de treize lettres lui brûlaient la gorge ! Le seul fait d'y penser le tenaillait, attaquait cette partie de son cerveau qui refusait d'accepter son sort – la part encore humaine.

Il était trop tard pour s'enfuir, trop tard pour combattre.

Rex était l'un d'eux à présent.

33 00h00

LES VOYANTS

Le premier grouilleur frappa sans prévenir.

Un essaim tournoyait à distance, signalant sans doute l'endroit où se tenait Rex, mais le serpent volant jaillit de nulle part, cingla le bras de Jessica et le laissa vibrant comme après un coup sur le coude.

La main gauche à demi engourdie, Jessica sortit sa lampe torche.

— Illuminations Imprévisibles, murmura-t-elle avant de l'allumer.

Elle sentit le pouvoir l'envahir, et un autre grouilleur s'embrasa dans le faisceau lumineux, emplissant la nuit d'une flamme rouge et d'un cri perçant. En balayant les ténèbres avec sa torche, Jessica enflamma encore une poignée de grouilleurs sur leur chemin.

— Comment s'appelle ce truc ? demanda Jonathan, les yeux mi-clos pour ne pas être ébloui, en indiquant son bouclier.

— Heu... Dess a dit de le baptiser Pérambulation Gargantuesque.

— Ça veut dire quelque chose ?

— Oui, c'est une sorte de promenade à pas de géant. Plus ou moins.

En redescendant, Jessica repéra un mouvement au ras du sol. Elle pointa le faisceau vers le bas et alluma un nid de grouilleurs qui les attendaient.

— Il y en a partout !

— Ils essaient de nous ralentir, dit Jonathan.

Quelque chose voleta dans leur dos, et Jonathan poussa un cri. Un grouilleur l'avait frappé au creux des reins. Il trébucha au moment de toucher le sol et entraîna Jessica dans sa chute. Elle le lâcha, la gravité normale s'abattit sur elle comme une chape de plomb et elle roula parmi les cadavres de grouilleurs. Une puanteur de chair brûlée lui emplit les poumons.

Jessica se releva sur un genou et décrivit un tour complet sur elle-même, en s'efforçant de braquer sa torche dans toutes les directions en même temps. Des choses s'enflammèrent dans le ciel autour d'elle, mais elle vit une autre flèche volante atteindre Jonathan à la cuisse avant de s'embraser.

— Le feu à main ! clama-t-il en repoussant un autre grouilleur d'un coup de Pérambulation.

Elle sortit Explosibilité de sa poche et le déchira en deux en criant son nom. La flamme jaillit, l'aveugla à moitié et inonda le désert d'ombres vacillantes. Des cris stridents s'élevèrent de tous côtés tandis qu'elle le brandissait au-dessus de sa tête.

Ces cris s'éloignèrent bientôt dans un grand bruissement d'ailes membraneuses.

Jonathan protégea ses yeux violets de la lumière du feu.

— Ça brûle pendant combien de temps ?

— Une demi-heure, je crois. Mais je peux le lâcher et il s'éteindra.

— Surtout pas. Je n'y vois plus rien, mais ça vaut toujours mieux que de se faire tailler en pièces. (Il lui tendit une main sans cesser de se protéger les yeux avec l'autre. Elle remarqua qu'il faisait porter tout son poids sur sa jambe droite.) Tu vas me guider. Dis-moi juste où sauter.

Jessica lui prit la main. La légèreté de Jonathan la requinqua, ainsi que l'énergie dévastatrice qui parcourait son corps et passait dans le feu crépitant. Elle calcula leur prochain saut et lui indiqua la direction d'une pression de la main.

— Trois, deux, un…

Au moment de bondir, la jambe où Jonathan s'était fait mordre se déroba sous lui et ils s'envolèrent en tournoyant l'un autour de l'autre. Jessica corrigea leur trajectoire d'une torsion des épaules, venant enfin de comprendre la deuxième loi du mouvement d'une manière aussi soudaine qu'inattendue. Trop tard pour sa dernière épreuve de physique, mais peut-être à temps pour sauver Rex…

Ils décrivirent une longue courbe au-dessus du désert, vers l'essaim.

— On touche dans cinq, quatre, trois…

Leurs pieds foulèrent le sol, et Jessica les entraîna dans le bond suivant, en synchronisation parfaite. En l'air, elle l'attira contre lui afin qu'il ne projette pas d'ombre par laquelle les grouilleurs auraient pu approcher. Il enfouit son visage au creux de son épaule, grimaçant devant les étincelles d'Explosibilité qui tourbillonnaient autour d'eux.

— Encore un dernier, et on y sera, annonça-t-elle au sommet de leur bond.

La nuée de grouilleurs et de darklings se dispersait déjà, terrorisée par cette flamme aveuglante qui fondait sur elle. Jessica sentit ses cheveux roussir dans la traînée d'étincelles mais, comme la soudure chez Dess, l'odeur de brûlé ne fit que l'exciter.

— Deux… un…

Ils touchèrent terre et rebondirent à l'unisson, droit vers l'essaim.

Ils avaient la sensation de descendre au milieu d'un concert de piaillements.

Les flammes se propageaient de toutes parts à mesure que certains grouilleurs trop lents ou trop stupides pour s'enfuir prenaient feu sous l'effet d'Explosibilité. Ils se cognaient à leurs congénères dans des battements d'ailes enflammées et l'incendie se développait ainsi, en une sphère de plus en plus grande, tel un grand œil incandescent qui s'ouvrirait sous eux. Un darkling en forme de panthère ailée fut rattrapé par la conflagration. Il tournoya follement en s'efforçant de s'éteindre avant de dégringoler du ciel.

— Ça a l'air de chauffer, cria Jonathan, les paupières fermement collées.

— Tu peux le dire, lui répondit Jessica sur le même ton.

Tout son corps vibrait sous le crépitement du feu à main.

Ils s'enfoncèrent dans la masse. Un cercle de carcasses rougeoyantes jonchait le désert en dessous d'eux.

— On se pose, avertit Jessica quelques secondes avant qu'ils n'atterrissent en trébuchant.

Au centre des grouilleurs carbonisés – pile à l'endroit prédit par Dess – se tenaient trois rigides, figés par minuit. L'un d'eux était le voyeur de Jessica, le séduisant Ernesto Grayfoot, appareil photo en main. Il y avait également une grande femme blonde, et le troisième était un vieillard, vêtu avec élégance d'un costume qui semblait néanmoins accuser plusieurs décennies de retard. Même à distance, Jessica vit tout de suite la ressemblance entre Constanza et son grand-père.

Une quatrième silhouette était recroquevillée dans le sel à leurs pieds, petite, nue et très pâle.

Jessica lâcha la main de Jonathan et courut vers la forme frémissante. Explosibilité, brandi bien haut, vomissait des ombres démoniaques dans toutes les directions.

Il ne s'agissait pas de Rex.

La jeune fille était chétive, fripée, avec des jambes trop frêles pour la soutenir. Des plaques de peau membraneuse s'accrochaient encore à sa chair humaine, devenue d'une blancheur d'albinos après toutes ces années dans les ténèbres.

— Trop de lumière... geignit-elle, aussi sensible à la flamme que Jonathan.

C'était toujours une midnighter, après tout. Une voyante, selon Mélissa. Jessica cacha le feu dans son dos et la jeune fille entrouvrit les paupières, dévoilant des yeux violets.

— Vous êtes enfin venus me chercher.

Jessica battit des cils. Enfin – au bout de cinquante ans. La malheureuse ne pouvait pas deviner combien de temps cela avait pris.

— Oui. Tu ne risques plus rien, maintenant.

Même si elle paraissait mal en point. Elle pouvait à peine lever la tête ; les années d'emprisonnement dans la chair de darkling avaient fait fondre ses muscles.

— Je ne vous connais pas, murmura la fille. Je m'appelle Anathéa.

— Nous sommes nouveaux en ville, dit Jonathan qui s'était approché en boitillant. Anathéa, nous sommes à la recherche d'un ami...

— L'autre voyant, dit-elle, acquiesçant tristement. Ils l'ont transformé et m'ont laissée ici.

— Sais-tu où ils l'ont emmené ?

— Je peux essayer de regarder. (Elle pointa un doigt décharné vers Explosibilité.) Mais éteignez ça.

Jessica se détourna et lança le feu dans l'obscurité. À peine avait-il quitté sa main que la flamme crachotait.

Il s'éteignit avant de toucher le sol. Elle ressortit Illuminations Imprévisibles, au cas où quelques grouilleurs se seraient attardés dans les parages.

La fille poussa un soupir de soulagement et ouvrit grand les yeux. Elle promena son regard dans la nuit noire, puis hocha la tête.

— Il vole dans cette direction.

— Il vole…

Jessica distinguait à peine les silhouettes sombres qui se découpaient sur la lune montante. Rex et son nouvel entourage.

Ils arrivaient trop tard.

— Il faut le suivre… bredouilla-t-elle, désespérée. Tenter de le sauver.

— Si vous parvenez à le retenir à la surface jusqu'au lever du soleil, dit la jeune fille, la chair de darkling devrait brûler, je pense.

— J'ai mon propre soleil, dit Jessica en serrant Illuminations Imprévisibles dans sa main. Viens, Jonathan.

Ce dernier hésita, baissa les yeux sur Anathéa.

— Ça va aller ?

La jeune fille secoua la tête.

— Je sais bien pourquoi ils m'ont libérée.

Elle retomba sur le sol, à bout de forces.

— Viens donc !

— Et s'ils revenaient pour lui faire du mal ? protesta Jonathan.

— Ma chair ne les intéresse pas, répondit Anathéa. Je fais partie des leurs à présent.

Jessica leva la tête vers l'essaim qui s'éloignait. Ces paroles lui glaçaient le sang. Car si elles étaient vraies, Rex faisait partie des leurs, lui aussi.

— Il faut qu'on y aille, Jonathan.

Jonathan acquiesça, ôta son blouson et le posa sur les épaules graciles de la jeune fille.

— On va revenir, lui souffla-t-il, avant de prendre Jessica par la main.

Illuminations Imprévisibles balayait le ciel nocturne avec son pinceau, dégageant le passage en avant d'eux. Plusieurs vols de grouilleurs tentèrent de braver la lumière mais pour exploser aussitôt en boules de feu et s'abattre vers le sol en brûlant.

Même avec Jonathan à demi aveuglé, ils gagnaient rapidement du terrain sur l'essaim. Jessica comprit bientôt pourquoi. Au centre évoluait un darkling à forme quasi humaine. Son vol paraissait lourd, maladroit, ses ailes manquaient de coordination et son corps se tordait horriblement, comme s'il était en guerre contre lui-même. Sa longue queue pointue fouettait l'air comme celle d'un chat irrité.

— Rex, murmura Jessica.

Ils se rapprochèrent encore, et la lampe torche commença à tailler dans la traîne de l'essaim, allumant quelques grouilleurs et semant la panique parmi les autres.

Deux darklings descendirent prêter main-forte à la créature au centre, en se plaçant de part et d'autre pour tenter de l'aider, mais Jessica vit ses bras humains se débattre et les repousser.

Au sommet de leur saut suivant elle braqua Illuminations Imprévisibles sur l'essaim et prononça son nom de nouveau, en tâchant d'y mettre toute son énergie.

Le rayon transperça la masse, et les deux darklings s'écartèrent en criant tandis que l'hybride s'embrasait.

— Rex ! s'écria-t-elle.

La silhouette flamboyante roula sur elle-même, puis tournoya vers le sol comme un avion de papier en flammes. Au dernier moment, un ultime battement d'ailes lui permit de se poser en douceur avant de s'écrouler.

L'essaim fit demi-tour, se transforma en un tourbillon centré sur la créature abattue. Des grouilleurs se détachèrent de la masse tournoyante pour se lancer tout droit dans le faisceau de sa torche, en se désintégrant en vol. La puanteur des créatures brûlées vives devint suffocante.

Puis l'un d'eux parvint à frapper Jessica à l'épaule, en jaillissant par-dessous. Une douleur glaciale lui parcourut le bras. Elle décrivit des moulinets avec sa lampe, enflammant d'autres grouilleurs.

Mais il en arrivait de partout ; et elle n'avait pas d'autre feu à main.

— Arrête-toi ! cria Jessica alors qu'ils retombaient, et Jonathan obéit en trébuchant. Ils sont trop nombreux !

Une forme fondit sur elle et Jessica leva le bras par

réflexe, afin de se protéger le visage. Le grouilleur rebondit sur son poignet en hurlant. Les breloques d'Acariciandote rougeoyaient. Partout dans les ténèbres on voyait des formes agiles bondir à travers le désert, de grands félins qui s'approchaient par bonds de dix mètres.

Elle se savait capable de les brûler un à un, mais pendant ce temps-là, les grouilleurs la mettraient en pièces. Les darklings, si craintifs et prudents soient-ils à l'égard de leur longue existence, étaient prêts à se sacrifier pour sauver leur nouvel hybride.

Et tuer Jessica Day au passage.

— Qu'est-ce que je fais ? murmura-t-elle.

— Je te couvre, lui dit Jonathan. (Les yeux clos contre la lumière blanche aveuglante, il se colla à Jessica pour protéger son dos.) Continue à te battre.

Elle le sentit tressaillir quand un grouilleur le mordit par-derrière.

— Jonathan !

Il grogna.

— Bats-toi !

Elle n'avait plus le temps de discuter. Elle braqua Illuminations Imprévisibles sur le darkling le plus proche, qui roula dans la poussière en hurlant quand les flammes lui grillèrent le poil. Elle promena la lumière sur un vol de grouilleurs pour atteindre un autre félin. Le monstre effectua un bond de côté mais elle le suivit d'un léger mouvement de poignet jusqu'à ce qu'il n'en reste plus qu'un nuage d'étincelles dispersées dans le sel.

Jonathan sursauta de nouveau, atteint encore une fois, et la bouscula en frappant à l'aveuglette avec Pérambulation. Jessica serra les dents, ignora ses cris de douleur et dirigea sa lampe torche sur une autre panthère, dont les yeux violets étincelèrent puis bouillirent dans leurs orbites. La créature hurla, s'élança dans les airs ; des ailes jaillirent de son dos, pour s'embraser aussitôt.

Elle s'écrasa au sol, si près que Jessica sentit le désert trembler sous ses pieds. Le nuage soulevé par sa chute les enveloppa, et Jessica sentit le sel lui piquer les yeux.

Un autre grouilleur s'infiltra dans son dos mais Jonathan le repoussa d'un coup de bouclier.

Un sifflement retentit au-dessus de leurs têtes – un gigantesque darkling fondait sur eux. Le rayon d'Illuminations le transforma en étoile filante qui poussait des cris stridents. Il dégringolait droit sur eux, pareil à une roue enflammée hérissée de griffes, de crocs et d'ailes. Jessica voulut s'écarter mais fut gênée par Jonathan, toujours aveuglé par la lumière blanche, et qui n'avait rien vu.

— Jonathan ! Ne reste pas là !

Il la tira en arrière avec un grognement pendant qu'elle continuait à braquer sa torche sur le monstre. Changée en boule de feu, la créature toucha le sol en explosant dans un bouquet d'étincelles. On aurait cru les tisons d'un feu de camp dispersé à coups de pied.

Des hurlements s'élevèrent tout autour d'eux, abominables cris de défaite et de terreur.

Jessica promena sa torche dans le ciel et sur le sol à la

recherche d'autres formes noires, mais son rayon n'accrocha que quelques grouilleurs épars. Les derniers darklings avaient dû abandonner, finalement repoussés dans la nuit par leur peur ancestrale. Elle aperçut au loin les lambeaux de l'essaim en train de s'enfuir à travers le désert.

— Je crois que c'est fini, dit-elle dans le silence soudain.

Jonathan la lâcha et se laissa tomber à quatre pattes.

Jessica fit volte-face. Elle vit son visage en sueur, ses crispations de douleur.

— Jonathan !

— Je survivrai, haleta-t-il. Va t'occuper de Rex.

Il leva la tête, plissa les yeux dans le noir et pointa du doigt la masse sombre fumante là où l'hybride était tombée.

Jessica se mordit la lèvre, scruta le ciel encore une fois. Rien.

— D'accord. Attends-moi ici.

Elle piqua un sprint à travers la plaine salée et promena le faisceau de sa torche sur Rex en se rapprochant. Les restes de son corps de darkling s'embrasèrent, de grandes langues de flamme blanches enveloppèrent ses ailes et la couche extérieure de sa peau se détacha comme une plaque de boue rincée au jet.

Quand elle eut terminé, elle éteignit sa torche et courut s'agenouiller auprès de lui.

— Rex !

Il leva vers elle un regard fou en sifflant entre ses dents serrées.

— Rex, est-ce que tu... ?

Son corps fut secoué d'un spasme. Il baissa des yeux hébétés sur ses bras, pâles et nus. Ses cheveux avaient grillé à moitié, mais sa peau paraissait intacte, comme si la flamme blanche d'Illuminations Imprévisibles s'était arrêtée à la frontière de son humanité.

— Rex ?

— Tu l'as vue ? lâcha-t-il. L'autre ?

— Anathéa ? Oui, elle est là-bas.

— Emmène-moi près d'elle.

Jonathan les rejoignit en traînant la patte.

— Tu es sûr de pouvoir... ?

Rex se leva, nu comme un ver, et dit :

— Vite. Elle est en train de mourir.

34

00h00

ANATHÉA

Sa liberté était en train de la tuer. Et elle le savait.

Elle n'avait songé à rien d'autre, durant tout ce temps, qu'à sortir de cette chair de darkling, à retourner à Bixby, auprès de papa et maman. Dans ses rêves fugaces, Billy Clintock surgissait au-dessus du désert pour venir la sauver, en s'accrochant à elle jusqu'à ce que le soleil se lève et la délivre.

Mais la réalité s'était révélée plus macabre. Elle s'était trop affaiblie dans ce corps étranger. Ils ne lui avaient pas laissé assez de forces pour survivre sans son autre moitié.

Malgré tout, c'était bon de se sentir de nouveau soi-même. Humaine, ou presque.

Anathéa se recroquevilla dans le sel, en espérant qu'elle tiendrait jusqu'au lever du soleil, ou au moins jusqu'à la disparition de la lune sombre.

Quand ils revinrent, ainsi que le jeune acrobate le lui avait promis, ils étaient trois.

Ils se posèrent avec rudesse. L'autre voyant trébuchait. Il était nu, jusqu'à ce qu'il retrouve son long manteau abandonné par terre, mais on avait réussi à le débarrasser de sa chair de darkling.

Anathéa se sentit à la fois heureuse et jalouse qu'ils aient pu le sauver, alors que personne ne l'avait fait pour elle.

La fille aux cheveux roux avait prétendu posséder son propre soleil. Anathéa s'interrogea une fois de plus sur l'étrange Empreinte qui lui collait à la peau. Elle tenait une sorte de tige métallique à la main, une arme avec laquelle Anathéa l'avait vue trancher dans l'essaim pour secourir leur ami. Et il y avait un problème avec ses yeux.

Quel était donc son talent ? Et pourquoi Anathéa ne connaissait-elle aucun d'entre eux ? Se serait-il écoulé si longtemps ?

— C'est toi, Anathéa ? lui demanda l'autre voyant.

— Oui, répondit-elle doucement.

Sa voix s'était affaiblie aussi après tout ce temps dans la peau d'un darkling.

— En quelle année sommes-nous ? voulut-il savoir.

Elle sembla soudain absente.

— Je veux dire, quelle est la dernière année dont tu te souviennes ?

Voilà si longtemps qu'elle ne pensait plus en termes d'années ou de mois... Le mode de calcul des darklings, en douzaines et en grosses, lui était devenu beaucoup plus naturel.

— Mille neuf cent cinquante-deux ?

Il hocha la tête, comme s'il venait de recevoir une confirmation. Elle laissa retomber ses paupières.

— Sais-tu ce qui s'est passé ? interrogea-t-il. Ce qui est arrivé aux autres, aux midnighters de ton époque ?

— Mon époque ? (Elle frémit. Elle se souvenait à présent. Elle avait transmis les ordres de ses propres mains, en disposant les tuiles à l'intention de diurnes malfaisants. Mais cela remontait à bien longtemps, plus qu'elle n'aurait su le dire. Elle frissonna.) Des choses terribles. Mais ce n'était pas de ma faute. C'est elle qui a trahi le secret. Pas moi.

— Le secret ?

— On ne devait en parler à personne. (Elle secoua la tête.) C'est cette maudite Madeleine Hayes qui a tout déclenché. Les fils Grayfoot savaient ce qu'ils faisaient en m'amenant ici…

Anathéa retomba dans la poussière. Évoquer ce qui s'était passé avant la transformation lui donnait mal au crâne. Peut-être n'avait-elle plus grand-chose d'humain, après tout. Et il ne lui restait guère de souffle. Elle le sentait s'échapper de ses poumons.

L'acrobate, le Mexicain si mignon, intervint.

— Peut-on faire quelque chose pour toi ?

Elle sourit et lui tendit la main. Pendant tout ce temps elle avait possédé des ailes, mais ç'avait été si pénible, si laborieux dans cet abominable corps étranger. Rien de comparable à ce qu'elle éprouvait quand Billy Clintock l'emmenait voler, des années auparavant, semblait-il.

— Tu veux bien… ?

Il comprit, lui prit la main, et elle sentit cette légèreté l'envahir à nouveau. Cela faisait si longtemps…

35

00h00

LA PLAINE SALÉE

Ils décidèrent de l'abandonner là, dans la plaine salée. Les trois adorateurs des darklings – Angie, Ernesto et le grand-père Grayfoot – étaient encore figés, les yeux braqués sur l'endroit où ils avaient jeté Rex en pâture aux darklings. Peut-être que voir soudain apparaître une jeune fille morte à sa place leur donnerait à réfléchir.

Jonathan se détourna, incapable de regarder Rex placer les dominos autour d'Anathéa. Rex s'était rhabillé, après avoir retrouvé ses affaires laissées intactes par les darklings, et semblait étrangement normal, mis à part ses cheveux roussis et ses mains, qui tremblaient à présent comme celles de son père.

Jessica aussi détourna la tête. Elle se pressa entre ses bras et pleura, mais Jonathan se découvrit incapable d'éprouver du chagrin pour Anathéa, née en 1940 et morte cette nuit à l'âge de quatorze ans seulement. Son corps décharné en paraissait à peine douze, l'âge qu'elle avait lors de sa capture.

Et qu'avait-elle dit à propos d'une certaine Madeleine Hayes, juste avant la fin ? La vieille télépathe serait-elle la même qui avait trahi sa génération des décennies plus tôt ? Il faudrait qu'il en touche deux mots à Dess.

— D'accord, allons-y, lança Rex.

En se retournant, Jonathan vit ce que Rex avait laissé aux agents des darklings, et un frisson parcourut son dos meurtri. Il regarda le voyant dans les yeux : il n'y vit aucune larme pour Anathéa, rien qu'une lueur farouche, sinistre, comme si Illuminations Imprévisibles n'avait pas totalement eu raison des ténèbres qui l'habitaient.

Rex avait simplement disposé les dominos de manière à former de grosses lettres, sans tenir compte des symboles qu'ils portaient. Autour du corps d'Anathéa, on pouvait lire ainsi :

VOUS ÊTES LES PROCHAINS

Le tableau avait quelque chose d'effrayant, mais c'était le but, supposa Jonathan. Cela persuaderait peut-être Angie et les autres de choisir une voie différente. Faute d'hybride, ce message serait le dernier qu'ils recevraient jamais.

Jonathan prit la main de Jessica et l'embrassa. Elle avait le goût de ses larmes.

— Ne regarde pas, la prévint-il.

Elle secoua la tête.

Les traces de morsures que Jonathan avait reçues dans le dos se fondaient en une seule et même meurtrissure, et il grimaça en tendant la main à Rex, dont même la gravité de minuit ne put calmer les tremblements.

Ils ne lui avaient encore rien dit concernant Mélissa et son vol plané à travers le pare-brise. Tout en volant, en sentant les bonds faibles et prudents du voyant à côté de lui, Jonathan se demanda comment Rex prendrait la chose si elle n'avait pas survécu.

La lune sombre se couchait quand ils regagnèrent la voiture.

Mélissa se leva en vacillant à leur approche. Malgré son visage en sang, elle parvint à sourire. Rex s'arracha à Jonathan et tituba jusqu'à elle, en franchissant la barrière de câble et de piquets tendue par Dess, pour la serrer de toutes ses forces dans ses bras.

— Je le savais, dit-elle. Tu avais retrouvé un goût humain.

Jonathan lança un regard à Dess, qui leva les yeux au ciel. Elle paraissait tout à fait remise de ses émotions.

— Quelqu'un veut bien m'aider ? demanda-t-elle en se penchant pour arracher l'un de ses piquets de tente. Maintenant que Jessica est là, on peut nettoyer tout ça avant que cette monstruosité ne se remette en marche.

Jonathan suivit le geste de Dess en direction de la vieille Ford, dirigée droit sur eux devant son nuage de poussière.

— Oh, c'est vrai. Tu as raison.

Il retint encore un peu la main de Jessica, puis se mit au travail, malgré la souffrance que lui arrachaient ses plaies chaque fois qu'il se penchait. Sa jambe gauche ainsi que l'ensemble de son dos lui donnaient l'impression d'avoir été fouettés avec du fil de pêche puis rôtis au soleil. Et il mourait de faim. Il avait hâte de mettre la main sur le cake à la banane qui l'attendait dans sa boîte à gants.

— Non mais, regardez-moi ces deux-là ! chuchota Dess en enroulant son câble.

Rex et Mélissa étaient toujours dans les bras l'un de l'autre, à se toucher. Leurs yeux jetaient des reflets violets sous les derniers rayons de la lune sombre.

Jonathan secoua la tête.

— Vous croyez qu'il faut leur dire, pour la voiture ? s'enquit Dess avec un sourire malicieux.

Jessica ne sourit pas. Elle se contenta de se pencher pour arracher un autre piquet. Jonathan lui toucha le bras. La mort était trop réelle pour en plaisanter cette nuit-là.

Ils reculèrent d'une bonne centaine de mètres pour regarder les deux voitures revenir brusquement à la vie, et reprendre toutes les deux leur course à travers le désert après l'extinction de la lumière bleue. Celle de Jonathan s'arrêta presque aussitôt mais celle de Mélissa roula encore sur plus de cinq cents mètres dans la plaine salée. Comme il avait déjà coupé le contact et les phares, elle disparut dans le noir. Seul un nuage de poussière signalait son passage.

— J'irai la récupérer demain, promit-il à Mélissa.

C'était le week-end, personne ne passerait plus dans

le coin pendant deux jours. Qui voudrait voler cette vieille voiture au pare-brise explosé, de toute façon ?

— Je déteste l'hôpital, geignit Mélissa. C'est plein de malades. Et de médecins qui n'arrêtent pas de me tripoter.

— Il te faut des points de suture, insista Rex. Et tu as peut-être subi des dommages cérébraux.

— *Peut-être ?* grommela Dess.

Jonathan boitilla vers sa voiture avec un soupir. Le retour en ville promettait d'être un régal. Finalement, tout se résolvait comme l'avait prévu Rex – ils étaient de nouveau réunis tous les cinq.

Au moins, ils étaient tous en vie. Plus ou moins.

Le visage de Mélissa avait cessé de saigner mais elle conserverait des cicatrices au front et à la joue gauche un bon moment, peut-être pour toujours. Les mains de Rex continuaient à trembler, et il tressaillait au moindre bruit. Il marchait avec prudence, à moitié aveugle, ayant perdu ses lunettes quelque part dans le désert. Jessica n'avait pas dit un mot depuis la mort d'Anathéa ; elle s'accrochait au bras de Jonathan, vidée par le combat et tout ce qu'ils avaient vu.

Seule Dess paraissait égale à elle-même.

— Est-ce que Madeleine va bien ? demanda-t-elle alors qu'ils regagnaient tous la voiture de Jonathan.

Mélissa rejeta la tête en arrière, nez au vent, puis acquiesça.

— Toujours en vie. Mais elle sait ce qui s'est passé ; ils la trouveront bientôt.

— Tu vas avoir des ennuis, prévint Dess.

— C'est toi qui ne sais pas garder un secret.

— C'est toi qui ne sais pas garder les mains dans tes poches !

Jonathan n'écouta pas la suite de leur dispute. Il attira Jessica plus près, bien content qu'elle soit là pour le soutenir. Il avait besoin de la sentir contre lui, surtout ici, dans la plaine salée, la partie de Flatland la plus plate qu'on puisse imaginer.

36 09 h 11

UN MODÈLE D'ÉQUILIBRE

Sa vue se précisait puis se brouillait, comme s'il avait du mal à faire le point. La lumière du matin lui avait paru trop vive sur le chemin de l'hôpital, et les reflets du soleil sur le métal s'imprimaient sur sa rétine.

Les murs de l'hôpital étaient maculés par l'Empreinte, mais sans rapport avec les marques de minuit. Rex distinguait de nouveaux détails à présent, les traces de mains des diurnes, les impressions laissées par leur esprit en résolvant des problèmes, quand ils jouaient avec leurs nombres, leurs alliages et leurs machines astucieuses.

Il avait mis la matinée à réaliser en quoi consistait ces nouveaux signes : les traces du gibier.

Pendant cent mille ans, les darklings avaient pourchassé les hommes, appris à les traquer, à reconnaître leurs repaires et leurs sentiers. Ils étaient les derniers prédateurs à oser les chasser. Ils les connaissaient mieux que n'importe quel autre animal, mieux que ces bipèdes à moitié aveugles se connaissaient eux-mêmes Rex remarquait ces signes désormais, il percevait les manifestations de tout ce que les darklings recherchaient... et redoutaient.

Un appel d'urgence sonna à l'interphone et le fit sursauter. Il y avait des machines partout ici – des tubes fluorescents, des appareils pour mesurer le sang et la chair, des milliers d'instruments complexes. Rex aurait voulu bondir jusqu'à la porte et courir à travers champs, loin de toutes ces démonstrations de l'ingéniosité humaine. Il en avait les mains tremblantes, les épaules tendues par la peur.

Mais il devait voir Mélissa et lui montrer ce qu'il était devenu.

Il regarda le numéro sur la porte devant laquelle il passait, et le monde redevint momentanément flou.

Il n'avait pas emporté ses lunettes de rechange ; il n'en avait plus besoin, semblait-il, maintenant qu'il voyait l'Empreinte presque partout. Mais par moments, sa vision se brouillait. Ils ne l'avaient pas entièrement transformé. Il était encore humain, encore Rex Greene – un voyant, pas un monstre.

Dans une pièce à proximité, un appareil à rayons X lança un flash. L'éclair violet lui blessa les yeux malgré les murs de l'hôpital, et Rex tressaillit, en sifflant entre ses dents.

Il fallait qu'il trouve Mélissa et lui fasse part de tout cela. Il avait besoin de la toucher pour se sentir de nouveau humain.

Il trouva le bon couloir, comprenant enfin le code des chiffres et des lettres. Il espérait qu'il n'était pas en train de perdre sa capacité à déchiffrer les symboles humains. Peut-être était-ce simplement la fatigue, le fait d'avoir attendu trois heures aux urgences la nuit dernière. Il avait fallu tout ce temps pour qu'ils admettent Mélissa et le renvoient chez lui, en acceptant enfin de gober leur histoire – qu'elle avait perdu ses papiers dans l'accident, qu'elle avait dix-huit ans et aucune famille à prévenir.

En suivant le couloir, une forme particulièrement nette attira son regard devant lui, une silhouette nimbée par l'Empreinte.

Celle d'une vieille dame qui sortait de la chambre de Mélissa.

Rex s'arrêta. Les marques apparaissaient partout sur elle, détaillaient les moindres rides de son visage.

Elle parut le reconnaître, et un sourire anima ses traits pâles.

— Rex ! Mon garçon.

Elle leva vers lui une main gantée, devant laquelle il recula. Que lui voulait-on ?

Elle secoua la tête.

— Pauvre Rex. Encore nerveux, à ce que je vois. C'est vrai que tu as eu chaud la nuit dernière. Je n'avais jamais vu une bataille aussi féroce. Et pourtant j'en ai vu, des choses.

— Qui êtes vous ?

— Je suis… la marraine de Mélissa. Madeleine.

Il secoua la tête. Pour autant qu'il se souvienne, Mélissa n'avait jamais eu de marraine. Mais sa mémoire lui jouait des tours aujourd'hui. Il s'était retourné dans son sommeil, à chercher à démêler ce qui se bousculait dans sa tête, tout ce qu'il avait appris de Mélissa quand ils s'étaient serrés dans les bras l'un de l'autre sur la plaine salée. Et plus tard, quand ils s'étaient touchés dans la salle des urgences, avaient échangé leur douleur comme deux enfants qui se repassent quelque chose de brûlant…

Et ce matin, il n'avait guère eu le temps de faire le tri parmi les changements intervenus en lui, et encore moins parmi tout ce que Mélissa lui avait transmis. Cette Madeleine avait un rapport avec les calculs de Dess et la génération perdue de midnighters, voilà tout ce qu'il parvenait à se rappeler.

— J'ai voulu lui rendre une petite visite, lui dit-elle. Je n'ai peut-être plus beaucoup de temps devant moi, vois-tu. Et j'ai toujours eu envie de la connaître un peu mieux. (Elle secoua la tête.) C'est ma faute, bien sûr, si j'ai tant attendu.

Il y eut un autre éclair de rayons X, et Rex pivota dans sa direction, parcouru d'un frisson sur tout le corps.

Elle ne remarqua pas sa réaction animale, ou fit mine de ne pas la remarquer, et répéta d'une voix douce :

— Tout est de ma faute. J'avais si peur, j'étais tellement horrifiée par ce que j'avais commis.

Il la dévisagea de nouveau, et retrouva un peu de son ancienne vue. Rex se rendit compte que son Empreinte lui était familière, que c'était la marque de minuit.

— Vous êtes l'une des nôtres, dit-il.

— Oui, Rex. Mélissa te racontera tout. Nous avons pas mal bavardé toutes les deux. Elle t'attend.

La vieille dame le dépassa et, en la voyant s'éloigner à grands pas dans le couloir, Rex vit qu'elle ne portait qu'un seul gant.

Il tourna les talons et se rua dans la chambre de Mélissa.

Elle avait les paupières closes, les traits pâles sous la lumière des néons grésillants. Ses plaies – deux au front et une le long de la joue – avaient été recousues. Des croisillons de fil rose en maintenaient les bords. Un fil synthétique ; Rex en percevait la nouveauté – astucieuse, répugnante.

Elle portait la même Empreinte que la dame du couloir.

— Mélissa ? appela-t-il doucement.

Il se demandait ce que la vieille télépathe avait bien pu lui faire dans son sommeil.

Elle ouvrit les yeux et lui sourit.

— Tu as l'air en forme, Rex. J'aime bien ta nouvelle coupe.

Il poussa un soupir de soulagement et de fatigue. Mélissa semblait égale à elle-même.

L'autre lit de la chambre était inoccupé, et il s'assit dessus, en passant la main sur ses cheveux en brosse. Il s'était tondu à un centimètre afin de faire disparaître les mèches grillées.

— Merci. Tu as bonne mine, toi aussi.

Elle ricana.

— Merci, Rex. Et moi qui craignais que ces cicatrices

aient des conséquences tragiques sur ma popularité au lycée.

Il rit, mais son rire sonnait creux. Il y avait trop de machines par ici – des boutons de sonnette, des interphones, des prises murales pour moniteurs, toute une infrastructure de câbles et d'acier qui les environnait. Et soudain, Mélissa se redressa vers lui comme une momie, soulevée par les astucieux petits moteurs de son lit.

— Je flaire un truc bizarre chez toi, Rex.

Il contempla ses mains tremblantes.

— Tu crois ?

— Ça me rappelle… les darklings. Ils t'ont changé, hein ?

Il battit des cils, avant d'acquiescer. Tant de choses se bousculaient dans sa tête, de nouvelles sortes de saveurs et de visions, de brusques impulsions jaillies de l'animal enfoui en lui. Une question surnageait néanmoins au milieu du chaos.

— Qui était-ce ? demanda-t-il.

Mélissa sourit.

— Ma marraine, comme elle te l'a dit. Notre marraine à tous. (Elle soupira.) Jusqu'à ce qu'ils la trouvent, en tout cas. Ils vont la traquer désormais.

Rex ferma les yeux. Trop de sensations inconnues l'assaillaient, et maintenant, ces nouvelles informations… Il avait commis une erreur en venant ici. Il avait besoin de s'enfoncer dans le désert, de se trouver un coin tranquille pour s'asseoir un moment et réfléchir.

— Approche, Rex.

Il secoua la tête.

— Tu es trop faible. Tu ne pourrais pas encaisser ce que je ressens à l'intérieur. (Il contempla les murs, couverts de traces de doigts de malades, de mourants, des proies faciles à isoler du troupeau.) Surtout dans un endroit pareil.

Elle s'esclaffa.

— Ne t'en fais pas.

— Je croyais que tu détestais les hôpitaux.

— Je détestais tous les endroits, Rex.

Il fronça les sourcils. Une part de son cerveau se rappelait encore les subtilités de la conjugaison.

— « Détestais » ?

— Plus maintenant.

Mélissa lui prit le bras. Elle l'attira vers lui et, pour la première fois, pressa ses lèvres sur les siennes.

Elle se répandit en lui – non pas dans un déferlement d'émotions incontrôlées comme d'habitude, mais calmement, posément, selon une technique élaborée par une centaine de générations de télépathes, un art transmis de main en main au fil des siècles. Les calculs de Dess l'avaient enfin trouvé, ce que Rex avait toujours cherché, ce lien avec leur passé que la rupture de l'ancien savoir leur avait toujours interdit. Et Mélissa l'avait reçu en chair et en os, ce matin même, de Madeleine ainsi que de la foule de prédécesseurs qu'elle avait en mémoire. Enfin un lien avec l'histoire vivante ; enfin, le contact humain pour Mélissa et le reste d'entre eux.

Même chargé du poids des siècles, ce baiser leur appartenait à eux seuls. Leur vieille amitié se retourna d'un seul coup, le transformant de manière presque aussi radicale que son expérience dans le désert.

Et Rex sut qu'il s'en sortirait.

Peut-être était-il à moitié animal, effrayé par les signes d'humanité environnants, blessé par les darklings qui avaient pénétré en lui et l'avaient dressé contre lui-même, mais il l'avait, elle, pour le soutenir.

Il n'avait jamais rien connu de meilleur.

37

12 h 00

PRÉSENTATIONS

— Oh, ça n'a pas été difficile. Dess avait apporté son GPS, si bien qu'on savait exactement où chercher. On a retrouvé la voiture presque tout de suite.

— Et vous l'avez ramenée jusque chez Mélissa ?

— Penses-tu. Seulement jusqu'à la route. Mélissa n'aura qu'à passer la récupérer elle-même. Ça lui apprendra à oublier sa ceinture. (Jonathan sourit. Même dans le temps bleu, on voyait à son teint hâlé qu'il avait pris le soleil en gagnant la piste à pied cet après-midi.) Le pire, ç'a été de rouler dans la plaine sans pare-brise. (Il se lécha les lèvres.) Je sens encore le goût du sel.

Jessica rit, puis baissa les yeux sur le jardin que son père avait entièrement bêché. Elle se sentait en sécurité là-haut, sur son propre toit. Ils avaient décidé de ne pas s'éloigner de la maison pour cette nuit.

— Vous n'avez pas vu… Anathéa, hein ?

Il secoua la tête.

— Nous ne sommes pas allés de ce côté-là.

La douleur lancinante qui l'avait tenaillée toute la journée la traversa de nouveau.

— Nous aurions peut-être dû l'enterrer.

Jonathan soupira.

— Nous n'avions pas de pelle, pas le temps. Et quelqu'un devait emmener Mélissa à l'hôpital. Et puis, les adorateurs des darklings se sont certainement occupés de…

Il n'acheva pas.

— Oh, je ne te l'ai pas encore dit, se rappela-t-elle. Rex a appelé. Mélissa est sortie aujourd'hui. Ses examens n'ont rien révélé d'inquiétant. Il a dit qu'elle était vraiment… en super forme.

— Mélissa, en super forme ? s'esclaffa Jonathan. Enfin, s'il le dit. Je me demande comment elle va expliquer tout ça à ses parents.

Jessica se massa le bras à l'endroit où la morsure du grouilleur, la nuit dernière, lui avait laissé une marque jaunâtre violacée.

— Je ne suis pas sûre qu'elle ait besoin de leur expliquer quoi que ce soit.

— Oh, c'est vrai.

Jonathan baissa les yeux.

Jessica lui avait parlé des pouvoirs de Mélissa – la vérité concernant le père de Rex, ce qu'elle avait fait à Dess sur la banquette arrière de la Ford –, mais Jonathan ne semblait pas en avoir saisi l'ampleur. Il voulait parler de ce que Dess lui avait appris au sujet de Madeleine, ou de la récupération de la voiture de Mélissa, pas des événements terribles d'un lointain passé ou même de la nuit dernière... ni même d'Anathéa, morte dans le désert.

— Comment allait Dess ? demanda Jessica.

Il haussa les épaules.

— Elle parlait de sécuriser la maison de Madeleine contre les darklings. Elle avait l'air bien.

— Pas la nuit dernière.

Lorsqu'elles étaient rentrées chez Dess, celle-ci s'était endormie mais avait fait des cauchemars toutes les heures, en criant plusieurs fois le nom de sa ballerine, Ada Lovelace.

— Bah, ça devrait aller mieux maintenant qu'elle a un nouveau projet.

Jessica secoua la tête.

— Tu aurais dû voir ça, Jonathan. On aurait dit que Mélissa... (Elle ne put se résoudre à dire le mot.) Tu ne peux pas savoir.

— Je sais, Jess. J'ai déjà été touché par Mélissa, moi aussi.

Elle leva les yeux vers lui.

— Hein ? (Une sensation écœurante s'empara d'elle, mélange de jalousie et de dégoût.) Quand ça ? Pourquoi ?

— La nuit où tu as découvert ton talent, il a bien fallu que je saute avec elle et Rex.

Jessica se souvenait de les avoir vus voler ensemble à travers le désert, jusqu'à la fosse aux serpents, mais elle n'avait pas réalisé que...

— Mince, c'est vrai. Je ne savais pas encore, à ce moment-là.

— Aucun de nous ne savait. À part Rex et Mélissa.

Prenant conscience qu'elle s'était écartée, elle lui reprit la main.

— Je suis désolée, Jonathan.

Il frémit.

— Ne sois pas désolée pour moi. Sois-le pour Mélissa.

— J'aurais plutôt de la peine pour Dess. (Elle se pencha de nouveau sur le jardin de son père.) Je me demande si elle a jamais fait quoi que ce soit à nos parents.

— Mélissa ? Non, je doute qu'elle s'en soit donné la peine avec mon père. Il ne m'a jamais créé beaucoup de difficultés.

Elle acquiesça.

— Oui, mais je pense à mes parents qui m'ont laissée aller à cette soirée… juste au moment où Rex avait besoin de moi sur place.

— Sauf que tu es toujours punie, Jessica, six soirs par semaine en tout cas. (Jonathan écarta les mains.) Tu ne crois pas qu'elle t'aurait obtenu un pardon intégral ?

— À moins qu'elle n'ait voulu se montrer subtile.

— Mélissa ? Subtile ? (Jonathan s'esclaffa.) Arrête. Il ne faudrait pas commencer à tomber dans la paranoïa non plus.

— Non, sans doute que non. (Elle soupira.) Je ne sais pas ce que j'ai. Peut-être simplement que… (Elle se tourna vers lui, et les larmes qui l'avaient menacée toute la journée brouillèrent sa vision.) Je n'avais encore jamais vu mourir personne.

Il passa un bras autour de ses épaules.

— Moi non plus.

— Elle avait l'âge de Beth quand ils l'ont enlevée.

— Ah, oui.

Elle secoua la tête, répéta les mots qui l'obsédaient depuis des heures.

— Je suis désolée.

— D'avoir pleuré ? Ne le sois pas. Tu sais…

Jonathan se mordit la lèvre, ce qui voulait dire qu'il craignait de se montrer maladroit.

— Vas-y.

— Eh bien, c'est horrible ce qu'ils ont fait à Anathéa, mais ça remonte à cinquante-trois ans, un peu comme un fait divers dans un vieux journal. Pour moi, c'est comme si la fille que nous avons vue la nuit dernière était un fantôme, auquel nous avons enfin accordé le repos.

Jessica fixa la lune sombre ; la contempler lui donnait moins mal à la tête ces derniers temps. Peut-être devenait-elle enfin une midnighter accomplie.

— Je suppose que c'est une manière de voir les choses. Un fantôme qu'on aurait libéré.

— Et puis, tu as quand même sauvé Rex. Tu as évité que ce drame ne se reproduise.

Elle lui pressa la main.

— Je n'étais pas seule.

Il secoua la tête.

— Imagine un peu la tête de papy Grayfoot à la fin de minuit. En trouvant à ses pieds la gamine qu'il a enlevée quand il était gamin. Il a dû en avoir une crise cardiaque.

Jessica tressaillit. Elle ne voulait pas imaginer une chose pareille. Elle ne voulait plus voir mourir personne, elle le savait à présent. Plus jamais. Elle était bien contente que les trois autres soient chez Madeleine cette nuit – Mélissa, cachée dans la contorsion afin de protéger le secret de son emplacement, Dess pour renforcer les défenses anti-darklings de la maison et Rex, à se plonger dans les archives de l'ancien savoir, pour approfondir ses connaissances et peut-être, un jour, découvrir un moyen pour qu'ils soient tous en sécurité à minuit.

— Désolé, dit Jonathan, qui l'avait sentie s'éloigner de nouveau.

Jessica secoua la tête en silence. De l'autre côté de la rue, elle apercevait les buissons où Ernesto Grayfoot s'était caché avec son appareil photo.

— Je n'arrive pas à croire qu'il ne s'est écoulé qu'une semaine depuis l'apparition de mon voyeur.

— Incroyable, hein? fit Jonathan en riant. Tout ce qu'on peut faire avec une heure de plus chaque jour.

Elle lui sourit faiblement.

— Oui. Ainsi que tout ce qu'on peut vous faire.

Ils demeurèrent silencieux un moment, à regarder la lune sombre descendre vers l'horizon, avant que Jessica ne trouve le courage de dire :

— Je n'ai pas envie de rester seule, Jonathan. Je n'arrête pas de revoir Anathéa, morte, là où on l'a laissée.

Il lui reprit la main.

— Je suis là.

— Je voulais dire cette nuit. Après.

Jonathan la dévisagea.

— Es-tu certaine que ce soit une bonne idée ? Tes parents...

— Dorment à poings fermés, répondit Jessica. Ma mère a travaillé tard, et mon père a bêché le jardin. Il a l'intention de faire pousser des légumes.

Jonathan rit.

— C'est pire que travailler, j'imagine. Bien sûr que je reste avec toi.

— Il y a juste un petit souci.

— Bah, pas de problème. Je dormirai par terre.

— Pas question, rétorqua Jessica d'une voix douce. Le truc, c'est que... je voudrais te présenter à quelqu'un.

Quatre-vingt-dix secondes avant la fin de minuit, ils se posèrent devant sa fenêtre.

Jessica se hissa dans sa chambre puis tendit la main à Jonathan. Comme il boitait encore à cause des morsures de grouilleurs, il lui permit de l'aider. Une fois à l'intérieur, cependant, il bredouilla :

— Heu... Jessica ?

— C'est ce que je te disais. Rien que quelques minutes. Elle a demandé à te rencontrer.

— D'accord, mais... tu es sûre que c'est vraiment judicieux ? Que je surgisse comme ça, de nulle part ?

Beth était assise sur le lit où Jessica l'avait laissée une heure plus tôt, les mains sur les yeux, visiblement agacée.

— Mais oui. (Jessica sourit.) Elle adore les surprises.

— Elle ne risque pas de... se demander d'où je viens ?

— Je le lui ai déjà dit : de Pennsylvanie.

Jessica gloussa. Elle consulta sa montre, tout excitée. C'était peut-être une idée folle, mais elle voulait donner à Beth un petit aperçu du temps bleu – avec l'apparition subite de Jonathan au douzième coup de minuit.

Jonathan resta là sans bouger, à demi tourné vers la fenêtre, comme s'il envisageait de s'enfuir d'un bond dans les secondes qui restaient.

— Écoute, dit Jessica, je lui ai annoncé que j'avais une surprise pour elle, et elle tient vraiment à te connaître. Quelques minutes, et ensuite elle file au lit.

Jonathan eut un petit rire nerveux et s'assit à califourchon sur l'appui de la fenêtre, une jambe à l'extérieur, comme s'il venait d'entrer.

— D'accord, d'accord. Ça me fait plaisir aussi. Juste une question.

— Laquelle ?

— Comment ça se passe exactement, entre ta petite sœur et toi ?

Jessica sourit.

— Disons que c'est en voie d'amélioration.

Quelques secondes plus tard, le monde frémit. La lumière bleue s'estompa, remplacée par des couleurs plus intenses. La chambre reprit vie, libérée de la pâleur froide du temps immobile.

— … complètement débile, acheva Beth.

— C'est bon, dit Jessica. Tu peux regarder, maintenant.

Beth abaissa les mains, affichant une expression résolument sceptique – qui ne dura qu'une demi-seconde.

— Oh, mon Dieu ! s'écria-t-elle en bondissant presque du lit. Qui est-ce… ?

Jessica ouvrit la bouche pour répondre mais ne parvint qu'à pouffer. Luttant pour réprimer un fou rire, elle sentit son visage s'empourprer.

Jonathan sourit et s'avança, la main tendue.

— Salut, Beth, je m'appelle Jonathan, déclara-t-il poliment. Très heureux de faire enfin ta connaissance.

Découvrez le tome 3
de la trilogie

MIDNIGHTERS

3. *Le long jour bleu*

Cet ouvrage a été imprimé en France par

CPI
Bussière

à Saint-Amand-Montrond (Cher)
en octobre 2009

Cet ouvrage a été composé par
PCA - 44400 REZÉ

POCKET jeunesse

12, avenue d'Italie
75627 PARIS Cedex 13

— N° d'imp. 092591/1. —
Dépôt légal : mai 2009.
Suite du premier tirage : novembre 2009.